Brian Moore

Der Eiscreme-
könig

Roman

Aus dem Englischen von
Bernhard Robben

Diogenes

Titel der 1965 bei The Viking Press, Inc., New York,
erschienenen Originalausgabe: »The Emperor of Ice-Cream«

Umschlagillustration:
Edward Hopper, »The Barber Shop«, 1931
(Ausschnitt)

Für Jean

Deutsche Erstausgabe

150/96/24/1
ISBN 3 257 22820 1

Diogenes Taschenbuch 22820

I

Das gnadenreiche Jesulein von Prag war nur elf Zoll groß, aber schwer genug, um einem die Zehen zu brechen, falls es von der Kommode fiel. Es trug das Krönungsornat eines Monarchen, verbrachte sein Leben jedoch in Wirklichkeit damit, als ein verzweifelter, kleiner Prediger Gavin Burkes Blick aufzufangen. Was ihm gelang, als Gavin vor Kälte zitternd und in Unterwäsche nach der neuen Uniformhose griff.

»Kümmere dich um deine eigenen Angelegenheiten«, sagte Gavin.

»Du bist meine Angelegenheit«, sagte das Jesulein. »Deine Mutter hat mich in dieses Zimmer gestellt, damit ich auf dich und Owen aufpasse. Nun ja, was soll's, so weit mußte es ja kommen. Diese Uniform. Und dann diese Arbeit. Aber was will man auch von einem Jungen wie dir erwarten, der doch nur das macht, wozu er Lust und Laune hat? Faul und ungezogen bist du. Außerdem hemmt das Rauchen dein Wachstum. Übrigens einer der Gründe, weshalb du in diesen Sachen so lächerlich aussiehst. Die Wollust auch. Im Bett liegen und in deiner Phantasie unschuldige Mädchen beschmutzen, wo du doch eigentlich für deinen Schulabschluß büffeln solltest. Kein Wunder, daß du durchgefallen bist. Tja, so kommt eins zum anderen.«

»Ich weiß, was dich nervt, Jesulein«, sagte Gavin. »Drastisch gesagt – und so muß ich es jetzt mal sagen –, kommen dir die Tränen, weil ich dir und deinem Verein durch die Lappen gehe. Keine Schule mehr, den Lohn in der Tasche. Und wenn ich Lust habe, kann ich losziehen und mir ein paar richtig scharfe Nutten leisten.«

»Was denn für Nutten?« fragte das Jesulein. »Wenn du eine Nutte siehst, wirst du doch blaß vor Schreck.«

»Möglich«, sagte Gavin, »dann besaufe ich mich eben vorher. Das kann ich mir dann nämlich leisten. Versuch doch, mich davon abzuhalten. Laß ein Wunder geschehen, Jesulein. Für Wunder bist du doch zuständig, nicht?« Doch kaum hatte er das gesagt, meinte er, das Schicksal herausgefordert zu haben, und klopfte auf Holz.

»Das wird dir kaum helfen«, warnte das Jesulein. »Merkst du nicht, daß du dich auf heidnischen Aberglauben berufst, um den Zorn Gottes von dir abzuwenden? Da kannst du mal sehen, wie dich diese ganze Sache mit der Religion durcheinanderbringt.«

»Hey, deine Uniform«, sein älterer Bruder Owen stürzte ins Zimmer und warf die Jurabücher aufs Bett, »zeig mal her.« Er griff sich den schwarzen Stahlhelm und las die weißen Buchstaben. »E.H.T. Was soll das denn bedeuten?«

»Erste-Hilfe-Trupp.«

»EHT-EHT-EHT.« Owen setzte den Helm auf und tat, als feuerte er eine Maschinenpistole ab. Dann lief er ans Schlafzimmerfenster und rief: »Hier ist der E.H.T., Fräulein. Lassen Sie die Jalousien runter, Fräulein. Ziehen Sie sich an, Fräulein. Es herrscht nämlich Krieg, kapiert?«

»Nicht so laut. Mutter könnte dich hören.«

»Ist das die Jacke? Darf ich sie anprobieren?«

»Von mir aus.«

»Links, zwo, drei, vier. Müßt ihr exerzieren?«

»Weiß ich noch nicht. Ich fang erst morgen mit der Arbeit an.«

»Arbeit nennt er das. Was denn für eine Arbeit? Glaubst du tatsächlich, die Deutschen denken im Ernst daran, das gute alte Ulster zu bombardieren? Bist du wirklich so blöd, Söhnchen?«

»Warum nicht? Militärische Ziele gibt's genug.«

»Ach, hör doch auf. Hitler hat noch nie was von dieser Gegend gehört. Erst mal muß er Frankreich schlagen, klar? Und dann bleiben da noch ganz England, Schottland und Wales. Das dauert Jahre, bis der zu diesem gottverdammten Flecken vorstößt. Ich sag dir was. Wie lang ist jetzt Krieg? Ein, zwei Monate? Und weißt du, wie viele Kommilitonen aus meinem Jahrgang an der Queen's University sich freiwillig gemeldet haben? Vier. Das beweist dir doch, daß sich die Protestanten kein bißchen von den katholischen Bombenwerfern unterscheiden, wenn es ans Sterben geht für König George VI, den Stammler. Und überhaupt, warum sollten sich die Deutschen um ein Land Sorgen machen, in dem sich die halbe Bevölkerung beim ersten Gerücht einer allgemeinen Wehrpflicht in die Berge verdrückt?«

Zufrieden mit dem Schluß seiner Rede nahm Owen den Stahlhelm ab und gab ihn Gavin mit schwungvoller Geste zurück. »Hier«, sagte er. »Und hör auf, den verdammten Helden zu spielen. Ich kenn dich, Söhnchen. Luftschutz, daß ich nicht lache. Erste Hilfe! Du hast dich doch bloß zu diesem Trupp gemeldet, um dich vor einem Jahr Schule zu drücken. Du bist ein Blödmann, Söhnchen.«

»Nenn mich nicht ›Söhnchen‹.«

»Schon gut«, sagte Owen, setzte sich aufs Bett und starrte auf seine angeknabberten Fingernägel. »Weißt du«, sagte er, »ich halte nichts von Daddys Gerede über Bildung, die einen besseren Menschen aus dir macht. Ich weiß nur, daß man mit einem Studium bessere Jobs bekommt. Und Jura habe ich belegt, weil ich den Abschluß brauche, wenn ich in die Firma eintreten will. Und bin ich da erst drin, hab ich ausgesorgt. Verdammt, willst du vielleicht an irgendeiner Straßenecke enden und mit einem Haufen Tagediebe herumlungern?«

»Wenigstens wäre ich dann besser dran als die anderen. Ich hätte immerhin Anspruch auf kostenlose Rechtsberatung.«

»Mach keine Witze. Ich mein's ernst. Laß diese Luftschutzgeschichte bleiben und geh wieder zur Schule. Noch ist es nicht zu spät.«

»Es ist zu spät. Die Schule hat schon angefangen, und ich habe die Stelle fest zugesagt. Außerdem bleibt mir massenhaft Zeit, mich auf die Londoner Uniprüfung vorzubereiten. Mathe soll in London viel leichter sein. Hast du selbst gesagt.«

»Na schön, dann lern aber auch, verdammt noch mal. Versprochen?«

»Ich versprech's. Ende der Predigt?«

»Nein, verflucht«, sagte Owen. »Aus irgendeinem idiotischen Grund, über den ich mich jetzt aber nicht weiter auslassen will, habe ich dich nämlich ganz gern. Ich mag dich, du dämlicher Affe. Ich finde es unverantwortlich und herzlos vom Alten, dich so in diese Geschichte reinschlittern zu lassen. Das könnte dir dein ganzes Leben versauen.«

»Tut es aber nicht. Diesmal schaff ich die Uniprüfung, und bis dahin verdien ich drei Pfund zehn die Woche. Hinterher geh ich ans Queen's College und hol mir einen Abschluß, mit dem man finanziell was anfangen kann. In Ordnung?«

»Das will ich hoffen«, sagte Owen. »Das will ich verdammt noch mal hoffen.« Er stand auf und knipste seine Schreibtischlampe an. Dann ging er mit gutem Beispiel voran, beugte sich über seine Bücher und lernte mit jener unerschütterlichen Konzentration, die Gavin noch nie hatte aufbringen können. Es war kalt im Zimmer. Gavin zog die Uniformhose an. Der Mann in der Kleiderkammer vom Luftschutzdienst hatte gemeint, sie würde passen. Der Mann hatte keine Ahnung. Sie war einen Zoll zu lang, die Jacke viel zu groß. Er betrachtete Owens gebeugten Rücken. Wie konnte er Owen das Gefühl erklären, das ihn vor jeder Klassenarbeit befiel, diese Ahnung, daß die Lehrer sein Versagen irgendwie schon vorherbestimmt hatten? Owen mußte sich an Prüfungstagen nicht übergeben; Owen hatte noch nie zitternd vor einem leeren Klassenarbeitsheft gesessen und auf das drohende Knarzen der Schuhe des Aufpassers gehorcht. Wie konnte er Owen seine Vermutung erklären, daß mit ihm irgendwas nicht stimmte, daß er ein Sexbesessener war, den alle Augenblicke Gedanken an Mädchen plagten, der damit rechnete, bei der erstbesten Gelegenheit zum Säufer zu werden, der nicht länger an Gott und an seine eine, heilige, katholische und apostolische Kirche glaubte, aber immer noch eine völlig unlogische Angst vor Gottes Strafe hatte? Wie ließ sich jemandem wie Owen erklären, daß ihm alles egal war, ob Kaiser, König, Edelmann – Bürger, Bauer, Bettelmann, ob Rechtsanwalt, Arzt, Priester oder Dieb, und daß seine einzige Beschäftigung mit der Zukunft jene ausführlichen Tagträume waren, in denen er ein berühmter Auslandskorrespondent oder der jüngste Schauspieler wurde, der je die englischsprachige Bühne erobert hatte? Wie konnte er Owen erzählen, daß die eigentliche Zukunft der eigenen

Generation bereits von einigen modernen Dichtern vorhergesagt worden war, die Owen niemals gelesen hatte und niemals lesen würde? Dichter wie W. H. Auden wußten, daß das Spiel aus war; sie wußten, daß die Reichen und Berühmten mit dem Rest der Menschheit zugrunde gehen würden:

Du kannst dann nicht fort, nein,
Es sei denn, du packst deine Sachen noch diese Stunde,
Flüchtest, braust über die Fernstraße davon…

Oder MacNeice, ein Mann aus Ulster:

Wie der Steinzeitmensch werden wir untergehen
Angesichts einer neuen Eiszeit, eines Dschingis-Khan

Und Yeats hat es auch schon gewußt:

Alles fällt auseinander, die Mitte hält nicht mehr;
Bare Anarchie bricht aus über die Welt.

Es war alles so prophetisch deutlich. Hitler war Yeats' ›Jüngster Tag‹. Er war das wilde Ungeheuer, dessen Stunde gekommen war, das sich nach Bethlehem schleppte, um dort geboren zu werden. Yeats wußte, wie unsinnig es war, in diesen Tagen und Zeiten von Zukunft und von Arbeit zu reden. Aber wie ließ sich mit Owen darüber reden, der seit den *Boys'-Own-Weekly*-Heften seiner Pfadfinderzeit nichts mehr aus eigenem Antrieb gelesen hatte? Wie sollte er ihm erklären, daß bei dem Gedanken an Krieg ein schändlicher, klammheimlicher Jubel in ihm aufstieg, das Bild von einer Erwachsenenwelt in Trümmern? Und in dieser Trümmerwelt würde es unwichtig sein, ob Gavin Burke seinen Schulabschluß gemacht hatte oder nicht. Die Zeugnisse würden unter Schutt und Asche vergraben liegen. Krieg bedeutete Freiheit, befreit sein von der Zukunft. Nichts in der Welt war derart machtvoll, daß es nicht von einer großen Bombe in die Luft gesprengt werden konnte.

Also zieh dies polizeiblaue Hemd an und die billigen schwarzen Schuhe, bind den Schlips um und zögere nicht, sei froh über diesen Job, der dich von deinem Vater und seinen ›du sollst‹ und ›du sollst nicht‹ befreit.

Möge der Schein im Sein zu Ende sein
Der Eiscremekönig ist Herrscher allein.

Die Zeile gefiel ihm. Er war sich nicht ganz sicher, was sie bedeuten sollte, aber sie schien das Ungewisse auf den Punkt zu bringen. Er ging ans Fenster und schaute hinunter auf eine Wäscheleine, an der ein Mädchenschlüpfer flatterte. Am Ende des schmalen Gartens befand sich der Hintereingang, dann kamen die Rückseiten der Häuser von der angrenzenden Straße. Wie immer sah er zu dem Fenster hinüber, an dem manchmal die Sekretärin in Unterwäsche stand und sich das lange, kastanienbraune Haar bürstete. Doch ihre Verdunklung war heruntergelassen. Er griff nach der Jalousie vor seinem Fenster. Würden deutsche Angreifer je durch diese Regenwolken da oben fliegen und die Stadt bombardieren? Er sah sich mit dem Stahlhelm auf dem Kopf ins Haus gegenüber stürzen und die halbnackte und vor Erleichterung ganz hysterische Stenotypistin retten. Oder war das, wie Owen sagte, nur Träumerei? Würde das Leben unverändert weitergehen, würde er sich wirklich die Zukunft verbauen, wenn er nicht weiter zur Schule ging?

Er stolperte über den Saum seiner Hose. Ob seine Mutter sie umnähen konnte? Sie hatte ihn noch nicht in dieser Uniform gesehen. Er ging nach unten ins leere Wohnzimmer, im Kamin brannte ein Feuer. Die bemalte französische Uhr auf dem Sims spannte ihre Feder und schlug fünfmal, als er in ihrem runden Spiegel seine vertraute Gestalt sah, die ihm jetzt in der schlecht sitzenden Luftschutzuniform so gar nicht mehr vertraut schien. Ob das Rauchen wirklich sein Wachstum gehemmt hatte? Er war bestimmt ein oder zwei Zoll kleiner als die meisten Jungen mit siebzehn. Lag es am Onanieren, daß er so blaß aussah, oder war das nur dummes Gerede? Gott – und nicht die Selbstbefleckung – hatte ihm dieses Gesicht gegeben, das einzig aus einer spitzen Nase zu bestehen schien, die sich wie ein blinder, kaum einen Tag alter Vogel emporreckte; diese schmalen Lippen, die aussahen, als würden sie sich ineinander verbeißen; die verhaßten, mädchenhaften Hände. Wenn er ein Mädchen wäre, würde er da mit ihm ausgehen wollen? Nein, mußte er sich antworten. Und diese Uniform, dieser Stahlhelm machten es nur noch schlimmer. Er setzte sich den Helm verkehrt herum auf, um die Buchstaben E.H.T. nicht mehr sehen zu müssen, und malte sich aus, wie es wäre, einem Siegfried-Sassoon-Kommando anzugehören und noch dazu mit einem Dolch zwischen den Zähnen durch Niemandsland zu robben. Aber dies war kein Niemandsland; dies war ganz ohne Zweifel das Wohnzimmer seiner Eltern.

Er sah in den Spiegel. In jener vom Spiegelrahmen umschlossenen Welt hatte er gelebt und gelitten, hatte seine Spuren hinterlassen und hatte spuren müssen. Und seine bloßen Knie hatten den alten Orientteppich abgewetzt, dieses Schlachtfeld tausend kindlicher Fangspiele. Eine

Hornby-Lokomotive, vor zwölf Jahren gegen den Kamin geworfen, hatte die große Delle im Messing verursacht, und das defekte Schloß am Plattenschrank aus Rosenholz war sein Werk und das seines Bruders Owen. Auf diesem Grammophon hatte er seine erste Schallplatte gehört, die verkratzte Wiedergabe von *Yes, We Have No Bananas*, einem Lieblingslied seines Vaters aus Jugendzeiten. Über dem Schreibtisch seiner Mutter spähte ein grimmiger Hirsch aus einer düsteren Waldlichtung hervor. Seine Mutter hatte ihm erklärt, der Künstler habe dem Hirsch einen ängstlichen Ausdruck geben wollen, aber der Hirsch hatte keine Angst: er jagte vielmehr Angst ein. Das war seine erste Lektion in Sachen künstlerische Mehrdeutigkeit gewesen. Abend um Abend hatte er beim gemeinsamen Rosenkranz vor diesen Sesseln und Sofas gekniet, so daß er sich heute mit geschlossenen Augen Form und Farbe jeder einzelnen verblaßten Rose auf den Schonbezügen in Erinnerung rufen konnte. Dieses Zimmer war ein Teil seiner selbst: in ihm war er aufgewachsen. Würde ihm jemals ein Zimmer wieder so vertraut sein?

»Verdammt unwahrscheinlich«, flüsterte sein Schwarzer Schutzengel. »Solche Beständigkeiten gehören der Vergangenheit an. Und jetzt tauschst du dein Zuhause gegen drei Pfund zehn die Woche, wie? Das Gerede von der Londoner Uniprüfung ist doch bloßes Geschwätz, und das weißt du auch. Ich glaube, du hast diese Stelle nur angenommen, damit du dir deine Nikotinsucht leisten kannst. War das nicht dein erster Gedanke? Mensch, jetzt kann ich mir so viele Zwanziger-Packungen kaufen, wie ich will. Weißt du, du bist immer noch ein kleiner Junge. Drei Pfund zehn mag dir jetzt viel vorkommen, aber wie klingt das, wenn du dreißig und erwachsen bist?«

Kathy, seine ältere Schwester, kam ins Zimmer, erstarrte und kreischte: »Gott steh uns bei! Charlie Chaplin!«

»Findest du das witzig?«

»Stimmt aber. Wie Charlie Chaplin.« Sie ließ sich aufs Sofa fallen und kicherte.

»Wo ist Mutter? Die Hose muß umgenäht werden.«

»Unten. Tante Liz ist da. Sie kommen gleich rauf. Ach, Gav, du siehst so komisch aus.«

»Hör nicht auf sie«, flüsterte sein Weißer Schutzengel. »Setz den Helm auf, und schau noch mal in den Spiegel. Gar nicht übel.«

Er hatte zwei Schutzengel. Der Weiße Engel hockte auf seiner rechten Schulter und riet ihm zu allem, was anständig war. Der Schwarze Engel saß auf seiner linken Schulter und verfocht die Sache des Teufels. Der Weiße Engel war der offizielle Engel: jeder besaß so einen. Das hatte man ihm als kleinem Jungen im Katechismusunterricht beigebracht, doch der Schwarze Engel wurde in diesen Stunden nur selten erwähnt. Das Problem war bloß, daß der Schwarze Engel intelligenter als der Weiße schien und ihm selbst irgendwie ähnlicher war. Wenn Gavin etwa, so wie jetzt, im Spiegel auf dem Kaminsims die neunzehnjährige Kathy sah, wie sie die Füße auf die Armlehnen des Sofas legte und dabei weiße Schenkel und pfirsichfarbene Höschen entblößte, waren seine Engel nicht mehr zu halten.

Schwarzer Engel: »Hübsche Beine. Scharfe Sache.«

Weißer Engel: »Hör sofort auf damit, sie ist deine Schwester.«

Schwarzer Engel: »Weißt du noch, wie du letzte Woche am Badezimmer vorbeigegangen bist? Du hast hingesehen.«

Weißer Engel: »Todsünde!«

Schwarzer Engel: »Meinst du Inzest?«

Weißer Engel: »Das Wort solltest du nicht mal denken!«

Schwarzer Engel: »Weiß ich, aber ist das wirklich so unnatürlich? Finde ich nicht. Ist doch eigentlich keine schlechte Idee, die eigene Schwester zu heiraten; man kommt aus derselben Familie, weiß dieselben Witze, kennt keine Hemmungen. Die Pharaonen haben es nur so gehalten.«

Weißer Engel: »Für eine solche Sünde gibt's keine Absolution!«

Schwarzer Engel: »Bist du dir da sicher? Ist schließlich ziemlich verbreitet, wenn ich mich nicht irre. Lord Byron und seine Schwester.«

Weißer Engel: »Du bist krank, das bist du. Dich mein ich, Gavin. Degeneriert nennt man solche Typen wie dich.«

Schwarzer Engel: »Ach, jetzt nimm nicht gleich alles so ernst. Ich hab doch nur gesagt, daß sie hübsche Beine hat.«

Seine Mutter kam ins Wohnzimmer, gefolgt von Tante Liz, einer Witwe mit stattlichem Damenbart, die zur Erinnerung an den vor zwanzig Jahren während des irischen Unabhängigkeitskrieges getöteten Onkel Gavins stets schwarz gekleidet war.

»Um Gottes willen«, sagte Tante Liz. »Wer hätte je gedacht, daß ich noch den Tag erleben muß, an dem mein eigener Neffe in diesem Zimmer vor mir steht und wie ein Soldat der englischen *Black and Tans* aussieht.«

»Nicht doch, Liz, das ist nicht fair. Wie einer von denen sieht er schon nicht aus. Aber ein bißchen merkwürdig, das ja.«

»Merkwürdig? Hat dein Kind da vielleicht keine britische Uniform an?«

»Ach, Gavin«, sagte seine Mutter. »Muß das denn wirklich sein?«

»Muß was sein?«

»Mußt du wirklich damit nach Hause kommen? Kannst du die Sachen nicht auf der Luftschutzwache lassen und in deinen eigenen Kleidern kommen und gehen?«

»Es herrscht Krieg«, sagte er und lief rot an. »Morgen abend soll ich in dieser Uniform antreten. Bis dahin muß die Hose gekürzt sein.«

»Wenn du mein Sohn wärst«, sagte Tante Liz, »würde ich sie dir schon kürzen. Verbrennen würde ich sie.«

»Aber ich bin nicht dein Sohn.«

»Gavin, jetzt werd nicht unverschämt. Ab nach oben. Um die Hose kümmere ich mich später.«

»Ich war nicht unverschämt, Tante Liz hat angefangen.«

»Stimmt«, sagte Tante Liz. »Die Wahrheit tut manchmal weh. Du weißt doch, Deirdre, daß sich haufenweise protestantisches Gesindel von diesen Oranje-Bünden auf den Luftschutzwachen rumtreibt. Ist das vielleicht der richtige Umgang für einen Jungen in seinem Alter?«

»Bitte, liebe Liz, es ist genug«, sagte seine Mutter. »Gavin, geh nach oben und zieh dich um.«

Es war ein kleines Haus, das Eckgebäude einer Reihe rotgeziegelter Arbeiterhäuser in einer Straße voller Kinder, die auf den Bürgersteigen Himmel und Hölle spielten, Laternenpfosten mit Seilen umwickelten, sie in Maibäume verwandelten und *Weg mit dem Papst* und *Nieder mit den Protestanten* in die schmalen Hintereingänge kritzelten. Es war eine Straße, in die hemdsärmelige, mit Porter abgefüllte Tagelöhner heimkehrten, wenn die Pubs ihre Türen schlossen, eine Straße, in der die Männer ihre beschürzten Weiber verprügelten, Frauen kleine Kinder schlugen und Großmütter Großväter verfluchten, die allzu nahe bei der wöchentlichen Wäsche in den Hinterhof urinierten.

Doch dieses Haus, das Eckhaus, hatte man zur Crummick Street Luftschutzwache 106 ernannt. Man hatte sich für dieses Gebäude entschieden, weil es nur drei Straßen von einem großen katholischen Krankenhaus entfernt lag. Sollte es tatsächlich einen Luftangriff geben, würde die Wachmannschaft im Sanitäts- und Krankentragedienst eingesetzt werden, Verwundete versorgen und die ernstlich Verletzten zur Behandlung ins Krankenhaus bringen.

Gavin kannte die Crummick Street. Er war sie oft auf seinem Weg zum Schwesternheim beim Krankenhaus gegangen, wo Sally Shannon, seine Freundin, im ersten Jahr ihrer Ausbildung als Krankenschwester arbeitete. Doch eigentlich hatte er sich die Straße noch nie richtig angesehen bis zu diesem ersten Abend, als er sich um halb sieben zur Stelle meldete und an die Tür des kleinen Hauses klopfte, worauf ihm von einer Wasserstoffblondine im blauen E.H.T.-Kittel geöffnet wurde. Sie hatte eine gute Figur, war aber nicht mehr die Jüngste – so um die Dreißig, schätzte er.

»Ja?«

»Ich möchte den diensthabenden Offizier sprechen.«

»Er ist in seinem Büro.«

Sie zeigte auf ein winziges, nach vorn gelegenes Wohnzimmer gleich neben dem Flur. Sie sagte, er solle anklopfen.

»Ja?«

Im Zimmer befanden sich ein Aktenschrank, ein Küchentisch mit Stuhl, ein Telefon, ein Stadtplan und ein

Mann. Die fahle Haut des Mannes schimmerte wie eine frisch geschälte Kartoffel. Sein Haar war von hinten, wo noch einige Strähnen wuchsen, nach vorn gekämmt, wo nichts mehr wuchs. Auf der rechten Tasche seiner blauen Uniform trug er drei emaillierte Erste-Hilfe-Abzeichen. Als Gavin sein Anliegen vorbrachte, sagte der Mann kein Wort, streckte nur eine Hand nach Gavins Einberufungsbescheid aus, schlitzte den Umschlag mit einem schwarz gerandeten Fingernagel auf, las den Brief mit stumm sich bewegenden Lippen und legte ihn dann auf den Tisch. Er öffnete eine Schublade, holte eine gummierte Datumsmarke heraus und klebte sie auf den Briefkopf. Immer noch wortlos schraubte er die Kappe von einem billigen Kolbenfüller ab und schrieb, die Zungenspitze zwischen den Lippen, einige Worte quer über den Brief. Seine Schrift war groß, und Gavin konnte lesen, was da stand: *A. Craig. Wachoffizier, Wache 106, mit Dk. erhalten.*

Sorgfältig trocknete der Mann seinen Vermerk mit einem Löschpapier, stand dann auf und ging an den Aktenschrank. Er nahm sich eine leere Akte, legte sie auf den Schrank und beschriftete sie mühselig. Diesmal schrieb er Gavins Namen auf den Ordner. Er heftete Gavins Einberufungsbefehl in den Ordner, stellte den Aktenordner in den Aktenschrank, schloß den Schrank und setzte sich wieder an den Küchentisch mit der Miene eines Mannes, der eine ungeheuer komplizierte Aufgabe bewältigt hat. Er blickte Gavin an und brüllte:

»Stillgestanden! Wie alt?«

»Siebzehn.«

»Schicken die mir jetzt schon solche Grünschnäbel. Unverschämt sind Sie auch noch. ›Sir‹ heißt das.«

»Ja, Sir.«

»Unverschämt sind sie alle. Aber euch werd ich's schon noch zeigen. Ich habe vier Medaillen im Gewichtheben gewonnen, schreiben Sie sich das hinter die Ohren.«

Er funkelte Gavin wütend an.

»Ich heiße Wachoffizier Craig. Und ich weiß, was *Vorschriften* sind. Keiner verläßt dies Haus ohne meine Erlaubnis. Keiner schläft während der Nachtschicht. Kein Mann nach Mitternacht allein mit den Damen auf einem Zimmer. Haben wir uns verstanden?«

»Ja, Sir.«

»Eine Schicht sind zwölf Stunden Dienst, keine Minute weniger. Einen Monat nachts, den nächsten wieder tagsüber. Sehen Sie dieses Buch?«

»Ja.«

»*Sir* habe ich gesagt.«

»'tschuldigung, Sir.«

»Ich ziehe einen Strich in diesem Buch. Punkt sieben. Kommen Sie nach sieben, unterschreiben Sie unterm Strich. Mr. Harkness vom Rathaus kontrolliert die Eintragungen. Sind Sie in einem Monat zweimal zu spät dran, kriegen Sie Ihre Papiere. Kapiert?«

»Ja, Sir.«

»Also gut. Tragen Sie sich ein.«

Als Gavin seinen Namen ins Buch schrieb, klingelte das Telefon. Der Wachoffizier griff zum Hörer. »Crummick Street Wachstation 106, Wachoffizier Craig... Was? Den Bus verpaßt? Das ist *Ihr* Problem, mein Herr. Sorgen Sie dafür, daß Sie hier vor sieben eintrudeln, das ist alles.« Er knallte den Hörer auf die Gabel. »Hat man das schon gehört? Ein Neuer, so wie Sie, und der besitzt die Unverschämtheit, an seinem ersten Abend anzurufen und zu behaupten, er hätte den Bus verpaßt.« Craig öffnete erneut die Schublade und holte einen dicken roten Stift hervor. »Sehen Sie den hier? Der ist für den guten alten roten Strich. Schlag sieben mache ich den Strich. Verstanden? Gehen Sie jetzt in die Küche. Ich komme gleich nach.«

Auf dem engen Flur begegnete Gavin einer älteren und einer jüngeren Frau. Beide trugen den blauen E.H.T.-Kittel. Die jüngere war groß und besaß eine hübsche Figur, trug aber eine Brille; die ältere wischte sich zittrig einen Tropfen von ihrer Nasenspitze, als sie Gavin den Weg zur Küche zeigte. In der Küche saßen sechs Männer in blauen Luftschutzuniformen um ein Kohlefeuer, stumm, wie Pensionäre auf einer überdachten Parkbank. Ein Mann, eine wuchtige Soldatengestalt mit rabenschwarzem Haar und zerfurchtem Gesicht, stand auf und nahm ihn wie der Vorsteher des Hauspersonals in Empfang. »Guten Abend, junger Mann«, sagte er.

»Guten Abend.«

Der Mann, der aussah wie ein Soldat, schaute ihn durchdringend an. »Sag mal, Jungchen, hast du beim Aufwachen einen Steifen?«

Er hörte das Gelächter der Männer aufbranden, sah sich, wie sie ihn sehen mußten, zu jung, mit mädchenhaften Händen, einer Nase, die vorsprang wie der Schnabel eines eintägigen Kükens, das Gesicht blutrot, die Lippen zusammengepreßt. Er starrte den alten Witzbold an, der ihm zur Entschuldigung die Hand entgegenstreckte. »Ich heiße MacBride. Man nennt mich ›Soldat‹. Soldat MacBride. Wie heißt du, Jungchen?«

»Gavin Burke.«

»Aha, dann will ich dich mal deinen Kollegen vorstellen. Das hier ist unser Baby Tommy Bates.«

Er war wirklich ein Knirps. Fast ein Zwerg, dachte Gavin. Er kauerte vor dem Feuer und schien einzig aus vorspringendem Kinn, fliehender Affenstirn und vorstehenden Zähnen zu bestehen. »Und dieser große Kerl da ist Frank Price«, sagte MacBride. Frank Price nickte ihm freundlich zu. Er sah in seiner Uniform traurig, stämmig und lachhaft zugleich aus.

»Und dies hier ist Jimmy Lynan.« Der hatte eine Glatze und eine krumme Nase, spuckte ins Feuer und reichte ihm die Hand.

»Und Hughie Shaw« – ein beamtenhafter, kleiner Mann, der sich die Pfeife aus einer flachen Blechschachtel voller Zigarettenstummel stopfte.

»Und das ist Mick Gallagher.« – Der so Vorgestellte sagte mit rauher Stimme: »Heute abend sollen drei Neue kommen. Du bist der erste. Ob die alle so jung sind?«

»Die Stelle ist für jung und alt«, stellte Hughie Shaw fest. »Gestern war ich drüben im Stannup Street Depot, dort ist alles vertreten, quer durch die Bank.«

Die anderen nickten über diese tiefgründige Bemerkung. MacBride schnitt sich von einem Priem einige Scheibchen Pfeifentabak. Alle starrten ins Feuer.

Der Schwarze Engel knuffte Gavin in die Seite und meinte: »Jetzt sieh dir bloß diesen verdammten Zwerg an. Wenn der Idiot lesen und schreiben kann oder die Erste-Hilfe-Prüfung besteht, will ich ein Urwaldwaffe sein.«

»*Bist* du auch.« Ausnahmsweise stimmte ihm der Weiße Engel zu. Vielleicht hat Tante Liz recht, wenn sie sagte, daß die Stellen beim Luftschutz mit Anhängern der protestantischen Oranje-Bünde besetzt wurden, dachte er. Wie hätten diese Irren denn sonst hier landen können?

Die Küchentür ging auf, und ein Offizier trat ein. Unwillkürlich standen die Männer auf. Doch bei genauerem

Hinsehen fand sich am Anzug des Neuankömmlings kein Unterschied zu ihren Uniformen. Er hatte das Gesicht eines Offiziers, den strohgelben Schnäuzer, das fliehende Kinn, die Zigarette zwischen den zittrigen, gelbgefärbten Fingern, eine Zigarette, die, halb aufgeraucht, ungeduldig auf die glühenden Kohlen geworfen wurde. Diese Geste unterschied ihn sogleich von den anderen Männern. Es war das Benehmen eines Mannes, der keine Arbeitslosigkeit kannte, der noch keine Zigarette bis auf den letzten feuchten Kippenrest geraucht hatte.

»Guten Abend allerseits«, sagte der Neuankömmling. »Ich heiße Lambert.«

Die Männer nickten pflichtschuldigst, als hätten sie den Befehl bekommen, sich diesen Namen zu merken. Lambert hielt ihnen eine Packung Gold Flakes hin. Baby Bates und Lynan nahmen sich mit einer Miene dankbarer Bescheidenheit je eine Zigarette, so daß sich Gavins Abneigung noch verstärkte. Wer war dieser Offizierstyp, was wollte er hier?

»Bin ich der einzige?« fragte er, sah sich um und formulierte seine Frage neu, als er merkte, daß ihn niemand verstanden hatte. »Noch jemand, der heute abend zum ersten Mal da ist?«

»Ja, ich«, sagte Gavin.

»Soso, gut. Tut mir leid, wie war noch mal dein Name?«

»Burke. Gavin Burke.«

»Soso, gut.«

In diesem Augenblick sah Gavin, wie MacBride Jimmy Lynan einen bedeutsamen Blick zuwarf. Die Spannung löste sich. Inzwischen hatten alle Lamberts zittrige Hände, sein starres Lächeln und die purpurfarbenen Äderchen auf seinem Nasenrücken bemerkt. Dieser Gentleman weilte nicht zufällig in ihrer Mitte. Der Alkohol hatte ihn hergebracht. Alkohol, der große Gleichmacher.

Wieder öffnete sich die Küchentür, und ein Mann kam herein, ein hochgewachsener Mann in Tweedjacke, maßgeschneiderten Flanellhosen und auf Hochglanz polierten Halbschuhen. Das schwere, mit Schildpatt belegte Brillengestell schien nicht zu seinem hübschen Gesicht zu passen. Er ging geradewegs ans Feuer, stellte sich mit dem Rücken dazu auf, hob die Schöße seiner Tweedjacke und wärmte sich die Oberschenkel an den Flammen. »Also ihr habt hier vielleicht einen dämlichen Faschisten«, erklärte er plötzlich der Versammlung.

Niemand antwortete ihm.

»Ich war spät dran, wißt ihr«, fuhr er fort. »Dabei habe ich angerufen, um Bescheid zu sagen, daß ich den Bus verpaßt hatte. Da war ich noch in Antrim. Außerdem hat natürlich diese verdammte Uniform nicht gepaßt. Das war wirklich die Krönung. Aber diese blödsinnige Uniform hat verdammt noch mal nicht gepaßt, also mußte ich sie ändern lassen. Mein Gott, man könnte glauben, ich hätte Hochverrat begangen.«

»Tja, stimmt schon, ein ziemliches Ekel, dieser Mann«, sagte Mick Gallagher, der mit dem roten Gesicht.

»Pssst«, zischte MacBride und wies mit einem Kopfnicken auf die Küchentür. Schritte hallten über den Flur, und Wachoffizier Craig betrat die Küche. »Also, meine Damen, hier herein«, sagte er. Hinter ihm marschierten in einer Reihe fünf Frauen ins Zimmer, zu denen auch die hochgewachsene Frau und die Wasserstoffblondine gehörten, die Gavin bereits gesehen hatte. »Setzen Sie sich«, sagte Craig. »Ich hab Ihnen ein paar Worte zu sagen.«

Er wartete. Als sich alle gesetzt hatten, stellte er sich mit dem Rücken zum Feuer auf. »Einige von Ihnen wissen bereits, was ich jetzt sagen werde. Die anderen wissen es noch nicht. Drei Männer und zwei Damen sind heute abend neu hier. Wir haben jetzt volle Truppenstärke. Unter meinem Kommando gibt es *Vorschriften.* Wer diese Vorschriften verletzt, den bring ich vor den Inspektor. Ich sag das nicht, weil ich gemein sein will. Ich mag keine Gemeinheiten. Aber es herrscht Krieg. Ich sagte, es herrscht *Krieg*.

Lassen Sie sich das also gesagt sein. Ich bin streng. Ich bin streng, weil es meine Aufgabe ist, streng zu sein. Im Hauptquartier, im Rathaus, da sitzen Inspektoren. Ich wiederhole, Inspektoren. Aufgabe des Inspektors ist es, uns zu erwischen. Der Inspektor kommt ohne Vorwarnung zu jeder beliebigen Nachtstunde reingeschneit. Der Inspektor will wissen, ob wir vollzählig sind und ob alles korrekt läuft. Der Inspektor kontrolliert, ob jemand bei der Arbeit schläft. Schläft jemand, wirft das ein schlechtes Licht auf mich. Auf *mich,* habe ich gesagt. Also warne ich jeden hier, daß ich nicht daran denke, mich in ein schlechtes Licht rücken zu lassen. Nicht, wenn ich es verhindern kann. Und ich werde es verhindern. Das schwöre ich.

Bob Greenwood ist der Wachoffizier der Tagschicht. Genau wie meine Wenigkeit hat Mr. Greenwood den Fortgeschrittenenkurs des Roten Kreuzes und der Saint-John-Sanitäter abgelegt. Mr. Greenwood ist ein harter Knochen. Verdammt hart. Aber das bin ich auch. Der Inspektor – ich sagte, der Inspektor – will wissen, welche Truppe besser gedrillt ist. Tja, das will der Inspektor wissen. Und jetzt wissen Sie, was ich will. Ich will, daß unsere Schicht die beste Truppe ist. Und was ich will, das krieg ich auch. Habe ich mich klar ausgedrückt? Ich sagte, habe ich mich klar ausgedrückt?«

Er wartete. Köpfe nickten zustimmend. Die Frauen schienen besonders bemüht, ihn zufriedenzustellen. Ja, ja, ja nickten ihre Köpfe. Macht ihm keinen Ärger. Ja, ja, ja.

»Gut. Also, heute abend werden wir mit dem Schienen von Knochenbrüchen anfangen. Schienen sind extrem wichtig. Es gibt viele verschiedene Arten von Schienen. Und zwar gibt es viele verschiedene Arten von Schienen, weil es viele verschiedene Arten von Knochenbrüchen gibt. Nämlich...«

»Also wirklich, wo Sie recht haben, da haben Sie recht«, sagte MacBride.

»Was soll das heißen, ich habe recht?«

»Sir, ich meine, tut mir leid, Sir, aber machen Sie sich nicht verrückt, Mr. Craig, wir geben uns alle Mühe und bereiten Ihnen bestimmt keine Schande. Ist doch so, nicht wahr, Jungs?«

Ein verwirrtes Gemurmel der Zustimmung war zu hören.

»Und das gilt bestimmt auch für die Damen«, sagte MacBride. »Ich weiß, auf die Damen können wir uns verlassen, Sir.«

»Gewiß doch, Mr. Craig«, sagte die Wasserstoffblondine.

Gavin besah sich den hochgewachsenen Mann, den Mann in Zivil. Er lehnte an der Wand und rauchte eine Zigarette. Er zwinkerte Gavin zu.

»Also gut«, sagte Craig mit zufriedener Stimme. »Zurück zu den Schienen. Wie ich schon sagte, gibt es viele verschiedene Arten von Schienen, weil es viele verschiedene Arten von Knochenbrüchen gibt...«

»Tja, es gibt tatsächlich viele Arten von Schienen«, höhnte der Schwarze Engel. »Seltsam, wie schnell sich ein Leben ändern kann. Du mußt nicht über Meere segeln und

Grenzen überqueren, um deine Orientierung zu verlieren, das kann auch gleich hier im Zimmer passieren, keine Meile vom Haus deiner Eltern entfernt. Sieht so vielleicht deine Zukunft als Erwachsener aus? Hockst da zwischen diesen verängstigten Männern und hörst dir dieses Gewäsch an, diese himmelschreienden Plattheiten über Schienen und Knochenbrüche. Guck sie dir doch an, deine Kollegen. Den da zum Beispiel, der dir gegenübersitzt, dieser große, traurige, stämmige Typ mit dem Gesicht eines Verräters. Price heißt er. Man hat ihn dir vorgestellt. Willst du so enden wie der, eine erbärmliche Kreatur, die von jedem herumgeschubst wird?«

Frank Price beobachtete den Wachoffizier auf die gleiche Art, wie Gavin vor Jahren seinen Lehrer beobachtet hatte. Zuhören war nicht so wichtig, Hauptsache, man ließ den Redner nicht aus den Augen. Frank war groß, aber ängstlich: er hatte ein schwaches Herz. Seine Schwestern hatten nicht gewollt, daß er diesen Posten annahm: sie sagten, die Arbeit würde ihn umbringen. Seine Schwester Minnie hatte eine Woche lang geweint. Tragbahren heben, was denkst du dir nur, in deinem Zustand. Das ist Selbstmord, keine Frage. Aber Frank war noch nicht alt. Fünfundvierzig war kein Alter. Er sah älter aus, das wußte er, aber er hatte immer schon älter ausgesehen. Schon mit fünfundzwanzig hatte er eine Glatze und fast sämtliche Vorderzähne verloren, ging auf Sauftouren, nach denen er von Fremden aus der Kneipe nach Hause getragen werden mußte. Heute trank er nicht mehr; seit fünf Jahren war kein Tropfen über seine Lippen gekommen, dem Himmel sei Dank. Und die alte Pumpe lief seit langem anstandslos. Schon ein paar Jahre her, daß er auch nur ein Flattern verspürt hatte. Bis heute abend. Kein Wunder, daran war die Aufregung schuld, sonst nichts. Dies war seine erste Stelle, seit ihn die Drogerie *Knights* vor sechs Jahren und einem Monat entlassen hatte.

Frank war Pharmazeut von Beruf. Mit Diplom. Er hatte immer zu Hause gewohnt, zuerst bei der Mutter, und als die starb, blieben er und seine beiden unverheirateten Schwestern in dem alten Haus. Ein behütetes Leben, könnte man meinen. Aber auch einsam in diesen letzten Jahren. Schrecklich einsam. Morgens aufstehen, nachdem man so lange wie möglich geschlafen hatte, dann nach draußen, bei Wind und Wetter, weil Maggie und Minnie nicht wollten, daß er sich den ganzen Tag im Haus herumtrieb. Meistens ging er in die Carnegie-Bibliothek in der Royal Avenue. Da gab es Zeitschriften-Lesesäle: er las Zeitung. Manchmal mußte er lange auf die Zeitung warten, die er lesen wollte, da in diesen Jahren der Rezession viele Männer zum Aufwärmen in der Bibliothek herumlungerten. Schon komisch. In all den Jahren hatte er keinen Freund gefunden. Nicht, seit er mit dem Saufen aufgehört hatte. Kumpel traf man eben in Kneipen. Wirklich komisch. Er konnte einfach kein richtiges Schwätzchen halten, wenn er nicht ein paar Gläser intus hatte. Und seit er trocken war...

Trotzdem verband er große Hoffnungen mit dieser Stelle. Um Leute kennenzulernen, dachte er. Daß er diesen Job ergattern konnte, war bestimmt eine Fügung des Himmels. Solange er jedenfalls keine allzu schweren Sachen hob und diesen Armleuchter Craig im Auge behielt. Stimmt schon, Craig war einer von der Sorte, die die Schwächen anderer Leute ausnutzen. Wenn der spürte, daß man Angst vor ihm hatte, sprang er einem auf den Rücken und ritt einen zu Tode. Man mußte einfach seine Arbeit machen und sich nicht anmerken lassen, daß man sich vor irgendwas fürchtete. Minnie würde schon wieder aufhören zu weinen. Sie und Maggie hatten ja keine Ahnung, wie wichtig es für ihn war, daß er wieder seinen Anteil zum Haushaltsgeld beisteuern konnte.

»He, Sie da«, sagte Craig. »Sie Riese. Legen Sie sich auf die Trage. Ein paar von den Jungs bringen Sie nach oben. Wollen doch mal sehen, ob diese Burschen mit einer Trage umgehen können.«

Na ja, immerhin besser, als die Tragbahre selbst schleppen zu müssen. Frank beneidete die Männer nicht, die ihn tragen mußten, schließlich wog er über hundert Kilo. Er legte sich auf die Trage und sah mit Besorgnis, daß Craig den Knirps Tommy Bates für das vordere Ende der Trage ausgewählt hatte. Und wenn Baby Bates ihn die Treppe hinunterfallen ließ?

Freddy Hargreaves war der zweite Mann, der für die Trage ausgewählt worden war. Das überraschte ihn nicht. Seit dem Augenblick, da sein Blick auf diesen faschistischen Dreckskerl Craig gefallen war, wußte er, daß er einen Feind in ihm gefunden hatte. »Nun machen Sie schon«, bellte Craig. »Ein bißchen dalli.«

»Was soll die Eile? Kann ich mir nicht wenigstens zuerst die Jacke ausziehen?«

»Wären Sie in Uniform erschienen, wie befohlen, müßten Sie sich jetzt keine Jacke ausziehen.«

Freddy achtete nicht weiter auf ihn. Er faltete seine Jacke ordentlich zusammen und bat den jungen Burke, sie für ihn zu halten. Er hatte nicht die geringste Absicht, diese faschistische Kluft zu tragen, solange sie ihm nicht wenigstens ordentlich saß. Wenn es um sein Äußeres ging, war er eitel: seine Kleider waren sein Schutz und Schirm. Wie oft hatte er sich nicht schon ohne einen Shilling in der Tasche eine Arbeit an Land gezogen, sich ein Mädchen angelacht oder ein paar Pints geschnorrt, nur weil er auf sein Aussehen achtete.

»Also, auf geht's, Bates«, sagte er.

Bates duckte sich wie ein kleiner Hund, der einen Stock apportieren soll. Freddy trat zwischen die Holme der Trage und hob an. *Himmel.* Er war Stürmer bei den Glentoran Wanderers und, Bier hin oder her, in ziemlich guter Kondition. Aber dieser Fettsack Price wog mindestens eine Tonne. Baby Bates klappte natürlich am anderen Ende der Trage zusammen und ließ Price beinahe zu Boden rollen.

»Ihr macht das falsch«, sagte Craig. »Ihr müßt zusammen anheben.«

»Quatsch.«

»Was haben Sie gesagt, Hargreaves?«

»Sie haben mich schon verstanden.«

»Halten Sie Ihren dreckigen Schnabel. Es sind Damen anwesend.«

Freddy ignorierte ihn und wandte sich an Baby Bates. »Price ist zu schwer für dich, Kumpel. Mit dem hebst du dir einen Bruch.«

»Bates«, schrie Craig. »Hören Sie mir genau zu. Sie wurden eingestellt, weil Sie angeblich eine Krankentrage schleppen können. Wenn Sie das nicht schaffen, brauchen Sie mir das nur zu sagen.«

»Ich schaff das schon, Mr. Craig«, murmelte Baby Bates. »Ich trag die.«

Dreckmist, dachte Freddy, all das Gerede nützt ja doch nichts. Das feige irische Proletariat läßt einen jedesmal im Stich. Noch vor jedem Lakaien macht es seinen Bückling und vereitelt alle Mühe, seine Rechte zu schützen oder die Arbeitsbedingungen zu verbessern. »Na schön«, sagte Freddy zu Craig. »Wenn wir den Mann fallen lassen, sind Sie dafür verantwortlich.«

»Macht schon, sonst reiß ich euch den Arsch auf. 'tschuldigung, meine Damen.«

Die Damen schenkten dem Wachoffizier ein verzeihendes Lächeln. Freddy hievte die Trage in die Höhe und beugte sich vor, damit der kümmerliche Wicht am vorderen Ende nicht das ganze Gewicht halten mußte. Bates taumelte auf die Treppe zu, und als er die Stufen hinaufstieg, verlagerte sich das ganze Gewicht der Trage zu Freddy. Und wenn schon, Freddy konnte das verkraften. Er ignorierte Craig, der ihm nach oben folgte und nutzlose Anweisungen schrie. Er dachte an die höhnische Bemerkung des Genossen Billy MacLarnon über den Dienst an der Heimatfront, diesem Paradies für Parasiten. Er hätte gern gewußt, wie Kamerad MacLarnon das hier schmecken würde.

Freddy hielt sich für einen unabhängigen Marxisten. Er war nie Parteimitglied oder Trotzkist gewesen, auch wenn ihm Mitglieder beider Gruppierungen bereits vorgeworfen hatten, zur jeweils anderen zu gehören. Einmal war er für den Verkauf der trotzkistischen Zeitung *Socialist Appeal* Ecke Bank Street verhaftet worden, und zur Zeit versuchte er mit Hilfe einiger kommunistischer Freunde, realsozialistische Bühnenstücke zur Aufführung zu bringen. Freddy mochte sich den Alten nicht als modernen Jesus Christus vorstellen, konnte sich andererseits aber auch nicht mit Onkel Joe und Harry Pollitt darauf einigen, was die Welt im Innersten zusammenhält. Er wußte, daß einige örtliche Parteistrategen das Gerücht in die Welt gesetzt hatten, er, Freddy, würde sich nur mit Parteimitgliedern abgeben, um Mädchen aufreißen zu können. Das war völliger Unsinn. Wenn Freddy ein Mädchen wollte, ging er ins Plaza oder ins Floral Hall und sprach es auf der Tanzfläche an. Sein Tango war grandios. Er brauchte keine Partei, um sich sein Sexleben aufbessern zu lassen, nein, vielen Dank auch.

»Genug jetzt, stellt ihn da in der Ecke ab«, befahl Craig.

Von seiner Last befreit setzte sich Baby Bates mit wackligen Knien auf eine Holzbank an der Wand. Frank Price wollte aufstehen, aber Craig drückte ihn wieder auf die Trage. »Noch einen Augenblick. Nun, welche der Damen möchte am Bein dieses Mannes einen Druckverband anlegen?«

Verlegen stießen sich die Damen untereinander in die Seiten. Schließlich ließ sich die Wasserstoffblonde, die mit dem knappen BH, nach vorn drängen. »Wie war noch mal Ihr Name, meine Liebe?« frage Craig und glotzte sie an, als wollte er sie verschlingen.

»Mrs. Reene Clapper.«

»Also gut, meine Liebe. Kommen Sie hierher. Jetzt wollen wir einmal annehmen, dieser Mann hätte eine große Wunde an seiner Wade. Er blutet stark. Was tun Sie?«

»Ich leg ihm einen Druckverband an, Mr. Craig.«

»Richtig, aber wo genau, meine Liebe?«

»An seinem Oberschenkel, Mr. Craig.«

»Zeigen Sie uns die Stelle, meine Liebe.«

Mrs. Clapper kniete sich hin und legte eine Hand auf Frank Prices Schenkel, unmittelbar über dem Knie.

»Ausgezeichnet«, sagte Craig. »Genau richtig. Nun blutet er wie ein Schwein. Wahrscheinlich wurde eine Arterie durchtrennt. Jede Sekunde zählt. Tempo, meine Liebe.«

Mrs. Clapper nahm Binden und Stock, die ihr Craig reichte. »Entschuldigen Sie«, bat sie Frank Price ein wenig geziert. »Würden Sie vielleicht Ihr Bein etwas anheben?«

»Nein, nein, nein«, schrie Craig. »*Er* kann sein Bein nicht anheben. Das müssen Sie tun.«

Mrs. Clapper hob das Bein.

»Jetzt schieben Sie das Hosenbein höher. Noch höher. Geht's nicht weiter?«

»Nein, Sir.«

»Dann müßten Sie es aufreißen. Wie weit würden Sie die Hose aufreißen?«

»Bis hier?«

»Nein, meine Liebe. Sie zerreißen die Hose bis hinauf in den *Schritt*. Verstanden? Legen Sie den Druckverband an.«

Die Frau beugte sich über Frank Price, ihre Brüste baumelten kaum einen Zoll vor seinem Gesicht. Frank konnte ihren Duft riechen. O Herr, es passierte. Sein Kleiner regte sich. Hatten sie was gemerkt? Er schloß die Augen, brachte sich mit einem alten Trick auf andere Gedanken und begann, das Confiteor aufzusagen. Scham und Konzentration ließen das peinliche Gefühl versiegen, und als Craig sich hinkniete, um den Druckverband zu kontrollieren, war Frank wieder ganz der alte. Aber plötzlich drehte der elende Armleuchter den Stock noch zweimal um, und Frank konnte nur mit Mühe einen Schrei unterdrücken. Sein Bein würde absterben, wenn der Verband so blieb. Viel zu eng war der.

»Los jetzt, ihr da, kommt näher! Das ist Druck, sag ich. So stillt man seine Blutung und rettet ihm das Leben.«

Rettet mir das Leben, dachte Frank. Mein Bein fühlt sich jetzt schon taub an. Die Durchblutung ist unterbrochen. Mann, das ist ganz schön dreist. Das tut weh.

»MacBride. Besorgen Sie sich Binden und bringen Sie eine Schiene an seinem anderen Femur an.«

»Natürlich, Sir. An seinem Femur, Sir.«

»Mein Bein ist taub«, sagte Frank Price und sah Craig an.

»Das soll es auch sein. Klingelt da das Telefon, hat jemand das Telefon klingeln hören? Eine Sekunde.«

Craig eilte zur Treppe und rief nach der jungen Frau mit Brille, der er befohlen hatte, auf das Telefon aufzupassen. Sie rief zurück, daß das Telefon nicht geläutet habe. Unterdessen litt Frank Price starke Schmerzen.

Craig kam wieder ins Zimmer. »Dann zeigen Sie uns mal die Schiene am Femur«, sagte er. »MacBride, wie kommen Sie voran?«

»Ich war mir nicht ganz sicher, Sir. Am Femur hatten Sie gesagt, Sir?«

»Richtig. Nicht doch an seinem Arm, an seinem *Bein.*«

»Ach so, klar, Sir, natürlich, Sir.«

Verdammt, dachte Frank, ich pfeif auf den Femur, was ist mit diesem Druckverband? Wenn ich mich beschwere, macht mich dieser elende Armleuchter fertig. Aushalten wär's beste. Arbeit ist schwer zu finden. Aber mein Bein stirbt ab.

»Entschuldigen Sie, Mr. Craig, aber dieser Druckverband bringt die Durchblutung zum Stillstand. Das könnte gefährlich werden.«

»Wer hat denn hier den Fortgeschrittenenkurs mitgemacht, Sie oder ich?«

»Sie, Mr. Craig. Aber ich bin Apotheker von Beruf, Mr. Craig. Ich weiß das eine oder andere über diese Dinge.«

»Apotheker sind Sie? Was Sie nicht sagen. Nun gut, Mr. Apotheker, wir lassen diesen Druckverband noch ein kleines Weilchen länger dran. Nur so lange, bis MacBride mit seiner Schiene fertig ist.«

»Nein«, sagte Frank und war von sich selbst überrascht. »Ich will, daß er jetzt abgenommen wird.«

Der große Typ, der geholfen hatte, ihn auf der Trage nach oben zu bringen, Freddy Soundso, kniete sich plötzlich hin und zog den Stock aus dem Druckverband.

»Was machen Sie da? Wer hat Ihnen gesagt, daß Sie sein Bein anfassen sollen?«

Freddy achtete nicht weiter auf Craig. »Kannst du stehen?« fragte er Frank und half ihm, sich aufzusetzen. Frank fühlte sich irgendwie merkwürdig, aber er richtete sich auf. Es kam ihm vor, als hätte man ihm den linken Fuß abgenommen. Er fiel vornüber, aber dieser große Typ fing ihn auf und hielt ihn fest.

Craig klatschte in die Hände, ging um die beiden Männer herum und applaudierte dabei unablässig. »Prima, das war gut, wirklich sehr gut. Sie sind ein hervorragender Schauspieler, Price. Eine erstklassige Vorstellung.«

»Lassen Sie den Mann in Ruhe«, sagte Freddy.

»Für Sie immer noch *Sir,* verstanden? Ihre Unverschämtheit bringt Ihnen noch einen Tadel ein.«

»Das gilt ja wohl eher für Sie«, sagte Freddy. »Wenn Price hier eine Beschwerde einreicht, sage ich gern für ihn aus.«

»Was Sie nicht sagen. Price, wollen Sie eine Beschwerde gegen mich vorbringen?«

»Nein, Sir.«

»Wäre ja auch noch schöner. Eine Beschwerde wegen einer Übung.«

»Wie seht ihr das, glaubt ihr auch, es ist nur eine Übung, wenn man einen Mann zum Krüppel macht?« fragte

Freddy. Er sah Lambert an, den Mann mit dem Gesicht eines betrunkenen Offiziers. Lambert würde sich von einer Laus wie Craig nicht einschüchtern lassen. »Was ist mit dir?« fragte Freddy.

»Mit mir? Nun ja, man muß natürlich vorsichtig sein.«

»Wir *sind* vorsichtig«, fauchte Craig. »Aber es herrscht Krieg. Ich sagte, es herrscht Krieg. Und jetzt wollen wir mal einen Blick auf diese Schiene am Femur werfen. Was stimmt damit nicht?«

»Das Telefon klingelt«, sagte MacBride plötzlich.

»Das Telefon?«

»Ich glaub, ja, Sir.«

»Aha.« Craig verließ das Zimmer im Laufschritt.

MacBride grinste die anderen an. »Könnte einer von euch die Schiene richten?« flüsterte er. Die dicke Mrs. Cullen trat vor und machte sich sachkundig an Frank Prices Bein zu schaffen. MacBride lächelte sie an und fragte im Flüsterton, aber laut genug, um von einigen Jungs verstanden zu werden: »Sagen Sie, wie gefällt es euch Mädels eigentlich, Nacht für Nacht in diesem winzigen Haus mit einer Bande fremder Männer eingepfercht zu sein?«

»Also wirklich«, kicherte Mrs. Cullen. »Das wär's.« Sie trat zurück und betrachtete ihr Werk. MacBride knuffte sie in ihre füllige Taille. »Jetzt mal im Ernst«, sagte er. »Das wird nicht einfach für uns Jungs. Ist doch unnatürlich, diese Situation, nachts zwölf Stunden so dicht an dicht mit einem hübschen Weibsbild eingesperrt zu sein. Herrje, ich weiß wirklich nicht, wie ich das aushalten soll.«

»Sie sind mir ja einer.«

»Und?« flüsterte er. »Hat Ihr Mann was dagegen, daß Sie auf Nachtschicht sind?«

»Mein Mann ist nicht da. Er ist bei der Marine.«

»Tatsächlich? Na, aber das kann ich Ihnen sagen, auf den Schiffen Seiner Majestät gibt es keine so hübschen Frauen. Und da wir gerade von Frauen sprechen. Wissen Sie, ob unser Boß Craig verheiratet ist?«

Sie sagte, sie wisse es nicht. Das war schade, denn MacBride interessierte sich mehr für Craig als für einen Flirt. Er hatte seine Gründe, mit ihr herumzuschäkern. Dies Weibergewäsch ließ ihn jünger wirken. Das war ihm wichtig. Doch mit seiner Neugier hatte es etwas ganz anderes auf sich. Sie waren alle neu hier, selbst Craig, und nur ein alter Soldat erkannte sofort, daß Craig für seine freien Nächte einen Stellvertreter brauchte. Warum sollte Soldat MacBride nicht dieser Stellvertreter sein? Und wenn er Craigs Königlich Irischen Arsch dafür küssen mußte, dann würde Soldat MacBride das eben tun, Himmel, das würde er. *»Oh, my dark Rosaleen«*, sang er und blinzelte Mrs. Cullen zu, als Craig zurückkam, um sich die Schiene anzuschauen. Er mußte beim Essen neben ihr sitzen. Unbedingt.

Es klappte prima. Craig beschloß, allein im vorderen Büro zu Abend zu essen, also ging es am Tisch in der Küche ziemlich vergnügt zu. Soldat MacBride saß günstig, trank seinen Tee, aß sein Brot und schob dann, immer noch lachend und scherzend, eine Hand unter Mrs. Cullens Rock. Er achtete sorgsam darauf, daß ihn einige Jungs dabei sehen konnten. Es war nie verkehrt, sie wissen zu lassen, daß sich in dem alten Hund noch Leben regte.

Freddy Hargreaves stand vom Küchentisch auf und wartete in der Schlange vor dem Spülbecken, um sein Geschirr abzuwaschen, als ihm auffiel, daß der junge Burke sich abgesondert hatte und sein belegtes Brot allein aß. Freddy ahnte, daß der Kleine schüchtern war. Er ging hin, setzte sich zu ihm, steckte sich eine Zigarette an und fragte: »Spielste Rugby?«

»Nein, leider nicht.«

»Ich spiel gelegentlich«, sagte Freddy. »Bin nicht besonders gut, aber mir gefällt's. Kannst du vielleicht tanzen?«

»Ein bißchen.«

»Auf der Tanzdiele im Plaza treiben sich abends ein paar heiße Bräute herum.«

»Ehrlich?«

»Wir könnten an einem freien Abend mal vorbeischauen«, sagte Freddy.

Der Junge nickte. Freddy beobachtete, wie MacBride der dicken Frau unter den Rock faßte. »Möchte mal wissen, warum der sich das Haar färbt«, sagte Freddy leise.

Mit dieser Bemerkung vertrieb er die Scheu des Jungen. »Wer färbt sich das Haar?«

»Soldat.«

»Wirklich?«

»Natürlich. Komm mal her.«

Freddy dirigierte den Jungen zur Küchentür. Von dort konnten sie Soldats schwarzes Haar sehen, das nun direkt im Schein der Glühbirne lag. »Nun«, sagte Freddy, »was meinst du?«

»Stimmt, sieht irgendwie seltsam aus.«

»Ich frag mich nur, wie alt er tatsächlich ist. Schau dir mal die Falten in seinem Nacken an.«

Hinter ihnen ging die Tür auf, und Captain Lambert trat im Mantel aus der Dunkelheit des Hofes in die Küche. Er schien erschreckt zusammenzuzucken, als er sie hier vorfand. Mit unstetem Schritt durchquerte er die Küche und hängte seinen Mantel am Ende des Flurs auf.

»Noch so ein komischer Kauz«, sagte Freddy. »Ein Wunder, daß die da oben nicht *ihn* zu unserem Vorgesetzten gemacht haben.«

»Vielleicht wären wir mit ihm besser dran als mit Craig.«

»So ein Schnösel«, sagte Freddy. »Einer von diesen Lackeln, denen Unverfrorenheit zu Gesichte steht wie der Zylinder einem neureichen Bradford-Millionär.«

»Das ist aus T. S. Eliot, stimmt's? Magst du den?«

»Er ist gut«, sagte Freddy. »Ein erstklassiger Dichter.«

»Du kennst Eliot?« rief Gavin aufgeregt. »Du liest moderne Gedichte? Wie heißt dein Lieblingsdichter?«

»Auden, würde ich sagen.«

»Kennst du die Sachen von Wallace Stevens?«

»Ist nicht was in der Gedichteauswahl von Faber?«

»Da steht mein Lieblingsgedicht drin«, sagte Gavin. »*Der Eiscremekönig*. Kennst du das?«

Ruf den Mann, der auf seiner Zigarre kaut,
Den Muskelprotz, und sag ihm, er soll
In Schüsseln Dickmilch steifschlagen.
Die Mädchen laß in Kleidern sich tummeln,
Die sie täglich tragen, und die Jungs
Blumen in altem Zeitungspapier bringen.
Möge der Schein im Sein zu Ende sein
Der Eiscremekönig ist Herrscher allein.

»Jetzt erinnere ich mich«, sagte Freddy. »Gibt es da nicht noch eine Strophe über eine Leiche?«

»Stimmt genau.« Gavin starrte ihn an. Es war wirklich ein Wunder, jemanden kennenzulernen, der Gedichte las, der Wallace Stevens' Werk kannte. Es war ein Omen, etwas, das ihn glücklich machte.

»Hör mal«, sagte Freddy. »Kommt da ein Auto?«

»Klingt fast so. Ein Inspektor?«

»Oder der Eiscremekönig«, sagte Freddy. »Jedenfalls fährt er vorbei.«

»Es herrscht Krieg«, rief Gavin und wollte plötzlich Craig nachahmen. »Ich sagte, es herrscht *Krieg*.«

Sie mußten beide lachen. Sie waren Freunde geworden.

2

Er wollte es Kathy erklären, aber sie verstand ihn nicht.

»Ach, hör schon auf. Du machst aus allem was Besonderes, selbst wenn es völlig normal ist. Du bist ein umgekehrter Snob, Gav. Bloß weil diese Leute seltsam sind, werden sie noch lange nicht romantisch. Für mich wäre das wirklich das Letzte, Nacht für Nacht eingepfercht in diesem kleinen Haus mit den Arbeitslosen von gestern und den Flittchen aus der Shankill Road.«

»Aber sie waren nicht alle arbeitslos. Dieser Hargreaves zum Beispiel ist wirklich sehr interessant. Außerdem ist da noch Captain Lambert, der Säufer.«

»Und was findest du an Säufern so toll? Ich sehe sie jeden Tag gegenüber von unserem Büro vor dem Arbeitsamt herumlungern. Beim Luftschutz sind die wirklich genau richtig. Ehrlich, Gav, hast du keine Ahnung, was man von dir und deinen Kollegen hält?«

»Sind dir wohl nicht romantisch genug, wie? Wär's dir lieber gewesen, ich hätte mich zur britischen Armee gemeldet?«

»Sei nicht blöd, dazu bist du noch zu jung. Außerdem hätte unser werter Herr Vater einen Schlaganfall bekommen.«

»Lassen wir den mal beiseite. Selbst *wenn* ich mich melden könnte, würde ich bei meinem Glück den ganzen Krieg Latrinen schrubben.«

»Du fängst ja schon wieder an. Bei *deinem* Glück. Auf

dieser Welt hältst du dein Glück selbst in Händen. Du hast diese Stelle doch nur angenommen, weil es dir leichter fällt, ein paar simple Erste-Hilfe-Kurse mitzumachen, als zurück zur Schule zu gehen und deine Abschlußprüfung zu bestehen. Deine Gründe haben mit dem Krieg nichts zu tun, und das weißt du genau.«

»Welcher Krieg?« fragte Mr. Burke, der gerade zum Frühstück herunterkam. »Habt ihr das Neueste noch nicht gehört? Die Polen haben sich bei Lublin ergeben. Hitler hat gewonnen. Natürlich wird er noch ein paar Zugeständnisse verlangen, aber die Briten und die Franzosen können es sich kaum leisten, ihm etwas abzuschlagen. Die haben die Hosen gestrichen voll.«

»Daddy«, sagte Kathy. »Manchmal hab ich Angst, daß man dich verhaftet, so wie du redest.«

»Sollen sie mich doch verhaften«, erwiderte Mr. Burke großspurig. »Ich habe es schon mal gesagt, und ich sage es jetzt wieder: Wenn es um die Unterdrückung von Minderheiten geht, ist der deutsche Schaftstiefel nicht halb so schlimm wie der Absatz von John Bull. Dieser ganze Quatsch, daß Hitler eine Gefahr für die Zivilisation sei, ist doch typisch englische Scheinheiligkeit. Wenn ich daran denke, was *die* sich mit uns geleistet haben.«

»Ach, Daddy, verschon uns wenigstens beim Frühstück mit den irischen Unruhen. Du hörst dich schon an wie Tante Liz.«

»Lacht nur über eure Tante Liz«, sagte Mr. Burke und schlug die *Irish News* auf. »Ihr habt einfach keine Ahnung, ihr beiden.« Er strich die Zeitung glatt, spitzte seine vollen Lippen und begann zu lesen. Gavin beobachtete ihn und mußte daran denken, daß sein Vater die Zeitung las, wie andere Männer Karten spielten, er überflog das Blatt, bis er etwas fand, das ihn in seinen Erwartungen bestätigte. Ein jüdischer Name in einem Bericht über eine finanzielle Transaktion, ein Sieg Francos über die gottlosen Roten, ein Hinweis auf britische Hinterlist in den Auslandsnachrichten, ein irischer Triumph auf dem Sportplatz, ein Beleg für protestantische Bigotterie, ein Anzeichen für die Korruptheit der Regierung Ulsters: das waren seine Leseziele.

In letzter Zeit konnte er zufrieden sein, dachte Gavin, während sein Vater die Rede Hitlers vor dem Reichstag las, sich mit der linken Hand abwesend über die widerborstigen, grauen Haare strich und zustimmend zu Hitlers neuen Forderungen nickte. Sein Vater war Anwalt und glaubte, seine juristische Ausbildung befähige ihn, unparteilich, logisch und einsichtig zu urteilen. Dabei, dachte Gavin, ist er einer der engstirnigsten und emotionalsten Menschen, die ich je kennengelernt habe. Vor mehr als einem Jahr hatte er bereits beschlossen, daß es keinen Sinn habe, mit seinem Vater zu diskutieren. Schweigen und stumme Rebellion waren die einzige Verteidigung gegen das fromme Geschwafel seines Vaters über den Katholizismus, seine faschistischen Neigungen in der Politik und seine Grundsatzerklärungen zur Literatur. Die Ansichten seines Vaters waren lachhaft – wenn sie einen nicht zum Weinen brachten.

»Übrigens«, sagte Kathy und senkte ihre Stimme, »letzte Nacht hat jemand für dich angerufen.«

»Wer denn?«

»Du weißt schon. Du sollst sie zurückrufen. Sie glaubt, du gehst ihr aus dem Weg. Dabei bist du doch gleich um die Ecke von ihrem Krankenhaus stationiert, warum gehst du nicht mal hin und triffst dich mit ihr?«

»Schwesternschülerinnen sind keine Besucher erlaubt. Außerdem dürfen wir unseren Posten nicht verlassen.«

»Jedenfalls wäre es besser, du rufst sie an. Sie klang gekränkt.«

Er nickte und gab sich unbekümmert. In Wahrheit aber dachte er jedesmal auf dem Weg Richtung Krankenhaus besorgt, daß er ihr zufällig über den Weg laufen könnte, daß sie ihm in ihrer Schwesterntracht, einem weißen, gestärkten Kittel über schwarzen Strümpfen, begegnete, eine Aufmachung, die seinen Schutzengeln höllisch zu schaffen machte. Und er in seiner verhaßten Luftschutzkluft. Aber da sie ihn angerufen hatte, ließ es sich nicht länger aufschieben. Er würde sie zurückrufen müssen. Später, ja, später.

Kathy und sein Vater gingen in ihre Büros. Er ging ins Bett. Seine Mutter weckte ihn um elf Uhr morgens. »Deine Herzensdame ist am Telefon.« Noch ganz verschlafen stolperte er hastig nach unten.

»Gavin, ich bin's. Hör mal, Schwester Oberin gibt mir heute nachmittag zwei Stunden frei, damit ich mir Schuhe kaufen kann. Können wir uns treffen?«

»Campbells«, sagte er.

»Gut. Sagen wir um fünf bei Campbells, nachdem ich die Schuhe besorgt habe. Dann haben wir Zeit bis halb sieben.«

»Prima.«

Aber natürlich war es überhaupt nicht prima, es war hoffnungslos. Kaum hatte er den Hörer aufgelegt, fiel ihm ein, daß er in seiner E.H.T.-Montur aufkreuzen mußte, wenn er sich um diese Uhrzeit mit ihr in der Stadt treffen wollte. Sein Dienst begann um sieben, da blieb keine Zeit, um hinterher noch nach Hause zu gehen und sich umzuziehen. Ruf das Krankenhaus an.

»Könnte ich bitte mit Schwester Shannon sprechen?«

»Schwester Shannon? Ist dies ein Privatgespräch?

Schwesternschülerinnen dürfen keine Privatgespräche führen, wenn es sich nicht um einen Notfall handelt.«

»Dies ist ein Notfall.«

»Einen Moment, bitte.«

Eine andere Stimme. Eine ältliche Stimme. »Hallo? Können Sie mir sagen, um was für einen Notfall es sich handelt? Hier spricht Schwester Maria Immaculata.«

»Der Papst ist tot«, sagte er und legte auf. Von störrischen alten Nonnen erlöse uns, o Herr. Mal ehrlich, wenn Sallys Gefühle von dem abhängen, was du anhast, kannst du sie gleich vergessen. Benimm dich nicht länger wie deine Mutter mit ihrer versnobten Witzelei über die Hintertür, die du benutzen sollst, um ihr bei den Nachbarn keine Schande zu machen. Geh zu Campbells und trag die Uniform.

Es war Altweibersommer, ein warmer, feuchter, später Nachmittag, und wenn die Studenten Campbells Bäckerei im Parterre durchquerten, um dann die Treppe zum Café hinaufzugehen, zogen sie bereits ihre Regenmäntel aus und nahmen ihre langen Universitätsschals ab. Der einzige Mann im Café, der seinen Regenmantel anbehalten hatte, war Gavin, der verschwitzt und unbehaglich am Fenster saß und Stahlhelm und Gasmaske unter dem Stuhl versteckt hatte. Solange man Stiefel und Uniformhose nicht sah, konnte man ihn für einen Studenten halten. Dabei waren Uniformen groß in Mode. Am anderen Ende des Cafés spreizte sich ein Reserveleutnant der Royal Navy vor zwei bewundernden Mädchen in einer Uniform, deren goldene Tressen an den Ärmelaufschlägen so neu aussahen, daß man ihn glatt für einen Betrüger halten konnte. Ein Offiziersanwärter mit weißen Schulterklappen holte Kaffee für ein Mädchen in Stulpen, und ein sehr gelehrt dreinschauender Soldat der Royal Ulster Rifles las das Caféexemplar des *New Statesman & Nation.*

»Na, Burke«, sagte der Weiße Schutzengel. »Bist du Mann oder Maus? Zieh deinen Regenmantel aus.«

»Klar doch, und setz gleich noch deine Blechtüte auf, wenn du schon dabei bist«, spottete der Schwarze Engel. »Salutiere vor dem Marineleutnant; er ist Offizier!«

»Unsinn«, sagte der Weiße Engel. »Du bist Zivilist, er kann dir nichts befehlen.«

»Wieso bist du dir da so sicher?« flüsterte der Schwarze Engel. »Es ist Krieg, und er hat den höheren Rang. Er hat ein Offizierspatent des Königs.«

Manchmal war der Schwarze Engel frecher, als gut für ihn war. Kaum hatte er Gavin diese Flause in den Kopf gesetzt, fühlte sich Gavin verpflichtet, die Herausforderung anzunehmen. Kein erbärmlicher kleiner britischer Marinemensch würde ihm angst machen. Er zog den Regenmantel aus, und als er zum Selbstbedienungstresen ging, starrte er dem Leutnant in die Augen, als wollte er ihn auffordern, Gott weiß was zu tun. Der Leutnant musterte ihn kühl. Wahrscheinlich war er einer von den Typen, die ein Taschentuch im Ärmel trugen, einer von der kaltschnäuzigen protestantischen Sorte, die Katholiken irgendwie vulgär fanden und die Südiren für unzuverlässige Bauern hielten. Gavin spürte die Wut in sich aufsteigen, als er an dem Marineoffizier vorbeiging. Dabei hatte ihm der Leutnant gar nichts getan, doch in Gedanken hatte Gavin ihn bereits vom Stuhl hochgezerrt und k. o. geschlagen.

»Bist du's?«

Die Frage klang beinahe schüchtern. Er konnte den weißen Kragen ihrer Schwesternuniform unter dem geöffneten Mantel und diese schwarzen Seidenstrümpfe sehen, die sein Schwarzer Engel so liebgewonnen hatte. »Kaffee?« fragte er mit flüsternder Stimme. Er flüsterte stets an öffentlichen Orten. Er haßte es, wenn Fremde von seinen Angelegenheiten erfuhren. Er nahm ein Tablett vom Stapel, stellte zwei Tassen darauf und führte Sally zum Fensterplatz. Als sie sich setzte, stieß ihr Fuß an den Stahlhelm unter seinem Sitz.

»Ist das deiner?«

»Ja.«

»Was bedeutet E.H.T.?«

»Erste-Hilfe-Trupp.«

»Ach so.«

»Was soll das heißen: ach so?«

»Nichts, ich war bloß neugierig.«

»Du hast dir dabei doch was gedacht. Spuck's aus.«

»Nichts, ehrlich nicht. Ich habe mich nur gefragt, wie du wohl damit aussiehst.«

Er bückte sich, löste den Kinnriemen von der Gasmaskentasche und setzte sich den Helm auf. Er trug ihn absichtlich gerade, so, wie er am langweiligsten aussah. »Nun?«

»Hm.«

»Jetzt sag's schon. Ich sehe wohl nicht so schneidig aus wie dieser Lackaffe von einem Marinehelden da vorn.«

»Ich habe doch kein Wort gesagt.«

»Aber gedacht hast du's.«

»Wovon redest du eigentlich, Gav? Was ist los?«

»Du genierst dich meinetwegen, das ist los. Ich sehe aus wie Charlie Chaplin. Na schön, dann laß dir wenigstens gesagt sein, daß die Leute auf meiner Arbeit sogar noch komischer aussehen. Unser Wachoffizier ist Analphabet, ein ehemaliger Gewichtheber. Der Kerl ist zum Schreien. Und dann haben wir noch einen alten Soldaten, der sich das Haar schwarz färbt, einen betrunkenen Offizierstyp, einen Bauhelfer, einen Zwerg, ein paar alte Putzfrauen und eine blonde Freizeithure. Die meisten meiner Kollegen hatten seit Beginn der Rezession keine Arbeit mehr, und ich weiß auch, warum. Wir sind nicht zu vermitteln, wir sind ein Witz, und man hält uns überall für eine Bande von Faulenzern. Sind wir auch. Ich werfe dir überhaupt nicht vor, daß du mich auslachst.«

»Ich habe dich nicht ausgelacht, Gavin. Was ist heute bloß in dich gefahren?«

»Nichts ist in mich gefahren. Du ahnst ja auch nicht, was ich durchgemacht habe, weil ich deinetwegen in Uniform kommen mußte.«

»Aber du hast doch Campbells vorgeschlagen.«

»Ach, ist ja auch egal.«

»Aber mir ist es nicht egal. Wenn du deine Arbeit haßt, warum gibst du sie dann nicht auf?«

»Und geh zurück zur Schule? Ich dachte, du wolltest nicht mehr mit Schuljungen ausgehen?«

»Das habe ich nie gesagt. Natürlich würde ich mit dir ausgehen.«

»Klar, lieber ein Schuljunge als so ein schrecklicher Luftschutzclown.«

»Hör auf, Gavin. Habe ich das jemals gesagt?«

»Das brauchst du gar nicht.«

Sie schwiegen. Sally hob die Tasse und nippte an ihrem Kaffee. Sie stellte die Tasse wieder ab. »Tatsache ist«, sagte sie, »daß du selbst so über deine Arbeitskollegen redest, nicht ich.«

»Wie willst *du* was über sie sagen können? Du kennst sie doch gar nicht.«

»Genau.« Sie griff über den Tisch nach ihrer Handtasche. »Ich glaube, ich gehe jetzt besser.«

»Geh nur. Ich erspar dir die Verlegenheit, dich zu begleiten. Dann brauchst du dich nicht mit einem E.H.T.-Tagedieb auf der Donegall Street zu zeigen.«

»Gavin, weißt du, was? Du bist ein Snob.«

»Ich? Du bist doch der Snob.«

»Herrje, jetzt sei mal still und hör mir zu!« sagte sie. »Warum kündigst du nicht, wenn du glaubst, daß diese Arbeit unter deiner Würde ist? Und wenn du so felsenfest entschlossen warst, nicht zur Schule zurückzugehen, warum hast du dich dann nicht zur Air Force gemeldet? Du hättest als Kadett anfangen können.«

»Seit wann sind wir denn eine so schrecklich loyale Britin, Miss Shannon? Mein Onkel wurde von den Engländern erschossen. Was glaubst du, was meine Eltern sagen, wenn ich mich freiwillig melde?«

»Ich weiß nicht. Macht es dir was aus, was sie sagen?«

»Sicher.«

»Und warum gehst du dann nicht wieder zur Schule und machst deinen Abschluß?«

»Was weißt du schon davon? Ich mache meinen Abschluß in London, kommt aufs gleiche raus. Wer bist du denn, meine Mutter?«

»Wenn ich's mir recht überlege«, sagte sie, »bin ich das wirklich nicht.« Sie stand auf, schlüpfte in ihren Regenmantel und durchquerte rasch das Café. Lauf hinter ihr her und entschuldige dich. Beeil dich!

Er würde nach unten laufen, hinaus auf die Straße, sie in der Menge entdecken. Hinter ihr herlaufen, sie einholen und dann neben ihr hergehen. Reue zeigen. Endlich die Wahrheit sagen.

– Sally, du hattest recht. Ich schäme mich tatsächlich für diesen Posten, und es stimmt, ich hätte zurück zur Schule gehen sollen.

Keine Antwort. Immer noch wütend.

– Sally, geh bitte langsamer, nicht so schnell. Ich möchte dir etwas sagen. Ich liebe dich...

Ihre Augen, sie schauen ihn an.

– Ich habe das heute alles bloß gesagt, weil ich irrsinnige Angst habe, daß du mich nicht mehr leiden kannst und nicht mehr mit mir ausgehen willst...

– So ein Unsinn, Gavin.

– Warte, Sally. Ich kann so nicht reden, nicht auf offener Straße. Komm mit in die Teestube, die ist fast leer. Wir setzen uns drüben an den Tisch in der Ecke. Laß mich deinen Mantel nehmen. Und jetzt hör mir zu, ich will dir die Wahrheit sagen. Ich habe sie noch keinem Menschen erzählen können, und das hat mich verrückt gemacht. Ich meine es ernst. Manchmal denke ich wirklich, daß ich verrückt bin. Jedenfalls stimmt irgendwas nicht mit mir. Ich bin anders. Nein, das ist nicht die ganze Wahrheit. Ich will dir alles gestehen...

Ihre Augen, diese großen, herrlichen Augen. Sie schauen ihn an. Sanfte Augen. Ihr konnte er es sagen. Wenn er es Sally nicht sagen konnte, konnte er es niemandem sagen. Und wenn er es niemandem sagen konnte, war es aus mit ihm. Das wußte er.

– Liebling – Ja, nenn sie Liebling, trau dich –, Liebling, du hattest recht, ich *schäme* mich für diesen Posten, und ich schäme mich für meine Scham, wenn du weißt, was ich meine. Im Grunde bin ich genauso versnobt und kleinlich wie meine Eltern. Ich möchte mich mit Leuten wie Freddy und Captain Lambert anfreunden, weil die so ›anständig‹

sind. Ich nenne mich gern einen Sozialisten, aber wenn ich mit einigen Männern unserer Wache zusammensitze … Ich meine, diese Art Männer, die nie einen weißen Kragen und Schlips tragen, die Art, von der mein Vater sagt, sie würden ihre Hemden ›am Hals einfach zusammenhalten und mit einem Messingknopf zuknöpfen‹. Das sind Männer, die jahrelang arbeitslos gewesen sind, Männer, wie du sie an den Straßenecken auf der Falls und der Shankill Road herumlungern siehst, Männer, die diese Billiganzüge tragen. Du kennst doch bestimmt den Werbeslogan?

Papa kaufte, ich war noch klein,
die Anzüge stets bei Sackman's ein.
Selbst Papa nun, kauf ich allein
die Anzüge stets bei Sackman's ein.

– Und werde es immer tun, Sally, *sicut erat in principio et nunc et* verdammt noch mal *semper*. Diese Männer und ihr Leben, davor habe ich Angst; sie verkörpern meine Zukunft, die Zukunft eines Versagers. Ich bin wie mein Vater. Und genau wie mein Vater will ich nicht, daß ich so bin wie die – nicht wie die da. Sonst ist an dem Gerede von der Zukunft nichts dran, Sally. Du bist kein Snob, Sally, du kannst mich nicht verstehen …

– Aber ich versteh dich – Sie wird mich verstehen. Doch sie wird sagen, ich sei dumm, ich sei nicht so wie sie.

– Ich bin wie die, Sally, und das macht mir angst. Verstehst du nicht? Ich passe in diesen E.H.T.-Zirkus, ich gehöre hundertprozentig dazu. Ich bin der Junge, der seinen Abschluß nicht bestanden hat, der Junge, der vor die Hunde geht …

– Unsinn, Gavin …

– Kein Unsinn! Ich gehöre in diesen Zirkus, das ist die Wahrheit. Sally, was geschieht mit mir, was wird mit mir geschehen?…

Ihre Augen, ich liebe ihre Augen.

– Wie meinst du das, Gav. Was *geschieht*?…

Und ich muß ihr alles sagen. Darin liegt meine einzige Hoffnung. Ich muß ihr gestehen, daß ich seit vierzehn Monaten nicht mehr beichten war, daß ich nicht mehr bete. Sie wird entsetzt sein, sie ist eine Heilige. Gewissermaßen jedenfalls. Alle Mädchen sind Heilige – gewissermaßen. Und ich sage ihr, daß ich nicht heilig bin, daß ich es niemals war, schon als Kind nicht. Ich sage ihr, daß das eigentliche Problem darin liegt, daß ich Sex im Kopf habe, daß ich in jeder wachen Minute, Tag und Nacht, an nichts anderes denke. – Boß dann nicht, wenn ich mit dir zusammen bin, Sally, denn dich liebe ich, und das ist was anderes…

Lüge, Lüge, Lüge; es gibt keine Hoffnung für dich, wenn du auch nur eine einzige Lüge erzählst. Die Beichte muß absolut sein.

– Sally, sogar du kommst in meinen schmutzigen Gedanken vor…

Dabei finde ich sie gar nicht *schmutzig*, diese Gedanken; sie sind ganz natürlich, das ist ja das Schlimme. Nein, da laß ich mich besser nicht weiter drauf ein. Ich erzähl ihr lieber von den anderen Anzeichen. Zum Beispiel davon, daß ich erst siebzehn bin und trinke, ja, und schon zweimal betrunken war, einmal mit der Luftschutzclique. Mit zwanzig bin ich ein Säufer, habe wahrscheinlich einen Tripper…

– Tripper? – wird sie fragen.

Nun mach schon, erzähl's ihr. Mein Freund Freddy Hargreaves nämlich, der ist viel älter als ich, schon fast dreißig.

Jedenfalls will er, daß ich an meinem nächsten freien Abend mit ihm ausgehe. Wir wollen uns ein paar heiße Bräute in der Tanzdiele vom Plaza aufreißen. Ich weiß nicht, wie ich mich da rausreden soll, ich weiß nicht mal, ob ich mich da rausreden *will.* Es sei denn, wir würden zusammen ausgehen, Sally. Bitte, Sally, verlaß mich nicht. Wenn du mich jetzt verläßt, bin ich erledigt. Wenn du mich liebst, heißt das, daß es noch Hoffnung für mich gibt. Vergiß all die schlimmen Dinge, die ich dir heute gesagt habe, ja?

Aber es war sinnlos, sie darum zu bitten. Inzwischen mußte Sally auf halbem Weg zurück ins Krankenhaus sein. Er saß im Campbells und starrte auf die Marineoffiziersmütze, die auf einem Stuhl in der Nähe lag, arrogant und elegant, Symbol einer Autorität, über die er nie verfügen würde. Wie stets hatte er all die richtigen Dinge gesagt – aber nur zu sich selbst. Und wie stets hatte er nichts getan, um sich zu retten.

3

Im Schankraum eines Pubs mit Namen ›The Hole in the Wall‹ bestellte Freddy Hargreaves zwei Halbe Porter und zwei Whiskey. Je ein Glas stellte er vor Gavin ab. »Der Trick liegt darin, beide in zwei Minuten auszutrinken. Neunzig Sekunden für den Halben, dann den Kurzen zum Nachspülen. Danach gleich raus und rüber ins Plaza. Zum Tanzen in Schwung, aber nur leicht beschwipst. Fertig?«

Gavin griff nach dem Halben, der ihm groß wie ein Faß Guinness vorkam. Er warf einen Blick auf die Rothaarige, die ihm gleich beim Betreten der Kneipe aufgefallen war. Sie sah umwerfend aus, kaum älter als er, schien aber völlig heimisch in dieser Welt der Bars und Biere. Eine Strähne ihrer roten Haare fiel ihr in die Stirn, und sie lachte fröhlich über etwas, das ihr ein fettes, blondes Schwein von einem Mann erzählte. War sie ein bißchen angeheitert? Oder war sie einfach nur glücklich? Sie hatte allen Grund, glücklich zu sein, sie war eine Frau, sie mußte keine halben Liter Porter auf Zeit trinken.

»Auf die Plätze, fertig…«, sagte Freddy und folgte Gavins Blick, um zu sehen, was seine Aufmerksamkeit so gefesselt hielt. »Eine Sekunde. Siehst du den Dicken, der mit der Rothaarigen?«

»Klar sehe ich die Frau.«

»Also, der Typ, mit dem sie zusammen ist, heißt Bobby Luddin, seinem Alten gehört Luddin's Southern Cream, sie sind die Whiskey-Barone. Er war vor kurzem in der

Zeitung, du hast es bestimmt gelesen. Man hat ihn aus der englischen Armee gefeuert.«

»Warum?«

»Er bekam in Friedenszeiten eine Offiziersstelle, hatte aber offenbar bald die Nase voll, reiste durch England und schrieb sich in die Gästebücher nationaler Gedenkstätten ein. Er unterschrieb allerdings jedesmal mit Adolf Hitler. In der Kathedrale von Salisbury haben sie ihn dann erwischt. Der *Daily Sketch* hat darüber berichtet.«

»Und wer ist die Frau?«

»Weiß nicht. Frauen sind sein Hobby. Ich hol ihn zu uns rüber. Er ist manchmal wirklich gut drauf. Und er gibt immer einen aus.«

Bobby Luddins Gesicht war voller Pickel, sein hellblondes Haar so schütter, daß sein rosig glänzender Schädel durchschimmerte. Er trug einen teuren Anzug. Die Frau sah in Seidenkleid und Pelzmantel ebenfalls ziemlich vornehm aus. Sie war in Sallys Alter, allerdings ein wenig zu groß. Was fand eine so phantastisch aussehende Frau an einem Schwein wie Bobby? »Das weißt du doch«, sagte der Schwarze Engel. »$, £, Mark – Geld.«

»Du hast bestimmt schon davon gehört, nicht wahr, Freddy? Tja, sie haben mich unehrenhaft entlassen. Meinten, ich sei durchgedreht. Durchgedreht, weil ich nicht dabeigeblieben bin, um mich für König und das gottverdammte Land abschlachten zu lassen, wie findest du das?« Bobby zwinkerte mit einem Auge und schloß es dann. Er lächelte dämlich. Er hatte schlechte Zähne.

»Das hier ist Gavin Burke. Bobby Luddin.«

»Burke. Wie geht es dir? Meine Frau Sheila.«

»Wann habt ihr geheiratet?« fragte Freddy überrascht.

»Vor sechs Monaten – sind es sechs, Sheila? Und soll ich

dir was sagen, als ich sie erwarb, war sie noch unberührte Ware. Ich kann es mit einem medizinischen Gutachten beweisen. Wir haben es eingerahmt und übers Bett gehängt. ›Hiermit wird bestätigt, daß Miss Sheila Collins von mir untersucht und als *virgo intacta* befunden wurde.‹ Vom Quacksalber selbst unterschrieben.«

»Du spinnst.«

»Nicht doch. Absolut vernünftige Vorsichtsmaßnahme, meinst du nicht auch, Burke?«

»Sag was«, warnte der Schwarze Engel. »Starr ihn nicht einfach nur schockiert an. Nick wenigstens mit dem Kopf. So ist es schon besser.«

»Siehst du, Burke gibt mir recht. Immerhin habe ich in meinem Leben bestimmt schon an die vierhundert Weiber flachgelegt. Tatsache. Ich führe Buch, und mit heiligen Dingen treibe ich keinen Spaß. Jedenfalls nahm ich nicht an, daß es viele Frauen gibt, die nach ihrer Pubertät noch Jungfrauen sind. Also beschloß ich, mir mit meinem Geld ein echtes, unberührtes Hymen zu leisten. Ich habe verdammt noch mal drauf bestanden. Ich wollte sagen können, daß ich der erste war, der in dieses stille Wasser reingeplatzt ist. Lyrik. Stehst du noch auf Gedichte, Freddy?«

»Du warst schon immer ein Kotzbrocken«, sagte Freddy.

»Richtig, ein echter Kotzbrocken«, stimmte ihm Bobby fröhlich zu. »Nicht wahr, Sheila?«

Die Frau stierte ihn mit dem starren, verhangenen Blick einer Betrunkenen an. Dann wandte sie sich ab. Kein Wunder, dachte Gavin. Die Arme.

»Sind das etwa Halbe, die ihr beiden da runterkippt? Nicht doch. Halbe sind was für Fuhrkutscher: Mick? Tausch diese beiden Halben gegen zwei Doppelte aus.«

»Laß dich von Bobby nicht täuschen«, sagte Freddy zu Gavin. »Er ist ein echter Revolutionär. Allein durch seine widerliche Persönlichkeit bekehrt er jedes Jahr Tausende zum Marxismus-Leninismus. Sogar durch diese unehrenhafte Entlassung, wirklich ein Geniestreich, Bobby. *Degenerierter Kapitalist drückt sich vorm Krieg.*«

»Verbindlichen Dank«, sagte Bobby und prostete ihm zu. »Hast du schon von meinem Prozeß mit dem Royal Lane Kino gehört?«

»Wegen der Pariser, die du in die Eclairs gestopft hast?«

»Ach, das weißt du schon.« Bobby schien untröstlich. »Aber von meinem kleinen Spielchen in Portstewart letzten Monat hast du noch nichts gehört. Erzähl's ihm, Sheila.«

»Erzähl du's ihm«, sagte Sheila und trank ihr Glas aus.

»Sie haben mich aus einer Methodistenkirche rausgeworfen. Wir gingen gerade vorbei, Sheila und ich, da hörten wir diese köstlichen Kinderstimmen Kirchenlieder singen. Also sind wir rein, zum Chorboden rauf, und da standen die Kleinen mit einer hübschen kleinen Sopranistin, um die vierzehn, nehme ich an. Als sie mit ihrem Solo begann, glitt ich an ihre Seite und hab ihre eine Hand unter den Rock geschoben. Sie hat mit einem ziemlich hohen Ton aufgehört. Wie hieß der Choral noch, Sheila?«

Sheila schüttelte den Kopf. Sie seufzte.

»Aber hat denn keiner die Polizei gerufen?« hörte Gavin sich fragen, obwohl der Schwarze Engel höhnisch meinte, daß dies eine ziemlich spießige Frage sei.

»Doch«, sagte Sheila grimmig.

»Tja, ich mußte eine ziemliche Summe an den Kirchenfond überweisen«, sagte Bobby. »Aber das war es wert. Noch einen Whiskey, Jungs?«

»Also gut, aber nur einen«, sagte Freddy. »Wir wollen heute abend noch tanzen.«

»Wo?«

»Im Plaza.«

»Aha, nicht übel. Laßt uns zusammen hingehen. Mir ist heute abend nach Weiberröcken.«

»Und was ist mit deiner Frau?« fragte Freddy. »Das wird nicht gerade lustig für sie.«

»Burke kann mit ihr tanzen. Sie ist eine gute Tänzerin, Burke. Außerdem hat sie einen süßen kleinen Arsch, meinst du nicht?«

Gavin schaute sie an und konnte ihr doch nicht in die Augen sehen. Er wußte, daß sein Gesicht rot angelaufen war. Bobby beachtete ihn nicht weiter, zückte eine teure Lederbrieftasche und entnahm ihr eine Fünfpfundnote. Er hielt den Fünfer wie ein Taschentuch hoch und wedelte dem Barkeeper geziert zu. »Mick?« rief er. Der Kellner kam. Bobby zahlte. Freddy zwinkerte Gavin zu.

»Wenn ich du wäre«, sagte der Weiße Engel, »würde ich mir das genau überlegen, wirklich. Ich weiß, du findest es blöd, was ich über schlechte Gesellschaft zu sagen habe, aber wenn du in deinem ganzen Leben je in schlechter Gesellschaft gewesen bist, dann mit diesem fetten, reichen Pinkel, seinen Fünfern und seinem losen Mundwerk.«

»Ach, hör schon auf«, sagte der Schwarze Engel. »Stell dir vor, was du Rory Hare und Tony Clooney erzählen kannst. Ein Mann bietet dir seine Frau an, wenn auch nur zum Spaß. Und was für eine Frau!«

»Komm schon, Gav«, sagte Freddy. »Hier lang, wir kreuzen mit Stil auf. Bobby hat ein Auto.«

Und was für ein Auto! Es stand vor dem Hintereingang, ein hoher, selbst in der Verdunklung glänzender, alter

Bentley Tourenwagen, der nur aus riesigen, silbernen Scheinwerfern und geschwungenen Kotflügeln zu bestehen schien. Bobby, mit Schiebermütze und gegürtetem Regenmantel, machte einen Kratzfuß, als er ihnen die Tür aufhielt. »Sheila und du, ihr geht nach hinten«, sagte er zu Gavin. »Schau dir den Sitz an. Eine Spezialanfertigung. Man kann die Lehne zurückstellen. Freddy, du kommst zu mir nach vorn.«

Als der Bentley mit arrogantem, ältlichem Dröhnen durch die Seitenstraße rollte, beugte sich Mrs. Luddins roter Haarschopf zu Gavin hinüber. »Kannst du tanzen?«

»Ja, ein bißchen.«

»Ich tanze gern. Bevor ich geheiratet habe, bin ich oft tanzen gegangen.«

»Wirklich?« War da ein Zittern in seiner Stimme? Jedenfalls zitterten seine Knie. Der Bentley bog um die Ecke, wurde langsamer und schnurrte den Bürgersteig entlang.

»Das Blöde an dieser Verdunklung ist«, sagte Bobby, »daß man nicht sehen kann, auf wen man Jagd macht. Ich riskier's und mach die Scheinwerfer an.«

Licht zuckte über den Bürgersteig. Scheinbar entsetzt schrie ein Mädchen auf. »Was ist mit den beiden, Freddy, wollen wir die mitnehmen?«

»Deine Frau«, sagte Freddy, »sie werden sie sehen.«

»He da, Burke, bist du noch da? Sei so nett und leg dich mit Sheila flach auf den Rücksitz. Hallo, ihr beiden. Wie wär's mit einer Spritztour?«

Zusammengekauert neben Mrs. Luddin, ihr Haar in seinem Gesicht, ihren Arm um seine Schultern, hörte Gavin die Schritte der Mädchen näher kommen. »Nur zu«, hörte er Bobby sagen. »Hier vorn ist noch viel Platz.«

»Ab durch die Mitte«, rief jemand mit breitem Belfaster

Akzent. Die Maschine röhrte auf, und der Bentley schoß davon.

»Mann«, das war wieder Bobbys Stimme. »Ein Glück, daß ich noch rechtzeitig das Gaspedal durchgetreten habe. Die eine sah aus wie ein Schwein und die andere wie ihre Schwester.«

Die rothaarige Mrs. Luddin richtete sich plötzlich wieder auf und ließ Gavin los. »Du und deine Spielchen«, sagte sie zu niemandem Bestimmten.

Der Türsteher, der vor der Tanzdiele vom Plaza auf und ab ging, gehörte zu jener Sorte, die man nicht einstellt, um Türen zu öffnen, sondern um Leute durch sie hinauszuwerfen. Er schob seine brutale Söldnervisage durch das Seitenfenster, als der Bentley vor dem Eingang hielt. »Zischt ab. Ihr könnt hier nicht stehenbleiben.«

Bobby schien ihn nicht gehört zu haben. Er stieg aus dem Wagen, zückte einen Zehnshillingschein aus seiner Brieftasche und stopfte ihn dem Türsteher zwischen den ersten und zweiten Knopf seiner Uniform. »Der Schlüssel steckt.«

»Jawohl, Sir, in Ordnung, Sir. Ich fahr ihn bloß um die Ecke. Ich behalt ihn im Auge, Sir, keine Sorge.«

Mrs. Luddin ließ sich von Gavin aus dem Rücksitz helfen. Sie stützte sich schwer auf seinen Arm und wandte ihm ihr Gesicht zu. Sie roch nach Whiskey und teurem Parfüm. »Du bist jünger als ich, nicht wahr?« fragte sie. »Studierst du an der Queen's?«

»Ja.« Er ließ die eine Antwort für zwei unangenehme Fragen gelten, nahm im selben Moment wahr, daß Bobby vier Karten am Kartenschalter löste, und sah auch, daß Freddy keine Anstalten machte, für ihren Eintritt zu zahlen. Was für ein Mensch war Freddy eigentlich? Was fand er nur an Bobby?

»Ich will tanzen«, murmelte Mrs. Luddin. »Laß uns reingehen.«

Auf dem Tanzboden umklammerte sie ihn mit ihren Schenkeln, preßte die Brüste an ihn und schmiegte ihr Gesicht an seinen Hals, so daß Gavin jedesmal unbehaglich zum Tisch sah, wenn sie daran vorübertanzten. Aber Bobby schien selig, vor sich eine Reihe großer Teetassen, die alle verbotenen Whiskey enthielten. Freddy glitt mit Pantherschritten über die Tanzfläche, ein Don Juan, ein Champion, in seinem Element und allgemein bewundert.

»Siehste«, sagte der Schwarze Engel. »Keiner schert sich um dich. Du könntest sie ins Dunkel ziehen, sie küssen und befummeln, und keiner würde was merken.«

Kaum waren sie wieder in der Nähe von Bobbys Tisch, hörte die Musik auf. Es wäre unhöflich gewesen, nicht zu ihm zurückzugehen. »Gefällt es dir, Burke? Hier, nimm einen Schluck Tee. Was hältst du von der Kleinen da drüben, die mit den eigenartigen Schuhen?«

»Wenn du bei alldem, was du schon intus hast, auch noch Whiskey pur trinkst«, sagte der Weiße Engel, »brauchst du heute abend nicht mehr nach Hause zu gehen. Deine Eltern erwischen dich bestimmt. Es ist spät, nicht? Schon nach zehn, und bis Mitternacht mußt du wieder nüchtern sein. Wenn ich an deiner Stelle wäre, würde ich mich verdrücken, meinen Mantel holen und eine Stunde an die frische Luft gehen, bevor ich mich nach Hause traue.«

»Hätte er immer auf dich gehört«, sagte der Schwarze Engel, »säße er noch im Klassenzimmer *A* in St. Michan.«

»Eben«, sagte der Weiße Engel. »Und da gehört er auch hin. Gavin, diese Menschen sind dekadent und dumm.«

»Ach, halt's Maul«, sagte der Schwarze Engel. »Sie sieht einfach umwerfend aus, sie kann dieses Fettgesicht nicht ausstehen, bestimmt hat man sie ihren Eltern abgekauft; außerdem mag sie dich, ihr gehört zur selben Generation, jedenfalls bist du eher ihr Typ als dieses Mastschwein da. Dir ist doch klar, woran ich denke, oder nicht? Die junge Mrs. Luddin könnte das Ende deiner Pechsträhne bedeuten. Sie könnte dir den nötigen Kick geben. Fällt dir eine ein, die besser dafür geeignet wäre? Gönn dir den Drink, und tanz noch mal mit ihr.«

Sie tanzten unter einer Lichtkuppel aus wechselnden Farben, tanzten langsam, eng aneinandergeschmiegt, und auf einmal war er glücklich und betrunken, der Krieg, der Luftschutz, die Abschlußprüfung, all das war vergessen, und jemand auf der Bühne sang *South of the Border*, ein Lied, das er letztes Jahr in Bangor auf einem Campingurlaub mit Rory Hare zum ersten Mal gehört hatte. Was würde der alte Rory sagen, wenn er ihn, Gavin, hier sehen könnte, wie er mit dieser phantastischen Frau tanzte, wie er die Nase in ihr Tizianhaar versenkte und sie singen hörte:

That's where I fell in love, when stars above
Came out to play,
The mission bells told me
That I mustn't stay
South of the border
Down Mexico way.

Er wollte sie auf die Wange küssen, verfehlte sie aber und küßte statt dessen ihre Augenlider. Es schien ihr nichts auszumachen. Er küßte sie wieder, diesmal auf den Hals, und die Musik hörte auf, und Sheila führte ihn, Hand in Hand, zurück an den Tisch. Von Freddy war keine Spur zu sehen, aber Bobby bot einem häßlichen, säuerlich dreinblickenden Mädchen mit grünem Rock und roten, hochhackigen, satinbesetzten Schuhen eine Teetasse mit Whiskey an. »Sind sie nicht wundervoll?« fragte Bobby und starrte unverwandt auf ihre Schuhe. »Das ist Sheila, meine Tochter«, erklärte er dem Mädchen, »mit Burke, ihrem Freund. Und dies, ihr zwei, ist Imelda MacConaghy. Wollen wir tanzen, Imelda?«

»Nicht, wenn sie deine Tochter ist«, sagte Imelda verärgert mit tonloser Stimme. »*Ich* bin erst zwanzig.«

»Ach, ich habe doch nur Spaß gemacht, meine Liebe. Sheila ist nicht mit mir verwandt. Jetzt komm schon, Kleines. Laß uns tanzen.«

Er stand auf und führte die unansehnliche Frau auf die Tanzfläche. Als er an Gavin vorbeikam, beugte er sich vor und griff nach Gavins Hand. Er hielt etwas Metallenes in seinen klammen Fingern. »Der Autoschlüssel«, sagte er und kicherte, sein rosiger Schädel lief blutrot an. »Bleib nicht allzu lang.«

Er ging zum Tanzboden. Sie schauten ihm zu, wie er mit der Frau namens Imelda tanzte und seinen ungeschlachten Körper an ihr rieb, als wäre er ein brünstiger Jungbulle. Freddy glitt an ihnen vorüber, ein Mädchen im Arm, und vollführte gekonnt einige Rückwärtsdrehungen im langsamen Foxtrott. Stumm saßen Gavin und Bobbys Frau da, der Autoschlüssel lag auf dem Tisch zwischen den Whiskeytassen, ein Schlüssel, der Flucht, der Sünde symbolisierte.

»Kannst du fahren?« fragte sie.

»Ein bißchen.«

»Willst du?«

»Wenn *du* willst.«

»Ich will gar nichts. Mir gefällt's hier nicht. Mir gefällt's auch zu Hause nicht. Ich meine, da, wo wir wohnen.«

»Und wo wohnt ihr?«

»Auf dem Land. Vorher haben wir eine Zeitlang in England gewohnt. Gib mir eine von diesen Teetassen.«

»Warum hast du geheiratet?«

Sie senkte den Kopf und lachte. Ihr rotes Haar fiel ihr ins Gesicht, versteckte es vor ihm. Durch diese Maske hindurch fragte ihre Stimme leise und betrunken: »Wie alt bist du? Lüg mich nicht an. Sag's mir.«

»Siebzehneinhalb. Ich weiß, ich sehe älter aus.«

Sie lachte noch immer.

»Was gibt es da zu lachen?«

»Ach«, sagte sie. »Ich war so wie du. Ich wollte erwachsen sein. Ich wollte raus aus Portstewart, rauchen, Cocktails trinken, knutschen und nie, nie, nie wieder hören, daß ich dies nicht tun und jenes nicht sagen durfte. Ich schätze, ich habe geheiratet, weil ich erwachsen sein wollte. Beantwortet das deine Frage?«

»Vielleicht.«

»Gavin... So heißt du doch, nicht wahr, Gavin? Ich sag dir was. Werde nicht erwachsen. Es ist verdammt fürchterlich, erwachsen zu sein. Komm, wir tanzen.«

»Ich nehm den Schlüssel lieber mit. Sonst wird er noch geklaut.«

Auf der Tanzfläche nahm sie ihn in die Arme und schmiegte ihre Wange an sein Gesicht. Sie begannen zu tanzen. »Ich weiß«, flüsterte sie. »Ich weiß, was du denkst. Ich weiß, warum du den Schlüssel eingesteckt hast. Du bist ganz heiß und unruhig. Du bist so, wie ich es vor drei Jahren gewesen bin. Ich mag dich, Gavin. Und mit dir geht's abwärts, abwärts, abwärts, nicht wahr, Gavin?«

»Du bist schön«, flüsterte er. Er war sehr erregt, ihm war aber auch ein wenig übel.

»Und verdorben«, sagte sie. »Stimmt schon, du hältst mich für verdorben. Langsam, drück dich nicht so an mich. Tanz ein bißchen.«

Sie tanzten, tanzten an Bobby vorbei, der sich kaum noch bewegte und sich mit geschlossenen Augen an Imelda preßte, die feuchten Lippen zu einem Lächeln geöffnet. »Küß mich«, sagte Sheila Luddin. Er küßte sie. Der Whiskey wogte in seinem Kopf, er machte einen falschen Schritt, stolperte, und sie fing ihn auf. Die farbigen Lichter verschwammen vor seinen Augen, und wie benommen sah er ihr Gesicht, ein Gesicht, das zu einem Feuerrad von Farben verlief. Dann kam es, heiß, plötzlich und mächtig, und er wandte sich rasch von ihr ab; er mußte sich erbrechen. Sie nahm ihn bei der Hand, führte ihn zum Tisch und ließ ihn sich hinsetzen. »Habe ich es dir nicht gesagt?« schimpfte sie. »Werde lieber nicht erwachsen. Jetzt komm, ich fahre dich nach Haus.«

»Noch nicht. Ist zu früh. Mein Vater.«

Sie lachte. »An das Problem kann ich mich erinnern. Also gut, wir gehen spazieren. Du brauchst frische Luft. Komm schon.«

»Nein.« Er liebte sie, es war blöd, so etwas zu sagen, aber sie war phantastisch, sie war Bobbys Gefangene, und er liebte sie, aber er hatte seinen Anzug beschmutzt, er stank bestimmt bis zum Himmel, und jetzt war es sinnlos, mit ihr zusammenzusein, er würde sich genieren, sie zu berühren, er war betrunken und mußte nüchtern sein, und diese liebliche, verdorbene, verdammte Seele, der einzige

Mensch auf der weiten Welt, der ihn verstand, mußte hierbleiben und durfte nicht sehen, wie er draußen durch die Straßen wankte. »Ich liebe dich«, sagte er. »Auch wenn du verheiratet bist. Sag mir deine Telefonnummer. Darf ich dich anrufen?«

Sie beugte sich über den Tisch, ihr rotes Haar fiel nach vorn und streifte die Teetasse. Sie lachte und lachte und lachte. Es war schrecklich. Sie blickte auf, lachte immer noch und sagte: »Werde bloß nicht erwachsen. Werde bitte nicht erwachsen.«

Wenn ihm doch nur eine vernichtende Antwort einfallen würde, wenn er ihr doch heimzahlen könnte, daß sie so über ihn lachte, ihr heimzahlen könnte, daß sie sich über etwas sehr, sehr Ernstes lustig machte. Doch wie er da saß und sie starr vor Wut und Scham anstierte, rebellierte sein Magen. Er sprang auf und lief zur Toilette. Dort, kniend im Karbolgeruch, büßte er für die Nacht.

4

»Miss Shannon«, sagte Schwester Maria Paul. »Bringen Sie diesen Abstrich zu Dr. Hanson auf die Station für Venerologie. Und trödeln Sie nicht. Ich brauche Sie hier für die Visite.«

Sally Shannon nahm den Abstrich. Irgendwann mußte es ja passieren. Sie konnte den Krankenhaustrakt nicht ewig vermeiden. Schwester Kane hatte ihr erzählt, daß der Luftschutz viermal die Woche seine Übungen und Schulungen auf der Station für Venerologie abhielt, und die meisten Schwesternschülerinnen hatten den Trupp schon durch das Krankenhaus kommen und gehen sehen. Aber Sally noch nicht. Dabei war sie ihm keineswegs absichtlich aus dem Weg gegangen: sie hatte einfach Glück gehabt. Warum sollte sie Gavin wiedersehen? Es war vorbei. Wenn er angerufen oder nach dem entsetzlichen Nachmittag in Campbells sonstwie versucht hätte, sie wiederzusehen, wäre sie durchaus bereit gewesen, sich noch einmal mit ihm zu versöhnen. Aber nicht nach *sieben* Wochen. Das war zuviel.

Ärgerlich war nur, daß sie sich gründlich in Gavin Burke verknallt hatte, obwohl er ein Jahr jünger war und in mancher Hinsicht ein schreckliches Baby sein konnte. Er war nicht so wie die anderen Jungs und bestimmt nicht so wie die Medizinstudenten in diesem Krankenhaus, die ihr ständig auf den Hintertreppen auflauerten. Oder wie Tony Clooney, mit dem sie zur Zeit ausging. Sein Vater war ein reicher Gastwirt, und Tony hatte immer Geld in der Tasche. Er hatte sie ein paarmal zu einem Tanzabend oder einem Theaterstück mitgenommen, aber jedesmal höchstens ein Dutzend Worte mit ihr gewechselt. Gavin redete gern: und er war jemand, der reden konnte. Er *hörte zu*, wenn man mit ihm über Gleichberechtigung sprach, über Frauenrechte und ähnliches. Er fand sie nicht doof, nur weil sie ihren Verstand gebrauchte und sich nicht bloß für Tanzabende und Rendezvous interessierte. Ja, sie war wirklich scharf auf ihn gewesen, bis dann diese dämliche Geschichte mit dem Luftschutz und der Uniform passierte. Seitdem war es vorbei.

Doch als sie über den Flur vom Anbau und die Treppe zur venerologischen Station hinaufging, wurde sie nervös. Wenn er dort war und ihr die kalte Schulter zeigte, war das schlimm genug. Falls er sie aber nicht ignorierte, konnte das noch schlimmer sein. Jedenfalls gab es keine Entschuldigung dafür, daß er sie sieben Wochen lang nicht angerufen hatte. Überhaupt keine Entschuldigung.

Sie ging hinein. Dr. Hanson hatte Sprechstunde, und einige Dauerpatienten warteten auf ihre Spritzen. Im großen Vorraum übte der E.H.T. tatsächlich diesen Unsinn mit Tragbahren und Schienen. Ein schrecklicher Grobian mit weißem Helm brüllte Befehle, und da, auf der Bank, saß Gavin. Er hatte sie noch nicht entdeckt. Er sah so heruntergekommen, blaß und elend in seiner Uniform aus. Kein Wunder, daß er sich ihretwegen schämte. Sie durfte nicht vergessen, daß ihn niemand gezwungen hatte, diesem Luftschutzverein beizutreten. Sollte sie so tun, als wenn sie ihn nicht gesehen hätte? Doch kaum hatte sie sich das gefragt, drehte Gavin sich auf seiner Bank um.

»Hoppla!« flüsterte der Schwarze Engel. »Mußt du *sie* ausgerechnet heute treffen?«

Er stand auf. Konnte sie sehen, wie schlecht ihm war, erriet sie, daß er sich die halbe Nacht übergeben hatte?

»Du mußt den Anfang machen«, warnte ihn der Weiße Engel. »Denk an deine guten Vorsätze von heute morgen: Du sollst nicht ins Plaza gehen, du sollst keinen Alkohol trinken, du sollst Sally Shannon anrufen. Nun, da steht sie leibhaftig vor dir.«

»Hallo, Sally.«

»Hallo.«

»Tut mir leid, daß ich dich nicht angerufen habe. Ich hatte ständig Nachtschicht.«

»Das ist gelogen, Gavin, aber das macht nichts. Es interessiert mich nicht die Bohne, ob du mich anrufst oder nicht.«

»Das war deutlich. Tut mir leid, Schwester. Wir Ratten vom Luftschutz kriechen gleich wieder in unsere stinkenden Löcher zurück.«

»Gavin, mit dem Luftschutz hat das überhaupt nichts zu tun. Es hat was damit zu tun, daß du mich *sieben Wochen* lang nicht angerufen hast.«

»Ich weiß, es tut mir leid. Aber ich wollte dir etwas erklären. Ich habe die ganze Zeit an dich gedacht, Sally. Sag mal, können wir nicht an deinem nächsten freien Abend zusammen ins Kino gehen?«

»Tut mir leid, da bin ich schon verabredet.«

»Kannst du das nicht absagen?«

»Ich denke gar nicht dran. Ich gehe mit einem Bekannten in die Oper, schau mir *Hamlet* an, und hinterher gehen wir essen.«

»Und wer ist dieser Millionär?«

»Ich glaube nicht, daß dich das etwas angeht. Entschuldige, ich muß diesen Abstrich hier abgeben.«

Er wartete auf sie, als sie aus Dr. Hansons Zimmer kam. »Sally, bitte, ich würde gern mit dir reden.«

»Also, wirklich. Wenn es so dringend ist, hättest du mich jederzeit anrufen können. Dann hättest du nicht zu warten brauchen, bis ich hier zufällig auftauche und dich daran erinnere, daß es mich noch gibt.«

»Weißt du, was du bist, Schwester? Du bist eine blöde, katholische, kleinbürgerliche Ziege, die offensichtlich nichts anderes im Kopf hat, als auf die Etikette in Sachen Liebe zu achten. Es täte dir gar nicht schlecht, wenn du ab und zu mal einen aufmerksamen Blick in den Spiegel werfen würdest.«

»Das könnte dir auch nicht schaden.«

»Was soll das heißen?«

»Ach, *nichts*«, rief sie und rannte aus dem Zimmer. Sie hätte ihn umbringen können, das hätte sie, redet man von hochnäsig und muß sich anhören, wen andere Leute hochnäsig nennen. Himmel, er ist wirklich das Letzte.

»Heda, Burke«, rief Craig. »Wer hat Ihnen die Erlaubnis gegeben, sich mit der Schwester zu unterhalten?«

»Ich kenne sie.«

»Doktor MacLanahan hat mich gebeten, daß wir kein Mitglied des Krankenhauspersonals belästigen. Das hat er, der Doktor. Also lassen Sie gefälligst die Schwester in Ruhe, Mister Romeo, oder ich werde Ihnen ein, zwei Worte flüstern, das werde ich. Los jetzt, an die Trage.«

Ab morgen abend hatten sie wieder Nachtschicht. Also konnte er sie in den nächsten sieben Tagen nur an einem einzigen Abend treffen, aber sein freier Abend fiel selten mit ihrem freien Abend zusammen. Verdammt wenig Gelegenheit, sich unter solchen Bedingungen mit ihr zu versöhnen.

Um mit niemandem reden zu müssen, saß er während der Nachtschicht niedergeschlagen in der Küche und tat, als würde er in einem Buch lesen. Gallagher, auch ›Dein Kumpel‹ genannt, kam aus der Spülküche und ging an ihm vorbei nach oben. Sie hatten Gallagher diesen Spitznamen gegeben, weil er keinen mit Namen anredete. Ob Mann oder Frau, stets nannte er sie ›Dein Kumpel‹. Aus Langeweile und um die anderen zum Lachen zu bringen, rief Freddy Hargreaves hinter Gallagher her: »Ist Craig auf dem Hof?«

»Nein, dein Kumpel sitzt im Büro und hat die Tür abgeschlossen.«

»Und seine Freundin? Ist die bei ihm?«

»Sicher, die ist bei ihm.«

Gallagher ging nach oben. Obwohl er sie nie beim Namen nannte, wußte er doch stets, zu jeder Stunde der Schicht, wen man wo finden konnte. Er war ein komischer Vogel, fanden Gavin und Freddy, aber in Ordnung.

Dein Kumpel Gallagher hatte keine Ahnung, was Leute wie Gavin oder Freddy über ihn dachten. Es kümmerte ihn auch nicht. Er meldete sich jedesmal freiwillig zum Bindenaufrollen, weil er gern allein im Lagerraum unterm Dach war. Er war lieber allein, als sich mit diesen Idioten von protestantischen Oranje-Bündlern abzugeben. Dein Kumpel war vierunddreißig, fett und hatte ein rotes Gesicht, das ihn wie einen Säufer aussehen ließ. Dabei war er Mitglied auf Lebenszeit in der *Pioneer Total Abstinence Society.* Er wohnte mit seiner tuberkulösen Frau und seinen vier Kindern in der Falls Road, einem durch und durch katholischen, durch und durch nationalistischen Arbeiterbezirk. Was die meisten seiner Nachbarn in der Falls Road von diesem Krieg hielten, zeigte sich daran, daß es für sie eine Frage der Ehre war, ein Licht in den oberen Fenstern ihrer Häuser brennen zu lassen für den Fall, daß deutsche Bomber die Stadt überfliegen sollten. Dein Kumpel, ein ehemaliges Mitglied der IRA, glaubte an den Wahlspruch, daß Englands Not Irlands Chance sei, setzte aber keine allzu großen Hoffnungen mehr darauf, daß die IRA gegen die Briten gewinnen konnte. Er setzte statt dessen auf Hitler. Wenn Hitler den Krieg gewann, würde Irland wiedervereinigt, zweiunddreißig Grafschaften, frei und ungebunden. Bis dahin mußte man schließlich sein Auskommen finden, also trat er dem Luftschutz bei. Er hatte sich in seiner Zeit bei der IRA in Erster Hilfe ausbilden lassen, aber das behielt er für sich. Außerdem verbarg er eine starke Taschenlampe in seiner Manteltasche. Er wußte, was er tun würde, falls hier jemals Bomben fallen sollten.

Als er die enge Treppe zum Dachboden hinaufging, konnte man seine Schritte oben im vorderen Zimmer hören. »Wer ist das?« flüsterte Mrs. Clapper. Die anderen Frauen lauschten. »Bloß Dein Kumpel«, sagte die alte Mrs. MacCartney, die ein scharfes Gehör hatte.

Die Frauen atmeten erleichtert auf. Miss Albee, die sie zu diesem privaten Schwatz zusammengerufen hatte, versuchte, das Gespräch wieder auf das Thema zu lenken. Im Vergleich zu den übrigen Frauen hielt sich Miss Albee für etwas Besseres; sie fand es unvorstellbar, mit solchen wie Mrs. MacCartney befreundet zu sein, die Tabak schnupfte, Brot mit kaltem Bratenfett zum Tee aß und ihre dritten Zähne in der Kitteltasche aufbewahrte, aus der sie sie nur zum Essen herausnahm. Das gleiche galt für die dicke Mrs.

Cullen. Dabei war es nun wirklich kein Wunder, daß die so dick war, bei all den Flaschen Stout, die sie heimlich in sich hineinkippte. Höchstens Mrs. Renee Clapper kam noch in Frage, wenn sie es sich aber recht überlegte, war Mrs. Clapper eigentlich der letzte Mensch auf der Welt, mit dem sich eine Dame anfreunden sollte. Sie war, um es unverblümt zu sagen, ein wenig zu freimütig in ihrem Auftreten.

Trotzdem war Miss Albee heute abend auf jede einzelne von ihnen angewiesen. Wenn sie etwas erreichen wollte, konnte dies nur durch eine Gruppenbeschwerde geschehen. Wer würde schon auf sie hören, wenn sie sich allein beschwerte?

»Er nimmt sich zuviel heraus«, sagte die alte Mrs. MacCartney. »Er mißbraucht seine Stellung, um die Kleine auszunutzen.«

»Dabei ist er bestimmt zwanzig Jahre älter als sie«, sagte Mrs. Cullen. »Irgend jemand sollte ihrer Mutter Bescheid sagen, also wirklich.«

Sie sprachen über Maggie Kerr, die hochgewachsene Frau mit Brille, die Craig zu seiner Telefonistin gemacht hatte.

»Sie hat keine Mutter«, verkündete Miss Albee. »Ich war so frei, einige Erkundigungen einzuholen. Offenbar teilt sie sich eine Wohnung mit noch so einem armen Ding.«

»Irgendwas muß passieren«, entschied Mrs. Clapper.

»Genau. Wir sollten eine offizielle Beschwerde einreichen«, sagte Miss Albee.

»Aber wer glaubt uns?« fragte Mrs. Clapper. »Die anderen Männer haben sie sich doch bestimmt nicht näher angesehen.«

Dafür hast *du* schon gesorgt, dachte Miss Albee und musterte Mrs. Clappers knappes Kleid und formenden BH; sagte aber: »Das hat nichts mit den Männern zu tun, auch nicht damit, ob wir ein unziemliches Verhalten zwischen ihr und Mr. Craig nachweisen können. Es geht einfach darum, daß wir alle der Reihe nach die Arbeit der Telefonistin übernehmen sollten. Wenn es zu einem Luftangriff kommt, sollte jede von uns alle Aufgaben beherrschen.«

Mrs. Cullen kicherte: »Auf einige Arbeiten möchte ich lieber verzichten.«

»Das ist nicht der springende Punkt«, sagte Miss Albee. Du vulgäres Faß, dachte sie. Gott steh mir bei, warum muß ich mich mit solchen Leuten abgeben. »Entscheidend ist, daß sie keine andere Arbeit macht. Deshalb müssen wir ihren Anteil übernehmen, für sie putzen und all das. Ich finde, wir sollten eine offizielle Beschwerde aufsetzen und sie dem Inspektor vom Rathaus übergeben.«

»Aber wer soll sie schreiben?«

»Das werde ich tun«, sagte Miss Albee.

In der Spülküche stand Frank Price Schmiere für ein paar von den Jungs, die eine Partie Siebzehn und vier spielten. Kartenspiel war verboten, klar, aber Frank hätte selbst gern mitgemischt, wenn er nicht zu denen gehören würde, die ihren Posten niemals aufs Spiel setzten. Diese letzten Monate hatten sich wirklich prima angelassen. Seine Schwestern beklagten sich nicht mehr: Er kaufte ihnen kleine Geschenke von seinem Lohn und steuerte natürlich seinen Anteil für die gemeinsame Kasse bei. Und wenn man sich kein Gläschen mehr gönnte, blieb nicht viel, wofür man sein Geld ausgeben konnte. Er wollte sich Brieftauben anschaffen und auf dem Dach halten, aber Maggie und Minnie sagten, Tauben wären dreckige Viecher. Und da Krieg herrsche, könnte Taubenzucht Verdacht erregen. Spione hielten sich Brieftauben. Nein, nein, dachte Frank. Bleib einfach strikt auf Kurs und halte den Schnabel.

Er sah zu Soldat MacBride hinüber, der mal wieder den Ton angab. Also, *der* Mann besaß vielleicht ein Mundwerk.

»Laß mal was rüberwachsen«, sagte Soldat, um eine Karte bittend. »Dürfte genügen. Tja, da ist nichts zu machen, die da oben halten zusammen. Einmal Offizier, immer Offizier. Ich möchte mal wissen, was die mit uns machen täten, wenn wir hier jeden Abend wie der Captain mit Schlagseite reinschneien würden.«

Was für ein Segen, dachte Frank. Dem Himmel sei Dank, daß ich kein Sklave des Alkohols mehr bin. Der Captain tat ihm leid, er war so ein gebildeter Mann, wirklich traurig.

»Gib uns eine Karte«, sagte Hughie Shaw. »Stimmt schon, der Captain gehört zu denen da oben. Selbst der alte Harkness, der Inspektor, tut immer so, als merkt er nicht, daß der Captain voll wie 'ne Haubitze ist. Soldat hat recht. Der Captain muß einfach gute Beziehungen haben.«

»Biete zwanzig«, verkündete Soldat MacBride, der die Karten gab.

»Bin draußen«, sagte Jimmy Lynan.

»Tja«, sagte MacBride und drehte die Karte um, »wir sollten uns an den Captain halten, merkt euch meine Worte. Er mag ja ein Säufer sein, aber er ist einer von denen.«

»Mal wieder typisch Soldat«, sagte Hughie Shaw höhnisch. »Buckelt und schleimt, wo er kann. So bist du doch auch Craigs Stellvertreter geworden.«

»Und warum nicht?« sagte Soldat MacBride. »Seid ihr nicht gut damit bedient, daß ich an Craigs freien Abenden sein Stellvertreter bin? Du schuldest mir vier Pence, Hughie.«

Hughie Shaw schob MacBride vier Pence zu.

Oben, im Pingpongzimmer, spielte Gavin sein siebtes Spiel in Folge, und der Weiße Engel spottete: »Arbeit, habe ich nicht was von Arbeit gehört? Zum Klang des Abendgeläuts vergehen die Monate, während du mit jedem weiteren Pingpongspiel dafür sorgst, daß du die Londoner Uniprüfung nicht bestehst. Hast du deine Bücher in den letzten drei Wochen auch nur ein einziges Mal aufgeschlagen? Ich weiß, dir gefällt das nicht, aber mir scheint der alte Spruch, daß der Weg zur Hölle mit guten Vorsätzen gepflastert ist, in deinem Fall doch ziemlich zutreffend zu sein. Sieh dich um. Was glaubst du denn, wie man im Leben vorankommt? Mit Pingpong? Willst du wie dieser Captain da enden? Er hat bestimmt sämtliche Vorteile auf seiner Seite gehabt, eine gute Schule und was weiß ich. Ist er auch bei der Prüfung durchgefallen? Geh hin, mach schon, frag ihn.«

»Neunzehn zu elf«, sagte Freddy, und der Aufschlag ging an ihn.

Der Captain saß auf einer Bank und hörte Radio über Kopfhörer. Hin und wieder durchsägte seine Hand die Luft, als würde er ein Konzert dirigieren. Seine Augen hielt er geschlossen, die Zigarette hing halb vergessen zwischen den Lippen und drohte den strohgelben Schnäuzer in Brand zu setzen.

»Zwanzig zu elf«, sagte Freddy. Wieder hatte er den Aufschlag, ein As. »Aus«, sagte Freddy. »Willst du noch ein Spiel?«

»Nein. Ich brauche eine Pause.« Galvin legte den Schläger auf den Tisch und ging hinüber zum Captain. »Ein Konzert?«

»Bach«, sagte der Captain. »Das Konzert für Cembalo in D-Dur. Du weißt schon.«

Nein, wußte Gavin nicht. Schrecklich, so ein musikalischer Trottel zu sein.

Captain nahm die Kopfhörer ab und schenkte ihm ein unbestimmtes, zaghaftes Lächeln. »Es ist eine Bearbeitung«, sagte er, »des E-Dur Violinkonzertes.«

»Gehörte Musik zu deinen Hauptfächern?«

»Ja, wieso?«

»Wo bist du zur Schule gegangen?«

»Ampleforth«, sagte der Captain. »Eine englische Schule. Du bist katholisch, nicht wahr?«

»Ja.« Der Gedanke, der Captain könnte eine katholische Schule besucht haben, war ihm nie gekommen. Aber Ampleforth. Gavin war beeindruckt.

»Ich bin da nicht besonders gern zur Schule gegangen«, sagte der Captain. »Die Jungs daheim sind mir fremd geworden.«

»Aber du bist doch Engländer?«

»Nein, ich bin aus Kerry.«

Das war beinahe so, als würde ein Plantagenbesitzer in Kenia verkünden, daß er ein Schwarzer sei.

»Komm schon«, sagte Freddy. »Also bist du Anglo-Ire?«

»Nein. Mein Vater besaß eine kleine Mühle in Kerry.«

»Aber du warst doch in der britischen Armee, Captain und all das?«

»Wenn man mich bloß nicht immer Captain nennen würde«, sagte der Captain. »Eigentlich hatte ich im letzten Krieg nur einen Posten auf Zeit, war nicht mal Soldat, hatte was mit einem Sanitätstrupp zu tun. Ich habe nie gekämpft, verdammt, wollte auch nie. Ich war immer schon Pazifist.«

»Du machst Witze«, sagte Freddy.

»Nein. Ernsthaft. Habe die Armee gehaßt, bin bei der ersten Gelegenheit raus...« Er hielt inne. Er begann zu zittern. »Bin gleich wieder da«, sagte er, stand auf und ging aus dem Zimmer.

»Gib's zu«, sagte Gavin zu Freddy. »In dem haben wir uns mächtig getäuscht. Ein Pazifist, ein Katholik und ein Mann aus Kerry. Mein Gott.«

Freddy ließ sich nicht so leicht überzeugen. »Glaub nicht alles, was du hörst. Hast du nicht gemerkt, wie der sich bei allen einschmeichelt? Sagt ihnen, was sie hören wollen, und versucht dann, sie bis zum Zahltag um zehn Shilling anzupumpen.«

»Pazifist oder Faschist«, sagte der Weiße Engel, »der Captain sollte dir eine Lehre sein. Landet hier in der Crummick Street, die Hände zittern so stark, daß er nach draußen flitzen und sich einen Drink genehmigen muß, nur damit er sich wieder beruhigen kann. Das kommt vom Saufen. Und das kommt davon, wenn man faul ist und keinen Ehrgeiz zeigt. Denk dran.«

»Machen wir noch ein Spiel?« fragte Freddy.

»Nein. Ich sollte besser ein bißchen lernen.«

Old Crutt, der Neue, den Craig gleich zu seinem Spitzel gemacht hatte, sah den Captain nach unten kommen. Er folgte ihm durch die Küche, in die Spülküche und auf den Hof. Er sah den Captain in den Kohleschuppen gehen und die Tür hinter sich schließen. Old Crutt drehte sich um und kehrte ins Haus zurück. Soldat MacBride und die anderen schauten von den Karten auf. Sie sagten kein Wort.

Old Crutt ging auf den Flur und klopfte leise an die Tür zu Craigs Büro.

»Was gibt's?« Hinter der halbgeöffneten Tür glänzte Craigs schweißgebadetes Gesicht. Sein Uniformhemd war aufgeknöpft.

»Er ist gerade wieder auf den Hof gegangen«, sagte Old Crutt.

»Alles in Ordnung?«

»Ja. Er hat Radio gehört.«

»Okay.«

»Das ist alles, Mr. Craig.«

Craig schloß die Tür und schob den Riegel vor. Er hatte es gern warm. Er ließ die beiden elektrischen Öfen in seinem Büro die ganze Nacht brennen. Der Inspektor hatte seinen abendlichen Besuch absolviert. Die Bahn war frei. Craig wandte sich wieder der großen, schlanken Frau am Telefon zu. Sie hatte die Brille abgenommen und sah nun mit dem verkniffenen Blick einer nahezu Blinden zu ihm auf. Mit der Faust raffte sie den Kittel zusammen.

»Alles in Ordnung«, sagte er.

Sie ließ den Kittel fallen. Craig ging zu ihr, streifte ihn über ihre Schultern zurück und entblößte ihre Brüste. Sie trug keinen Büstenhalter, das hatte er ihr verboten.

»Ich liebe deinen Busen«, flüsterte er. »Ein schöner, weicher Busen.«

»Ach, mein Lieber.«

Er starrte ihre nackten Brüste an. Sie waren groß und gut geformt. Er wußte, daß sie ein wenig Angst vor ihm hatte. Er streckte die Hand aus und streichelte ihre Nippel. Er kniete sich hin und küßte ihre Brüste. Dann fiel ihm auf, wie spät es war. »Ich muß noch für eine Weile weg. Ein bißchen Schwung in den Laden bringen, was, Maggie?«

»In Ordnung, Liebling.«

Er zog die Stiefel aus und schlich sich auf Strümpfen in die Küche. Er sah, wie Frank Price rasch in der Spülküche verschwand. Am Küchentisch saß Captain Lambert, eine Tasse in der Hand. Craig ging ans Regal, nahm sich eine saubere Tasse und ging zum Captain. »Schenken Sir mir doch mal einen Tropfen von Ihrem Tee ein, ja?«

»Aus dieser Tasse?«

»Nur einen winzigen Schluck.«

Der Captain goß die Hälfte von seinem Tee in Craigs Tasse. Craig trank. Es *war* Tee. Er stand auf und ging in die Spülküche, wo Soldat MacBride mit vier weiteren Männern hockte. Wie nicht anders zu erwarten, redete MacBride wie ein Wasserfall. »Da sag ich zu ihm, von welcher Wache bist du denn? Darby-Street-Wache, antwortete der. Sah auch mächtig anständig aus, der Mann. Und wißt ihr, was der mir erzählt hat? Er hat mir erzählt, daß sie in der Darby Street bei Nachtschicht alle Mann unter die Decken verschwinden, sobald der Inspektor seine Runde gemacht hat.«

Revoltiert wie ein verdammter Fenier. Warum habe ich ihn bloß zu meinem Stellvertreter gemacht? fragte sich Craig. Das war mein erster Fehler. »Wir sind hier nicht in der Darby Street«, brüllte Craig in die Spülküche. »Hier ist nichts mit Schlafen. Wo ist Gallagher?«

»Oben, auf dem Dachboden, Sir.«

Schleunigst ging er wieder hinaus. Wenn er Gallagher doch bloß bei einem Nickerchen erwischen konnte. Auf Strümpfen eilte er die Treppe hinauf, Stufe um Stufe, bis er vor der Tür zum Dachboden stand. Drinnen schien kein Licht. Er öffnete die Tür, sorgsam darauf bedacht, keinen Laut zu verursachen. Die Verdunklungsjalousie war hochgezogen, und er konnte den Mond sehen. Er starrte auf die mondhellen Schatten und suchte nach einer schlafenden Gestalt.

»Soll ich Licht machen, Sir?« fragte eine Stimme.

»Wieso ist die Jalousie hochgezogen?« fragte Craig, ein wenig überrumpelt.

Eine Hand tauchte aus der Dunkelheit auf und zog die Jalousie nach unten. Gallaghers Stiefel knarrten über die bloßen Dielen. Mit einem Klicken ging das Licht an.

»Sie haben geschlafen, stimmt's?«

»Nein, Sir. Ich habe mir den Mond angeschaut. Den Mondaufgang.«

»Sitzt hier im Dunkeln und sieht sich den Mond an? Das habe ich ja noch nie gehört.«

»Ist doch nichts Schlimmes dabei, oder?« sagte Dein Kumpel trotzig.

»Lassen Sie das in Zukunft, die Jalousie bleibt unten; es herrscht Krieg. Ich sagte, es herrscht Krieg. Sind die Binden eingeräumt?«

»Ja, Sir.«

Craig schloß die Tür zum Lagerraum und ging die Treppe hinunter zu dem Zimmer, das er den Hühnerstall nannte. Diese Glucken, hockten da zusammen. Er klopfte. Miss Albee hatte sich beschwert, daß er die Tür immer zu heftig aufreiße.

»Guten Abend, meine Damen. Wie geht's uns denn?«

»Wir können nicht klagen, Sir«, sagte die alte Mrs. MacCartney.

»Ich will Sie alle nur daran erinnern, daß der Erste-Hilfe-Unterricht Punkt drei beginnt. Und vergessen Sie nicht, daß nächste Woche eine Divisionsübung ist, bei der die Boy Scouts die Verletzten spielen.«

»Ja, Mr. Craig.«

»Na denn, bis drei.«

Er ging nach unten. Aus dem Pingpongzimmer war kein Laut zu hören, also warf er einen Blick hinein. Sie lasen Bücher. Hargreaves und der Junge. Immer lasen sie Bücher, die beiden. Er ging zu ihnen, nahm die Pingpongschläger und sagte: »Die Schläger gehören fortgeräumt, wenn nicht gespielt wird. Ich sagte, die Schläger gehören fortgeräumt.«

Hargreaves blickte auf. »'tschuldigung«, sagte er, dann las er weiter. Craig kochte vor Wut. In Gedanken packte er diesen großen Wassersack beim Genick, warf ihn zu Boden und trat ihm in die Eier.

Aber er tat nichts dergleichen. Er besah sich das Buch, in dem Hargreaves las. Er wußte, daß Hargreaves es nicht mochte, wenn man ihm über die Schulter blickte. *Das wüste Land*, buchstabierte er. »Was soll das denn sein?«

»Das ist ein Gedicht.«

»Ein Gedicht, ein Gedicht – weshalb lesen Sie denn Gedichte? Nur Mädchen lesen Gedichte.«

Hargreaves stellte sich taub. Craig sah zu Burke hinüber. »Was tun Sie da?« fragte er.

»Ich studiere.«

»Und was?«

»Geschichte. Für eine Prüfung.«

»Das verstößt gegen die Luftschutzvorschriften, Jungchen.«

»Was, Sir?«

»In diesem Gebäude nebenher einer anderen Arbeit nachzugehen.«

»Was für eine Arbeit – Sir?«

»Für eine Prüfung lernen, das ist Arbeit.«

»Wirklich – Sir?«

»Das will ich meinen. Für eine Prüfung studieren ist Arbeit, das muß ich schon sagen. Das werde ich Mister Harkness melden. Und ich weiß, was Mister Harkness dazu sagen wird. Er wird sagen, Schluß damit.«

»Tatsächlich?« sagte Hargreaves.

»Red ich vielleicht mit Ihnen? Halten Sie den Schnabel!«

»Hören Sie mal, Craig. Wenn Gavin in einer Pause für seine Prüfung arbeiten will, dann hat er dazu alles Recht. Was machen Sie denn in den Pausen, Craig?«

»Für Sie immer noch *Mister* Craig. Und was ich mache, ist meine Sache.«

Er ging, verließ das Zimmer. Was hatte Hargreaves mit seiner Frage gemeint? Was wußte Hargreaves?

Old Crutt wartete unten auf ihn. »Soldat MacBride, Bates, Shaw und Lynan haben eben Siebzehn und vier in der Spülküche gespielt.«

»Okay, Tom. Danke.«

»Schon recht, Mister Craig.«

Er ging zurück in sein Büro. Er hatte noch eine Stunde frei, bevor sein Erste-Hilfe-Unterricht begann. Einen Moment lang dachte er an Captain Lambert, und wie immer überkam ihn ein leises Unbehagen. Im ersten Monat hatte er den Captain als Säufer gemeldet, aber das Hauptquartier hatte seinen Bericht ignoriert, und als er anrief, hatte ihm irgendein höchnäsiges Arschloch im Hauptquartier erzählt, die Sache sei noch anhängig. Er hatte sich bei Mr. Harkness beschwert, aber Harkness hatte nichts unternommen. Seitdem hatte sich Craig oft gefragt, ob es falsch gewesen war, den Captain zu verpfeifen. Vielleicht kannte der Captain ein paar von den Oberen im Hauptquartier. Vielleicht bereitete ihm der Captain in ebendiesem Augenblick da oben irgendwelche Schwierigkeiten. Craig machte sich Sorgen: er hatte Old Crutt gebeten, den Captain im Auge zu behalten. Mit etwas Glück würde der Captain eines Abends so blau sein, daß man seine Sauferei nicht länger einfach vertuschen konnte.

Heute abend hatte er kein Glück gehabt. Er hatte keinen auf frischer Tat ertappt, hatte keinen Spaß gehabt. Das machte ihn wütend. Er dachte an Maggie Kerr. Er klopfte an seine Bürotür, benutzte ein Signal. Sie schob den Riegel zurück und ließ ihn herein. Er sah, daß ihre Bluse immer noch offenstand. Er schob den Riegel wieder vor.

5

Ernst Tausig, ein deutscher, von den Nazis kompromittierter und gefolterter Kommunist, schaute auf seinen Bruder und dessen Geliebte. Er wog einen Revolver in der Hand. »Tilly«, sagte er, »Karl. Wir leiden unerträgliche Qual. Doch ist es uns vergönnt, den Anbruch einer großen Zeit zu erleben! Das Reich der Tiere gehört der Vergangenheit an. Auf die Nacht folgt der Tag.«

In einer der letzten Reihen im Grafton Schauspielhaus saßen die vier Kunststudentinnen, die das Bühnenbild erstellt hatten. Sie beugten sich gespannt vor. Die Studentin, die Gavin am nächsten saß, begann laut zu schluchzen.

»Jetzt sind wir bereit«, sagte Ernst. »Wir wurden in schrecklichen Feuern gestählt, doch bald wird menschliches Genie die tristen Landstriche dieser Erde erblühen lassen. Brüderlich werden wir in den Sowjets der Welt zusammenleben! Ja, eine Welt der Sicherheit und Freiheit erwartet die Menschheit!«

Ernst warf Tilly und Karl einen bedeutungsvollen Blick zu. Er näherte sich dem Bühnenrand. »An die Arbeit, Kameraden«, sagte er und trat ab.

Reglos verharrte Tilly einen Augenblick, dann wollte sie ihm nachlaufen. Karl hielt sie zurück.

»Karl, halt ihn auf, halt ihn auf.«

»Laß ihn sterben...«, sagte Karl.

»Karl...«

Archie Henderson feuerte hinter der Bühne eine Schreckschußpistole ab.

»Laß ihn leben...«, sagte Karl.

Meg Hunt, die stellvertretende Produzentin, klatschte als erste; von der Zigarette zwischen ihren Lippen fiel ein langer Aschestreifen unbemerkt auf ihren Rock. Die Studentinnen klatschten, bis ihnen die Hände schmerzten. Harry Boyle hatte Probleme mit dem Vorhang; er mußte daher selbst auf die Bühne und den Vorhang zuziehen. Einen Augenblick blieb der Vorhang geschlossen, dann wurde er wieder aufgerissen, um das gesamte Ensemble in den Kostümen der Generalprobe zu präsentieren. Ernst Tausig trat vor, verbeugte sich vor dem Publikum, richtete sich wieder auf, setzte sich die Brille auf und bat mit unverstellter Stimme, der Stimme von Freddy Hargreaves, um eine Zigarette.

Der Produzent Billy MacLarnon kam auf die Bühne und bat, morgen abend pünktlich zu erscheinen. Die Generalprobe war vorbei, und Gavin ging in Freddys Garderobe. Zwei Frauen waren schneller als er.

»Freddy, du warst eindeutig der Star des Abends«, sagte die Blonde mit den Sommersprossen, die Augen weit aufgerissen vor lauter Bewunderung.

»Ich habe geweint«, murmelte die ernsthafte Kleine.

»Bist du wirklich ein richtiger Schauspieler? Meg sagt, du wärst im Gate in Dublin aufgetreten.«

Freddy rieb Reinigungscreme auf sein Kinn. »Stimmt.«

»Du warst einfach phantastisch«, sagte die ernsthafte Kleine. »Vor allem im letzten Akt. Und das Stück ist so *wahrhaftig*. Da sagt einfach jemand, wie es wirklich ist. Ich habe geweint, und dabei bin ich eigentlich keine, die gleich in Tränen ausbricht.«

Gavin stand an der Garderobentür und sah den Blick in ihren Augen. Sie würde Freddy jeden Wunsch erfüllen, diese kleine und ernsthafte Frau. *»Jeden«,* sagte der Schwarze Engel. »Stell dir vor, sie würde dich so anschauen. Du solltest das auch mal versuchen. Hast du nicht mal von einer Karriere als Schauspieler geträumt?«

»*Welches* Theater?« fragte Mr. Burke zehn Tage später.

»Die Grafton Players. Sie spielen in der Ormeau Road.«

»Protestanten?«

»Ein paar, ja. Aber eigentlich gehören sie weder zur einen noch zur anderen Seite.«

»Die Grafton Players, kenn ich«, sagte Owen. »Die sind doch letztes Jahr in der Queen's University aufgetreten. Irgend so ein linkes Stück.«

»Um Himmels willen«, sagte Mrs. Burke. »Stimmt das, Gavin?«

»Natürlich nicht.«

»Und wie heißt das Stück?« wollte Mr. Burke wissen.

»Es ist ein amerikanisches Stück, von einem Mann namens Clifford Odets.«

»Nie von ihm gehört«, sagte Mr. Burke in einem Ton, der deutlich zu verstehen gab, daß niemand den Namen Odets zu kennen brauchte, wenn *er* ihn nicht kannte.

»Und wovon handelt das Stück?« fragte Owen.

»Von Deutschland.«

»Ach nein, wirklich«, flüsterte der Schwarze Engel. »Ist das eine ehrliche Antwort? Sag ihnen, worum es tatsächlich geht. Steh zu dem, was du machst, sei kein Kind mehr. Du bist fast achtzehn.«

»Nun«, sagte Mrs. Burke, »wir gehen hin und schauen es uns an.«

»Ich habe nur eine kleine Rolle. Vielleicht beim nächsten Mal, ich meine, falls man mir für das nächste Stück eine Rolle anbietet.«

»Es wird kein nächstes Stück geben«, polterte Mr. Burke. »Da ist nämlich noch diese Kleinigkeit mit der Londoner Uniprüfung.«

»Ja, Daddy.«

»Und diesmal solltest du dir lieber vornehmen, sie zu bestehen. Danach geht's ab zur Queen's, und dann machst du deinen Abschluß so wie alle anderen auch.«

»Ja, Daddy.«

»Diesmal«, verkündete Mr. Burke, »ist *kein* Theater angesagt.«

»Wenn der wüßte«, flüsterte der Schwarze Engel. »Ein Glück, daß die Besetzung für Karl krank wurde. Tja, Meg Hunt hat gemeint, du wärst der geborene Schauspieler. Und diese blanke Bewunderung in den Augen der Studentinnen, die das Bühnenbild gemalt haben. Diesmal ist also kein Theater angesagt, wie? Für dich ist es allemal angesagt. Das war ein Triumph für dich.«

»Was denn für ein Triumph?« wollte der Weiße Engel wissen. »Was bringt es schon, in einem Theaterstück mitzuspielen, wenn du dich genierst, Zuschauer einzuladen? Was würde deine Mutter sagen, wenn sie dich sagen hört, daß ›keine Mutter so tief für dich empfindet wie die Arbeiterklasse‹? Würdest du nicht am liebsten Sally Shannon anrufen und sie einladen, wenn da nicht die Angst wäre, daß sie Owen oder Kathy erzählt, um was für ein Stück es sich tatsächlich handelt?«

»Denk nicht an ihn«, sagte der Schwarze Engel. »Und denk auch nicht mehr an Sally Shannon. Angeblich treibt sie sich in letzter Zeit mit so einem Großkotz von Medizinstudenten herum. Bestimmt befummelt der sie hinten in den Kinos.«

Himmel, nur das nicht. Schwarze Strümpfe, ihre Küsse. Ich liebe sie noch immer, was auch passiert.

»Nun mach mal halblang«, sagte der Schwarze Engel. »Du willst ihren lilienweißen Körper, darum geht's dir doch. Und wenn du nur den willst, dann lungern da im Saal der Grafton Players Frauen herum, die schärfer sind, als Sally es je sein wird. Das sind keine Katholiken, das sind nicht mal Protestanten, wahrscheinlich sind sie Kommunistinnen. Freie Liebe und dergleichen. Kannst ja Freddy morgen danach fragen.«

»Freddy? Eigentlich ist mir das natürlich völlig egal, aber ich habe mich gefragt, ob die Grafton Players wohl ein kommunistisches Ensemble sind.«

»Offiziell nicht. Billy MacLarnon ist in der Partei. Ein paar von den anderen auch.«

»Und du?«

»Um Gottes willen. Ich bin unabhängig.«

»Und was ist mit dem Publikum?«

»Na ja, die meisten sind treue Parteigänger. Das ist ja das Problem, wir predigen den Bekehrten. Außerdem hält sich die Zahl der Zuschauer in Grenzen. Ist dir aufgefallen, wie wenig Leute gestern abend im Saal waren?«

»Nein. Ich war zu sehr mit meinem eigenen Auftritt beschäftigt.«

»Kokett gesagt und völlig ernst gemeint«, höhnte der Weiße Engel. »Du, ein Schauspieler? Und was ist schon Besonderes daran, ein Schauspieler zu sein? Sieh dir Freddy an. Der ist immerhin im Gate aufgetreten, stimmt's?«

»Freddy, warum bist du nicht beim Gate geblieben?«

»War nie dort. Das erzähl ich bloß den Frauen.«

»Soll das heißen, du bist gar kein richtiger Schauspieler gewesen?«

»Nein, ich habe zu spät damit angefangen. Da muß man sich dahinterklemmen, wenn man zwanzig ist.«

»Hast du das gehört? Ein Omen, alles an diesem Stück ist ein Omen. Ich bin erst siebzehn und habe schon eine große Rolle. David Garrick, Beerbohm Tree, Edmund Kean, Gavin Burke. Vielleicht wird noch mal ein Theater nach mir benannt. Das Burke.«

Ein Pfiff, dann brüllte Craig: »Nach unten, marsch, marsch! Antreten zum Appell!«

Freddy legte seine Ausgabe der *Letters from Iceland* zur Seite: »Ach, Dreckmist! Diese Tagesschicht ist dreimal schlimmer als die Nachtschicht.« Er folgte Gavin nach unten in die Eingangshalle, um mit der übrigen Mannschaft in Reih und Glied anzutreten. Mr. Harkness, der Luftschutzinspektor, war zum Appell eingetroffen.

Mr. Harkness trug Zivil, niemals Uniform. Er war ein verbeamteter Angestellter der Stadt und vor dem Krieg Inspektor städtischer Arbeitskolonnen gewesen. »Von wegen *Arbeits*kolonnen«, sagte er immer und paffte verärgert eine Zigarette. »Die größte Verschwendung öffentlicher Gelder, die man sich je ausgedacht hat. Dieser Krieg zum Beispiel. Dem ganzen britischen Empire schlottern die Knie aus Angst vor ein paar Hunnen, die uns in einer Million Jahre nicht besiegen können. Daran sind bloß die Zeitungen schuld. Diese Russen zum Beispiel, diese verdammten Muschiks, die sind so dämlich, kein Wunder, daß sie nicht mal Finnland einnehmen konnten, so ein winziges Land, groß wie eine Briefmarke. Wenn die Finnen sie zermalmen können, was machen *wir* uns da wegen der Hunnen Sorgen?

Das liegt nur an diesen verdammten Greuelmärchen in den Zeitungen. Diese Luftangriffe, nichts als Greuelmärchen. Was haben die Angriffe in England schon angerichtet? Nichts, habe ich nicht recht? Genauso wie die Zeppeline im Ersten Weltkrieg, Greuelmärchen, nicht mehr und nicht weniger. Und wenn Sie meinen Job hätten, tagein, tagaus diese Drückeberger vom Luftschutz kontrollieren müßten, ich sage Ihnen, da kann einem ehrlichen Mann richtig schlecht werden.«

Ihm war jedenfalls offenbar so schlecht, daß er sich nicht einmal die Mühe machte, die Anwesenheitsliste zu verlesen. Er nahm nur die Papiere zur Hand und zählte die Reihe durch, als wäre die Mannschaft eine Herde Schafe. Und was den Drill anging, den er eigentlich überprüfen sollte, so zeichnete er das Tagesprogramm ab, sobald es ihm vom Wachoffizier vorgelegt wurde. »Drill? Für was denn?« fragte er seine Frau. »Wer sollte Ulster denn bombardieren? Wenn die Hunnen doch bloß kommen würden. Wenn die doch bloß eine große Bombe werfen würden, genau auf die Drückeberger vom Luftschutz.«

Und wie sich diese Drückeberger beklagten! Immer hatten sie die eine oder andere Beschwerde auf Lager. Heute morgen, als er die Inspektionsliste in der Crummick Street abzeichnete, zog ihn Wachoffizier Craig in sein kleines Büro und schloß die Tür. Immer kam dann irgendeine dämliche Frage.

»Sagen Sie, Mr. Harkness, ich würde gern ein Disziplinarproblem mit Ihnen klären. Ist es den Leuten auf ihren Posten erlaubt, anderen gewerblichen Aktivitäten nachzugehen?«

»Was soll das heißen?« fragte Mr. Harkness und wich vor dem Mundgeruch dieses Kerls zurück.

»Na ja, es gibt zwei Männer auf diesem Posten, die haben hier letzte Woche ein Theaterstück geprobt.«

»Haben sie die Übungen und Unterrichsstunden mitgemacht?«

»Sicher, dafür habe ich schon gesorgt. Aber die Frage ist doch, Sir, ob die das dürfen. Der eine von ihnen, der jüngere von den beiden, der lernt außerdem für eine Prüfung. Ich meine, das ist doch *Arbeit*. In seinem Luftschutzdienst geht der einer anderen Arbeit nach.«

»Stimmt genau«, sagte Mr. Harkness. »*Das* ist Arbeit. Wie schön für ihn. Freut mich, daß wenigstens *ein* Mensch auf diesem Posten etwas Vernünftiges tut.«

»Na ja, ich wollte bloß wissen, ob das in Ordnung ist.«

»Mein Mantel?«

»Hier, Sir. Ich bringe Sie zur Tür, Sir.«

Harkness wußte, warum Craig ihn zur Tür bringen wollte. Wahrscheinlich warteten da noch ein paar Drückeberger im Flur, um sich über *ihn* zu beschweren. Es war immer das gleiche auf diesen Wachen: Letzte Woche hatte sich eine der Frauen über den Telefondienst beschwert. Typisch. Die hatten einfach nichts anderes zu tun, als sich auszudenken, wie sie die anderen ärgern konnten.

»Ist Dein Kumpel gegangen?« fragte Gallagher Freddy und Gavin.

»Vor einer Sekunde. Ist der Pingpongtisch frei?«

»Klar.«

Doch kaum hatten sie ihr Spiel begonnen, ertönte wieder ein Pfiff. »Nur die Männer«, brüllte die Stimme. »Nur die Männer. Giftgasübung im Krankenhaus. Alle Mann in die Anzüge.«

Die Schutzanzüge waren aus schwerem, gelbem Ölzeug mit hohen Gummistiefeln und Plastikfäustlingen. Sie waren luftdicht und brachten die Männer ins Schwitzen. Murrend zwängten sich die acht Männer in ihre Anzüge und marschierten hinaus auf die verregnete Straße. »Im Gleichschritt, Abteilung marsch!«

Das Krankenhaus lag vier Straßen weiter, vier Straßen, die mit öffentlichem Spott vermint waren. Als die acht Männer in lockerer Reihe über den Bürgersteig marschierten, öffneten sich die Türen der Häuser, und Frauen ließen sich blicken, lächelten und schüttelten die Köpfe. Die Zahl der kleinen Kinder wuchs zu einer lärmenden Schar an, die die Luftschutzmänner wie eine Eskorte umtanzte und durch ihr Geschrei noch mehr Zuschauer anlockte.

»Da kommen die gelben Männer.«

»He da, Mister. Gibt's Regen?«

Die Luftschutzmänner schwitzten in ihrem steifen, gelben Ölzeug, hielten die Köpfe gesenkt und ignorierten die höhnischen Kommentare.

»He, Mister, wollen Sie fischen gehn?«

»Der hat 'nen Gasanzug an, das hat er.«

»Was machen die Männer da, Ma?«

»He, Mister, wann kommt denn der alte Hitler?«

Die öffentliche Demütigung hörte am Tor zum Krankenhaus auf, doch dahinter fanden sie auch keine Ruhe. Als die acht Männer an der Tür zur Ambulanz vorbeimarschierten, verdrehte Schwester Keogh, die Stationsschwester, die Augen zum Himmel.

»Hört euch den Lärm an. Trampeln in ihren schweren Knobelbechern über meine Böden. Und kein Mensch dabei, weder Mann noch Frau, dem zuzutrauen wäre, daß er einem Kind auch nur ein Pflaster auf den verletzten Finger kleben kann.«

»Ist schon ein hoffnungsloser Haufen«, sagte Dr. Donlon, ein neuer Assistenzarzt. »Was soll denn die Aufmachung, in der sie da rumlaufen?«

»Hat irgendwas mit Gas zu tun. Sie üben in der Station für Venerologie. Paßt zu denen, finden Sie nicht?«

Der örtliche Verteidigungsstab hatte die Station für Venerologie, drei miteinander verbundene Räume, vom Krankenhaus gemietet und einen Teil davon in ein Dekontaminationszentrum verwandelt. Zu Craigs Drill gehörte das Einüben der Entgiftungsprozedur. Zuerst wählte er zwei Männer aus, meistens welche, denen es peinlich war, sich auszuziehen. Zwei weitere Männer in ihren sperrigen Gasanzügen zogen die Opfer aus und legten die ›verseuchten‹ Kleider in große Zinkbehälter. Im zweiten Zimmer verabreichten zwei Männer den Nackten eine Dusche, wuschen ihnen die Augen aus und rieben die Haut mit einer Bleichpaste ein. Im dritten Zimmer sollten die Opfer ein Krankenhausnachthemd erhalten. Doch für die Übungen gab es keine Nachthemden. Die Opfer mußten sich erneut duschen und selbst wieder anziehen.

Verärgert über die Weigerung des Inspektors, etwas gegen Freddy und Gavin zu unternehmen, wählte Craig die beiden als Opfer aus und befahl Old Crutt und Jimmy Lynan, sie nackt auszuziehen. In der Dusche drehte er zuerst das kalte Wasser auf, entschuldigte sich und stellte dann den Hahn auf kochend heiß. Das Auftragen der Bleichpaste nahm er selbst in die Hand und bearbeitete seine Opfer mit einer großen, harten Bürste. Er verlor dabei kein Wort.

»Schau dich nur an«, sagte der Weiße Engel. »Stehst da nackt unter der Dusche, und ein irrer Sadist schmiert dir den Hintern mit Paste voll. Sieben Monate machst du dieses Theater schon mit, sieben sinnlose Monate. Und wenn alle Welt recht hätte und es keine Luftangriffe gibt? Und wenn Hitler nicht gewinnt? Irgendwann ist der Krieg vorbei, und dann wird Sally ihren Medizinstudenten heiraten. Owen ist in der Firma, und die Jungs, mit denen du letztes Jahr noch zur Schule gegangen bist, haben ihr Studium abgeschlossen und einen guten Posten. Und du? Was ist mit dir?

Ein Säufer, ehemaliger Luftschutzkrankenträger, einstiger Amateurschauspieler, Exkatholik, ein Onanist, ein Außenseiter und Drückeberger, der immer noch auf irgendeine Revolution wartet, auf den Tag:

...wenn die kichernden Maschinenpistolen in den
Händen junger Männer
sich auf die Klubs und Wohnungen, Schönheitssalons
und Priesterhöhlen richten

Es gibt keine Explosion, das weißt du doch längst: die Welt deines Vaters wird nicht in die Luft gesprengt. Dieser Krieg ist ein Scheinkrieg, und eines Tages ist er vorbei; die einzigen irischen Opfer werden du und deine dann arbeitslosen Kumpel sein. Sieh dich nur an. Du bist, wovor du dich gefürchtet hast. Eine Niete.«

»Scheiß drauf«, sagte Freddy und schrubbte sich unter der Dusche die Paste herunter. »Wenn wir noch öfter die Versuchskaninchen spielen müssen, laß ich mich zur Feuerwehr versetzen. Hör mal, laß uns nach dem Essen auf ein Bierchen verschwinden.«

»He, Billy, da kommen die gelben Männer wieder.«

Kinder stimmten ein spöttisches Lied an und folgten den Männern vom Luftschutz die Straße hinunter.

Will you treat your Mary Ann,
To some dulse and yellow man
At the Ould Lammas Fair at Ballycastle-O!

Captain Lambert ignorierte den Gesang und wandte sich an Gavin, der neben ihm marschierte. »Sag mal, Gavin, könntest du vielleicht bis nächsten Donnerstag auf einen Fünfer verzichten?«

»Nein, tut mir leid.« Der Captain hatte sich von allen Männern und Frauen auf der Wache Geld geliehen, zumindest hatte er es versucht.

»Ich bekomm einen Zuschuß«, sagte der Captain, »von meiner Familie. Alle Vierteljahr. Sollte Donnerstag da sein.«

Na ja, ein Fünfer war nicht die Welt. »Okay«, sagte Gavin. »Zusammen mit dem Rest schuldest du mir dann insgesamt fünfzehn.«

»Richtig. Ich hab's mir aufgeschrieben.«

»Ich geb's dir, wenn wir uns umziehen.«

»Danke.«

Die Zigarette zitterte zwischen seinen nikotingelben Fingern, als er darauf wartete, daß Gavin sich seine Uniform anzog. Wenn Captain sich Geld lieh, lud er seinen Gläubiger jedesmal zu einem Bier ein. »Wie wär's, wollen wir nach dem Essen einen heben?«

»Freddy und ich gehen ins Crown.«

»Dann komm ich mit, wenn ihr wollt.«

»In Ordnung. Rede mit Soldat.«

Man mußte mit Soldat MacBride reden, weil er alle unerlaubten Ausgänge organisierte. Während der Tagesschicht waren die Pubs zwischen ein und drei Uhr nachmittags geöffnet, eine Zeit, in der Craig sich mit der

Telefonistin Maggie Kerr in sein Büro einschloß. Wenn Craig in diesen Stunden sein Büro verließ oder ein Inspektor zum Appell eintraf, flitzte Soldats Spion, der im Flur postiert wurde, zum Hintereingang des Pubs und warnte die Männer, die dann zurück auf das Gelände flohen und in aller Eile über die Mauer und in den Hof sprangen.

Also redeten sie mit MacBride. Er teilte ihnen die ersten vierzig Minuten zu. Frank Price, der Wache stehen sollte, wurde eine Packung Zigaretten für seine Mühe versprochen, denn wie ein guter General sah MacBride es gern, wenn seine Truppen zufrieden waren.

»Herzlichen Dank«, sagte Captain zu Gavin, als sie in einer Reihe über den Hof marschierten.

»Wofür das denn?« fragte Freddy flüsternd.

»Hab ihm einen Fünfer geliehen.«

»Schön blöd. Komm, wir hängen ihn ab.«

Sie betraten das Crown beinahe im Laufschritt und hatten den Captain einen halben Häuserblock hinter sich gelassen. Doch als er hereinkam, sich die Regentropfen vom Hut schüttelte, die alten gamsledernen Handschuhe abstreifte und dem Barkeeper glasig zulächelte, entdeckte er Gavin auf den ersten Blick, ging zu ihm und ließ eine Runde Guinness kommen, eine Bestellung, die ihn zwei Shilling und drei Pence der fünf Shilling kostete, die Gavin ihm geliehen hatte. »Auf eure Gesundheit, meine Herren«, sagte er und hob sein Glas mit zittriger Hand.

Sie tranken. Der Captain hüstelte verlegen. »Sagt mal, kennt einer von euch eine billige Bude?«

»Für dich?« fragte Freddy.

»Ja. Die Leute, bei denen ich jetzt wohne, brauchen mein Zimmer. Ich muß sofort ausziehen. Heute abend noch, genauer gesagt.«

»Und hast du was für heute nacht?«

»Leider nicht.«

»Herrje!« Freddy mochte für den Captain nicht viel übrig haben, aber wenn ein Mann ohne Bett war, war der Feind das System. »Was willst du tun?«

»Na ja, ich könnte zurück zur Wache gehen und die Nachtschicht bitten, mich auf einer Trage schlafen zu lassen.«

»Moment mal«, sagte Freddy. »Wenn du das machst, sorgt der alte Greenwood dafür, daß das Hauptquartier Wind davon bekommt. Nein, nein, wir müssen uns was anderes einfallen lassen. Wo sind deine Klamotten?«

»In meiner Bude. Muß sie noch ausräumen.«

»Gav und ich helfen dir, stimmt's, Gav?«

»Natürlich.«

»Ich kann dir für ein oder zwei Nächte ein Bett besorgen. Einem meiner Freunde gehört eine Art Klub. Bis zum Zahltag kann er dich da unterbringen. Ich ruf gleich an und frag ihn.«

»Sehr freundlich von dir.« Der Captain hatte sein Bier bereits ausgetrunken und signalisierte dem Barkeeper nun, ihm noch einmal nachzuschenken. Damit waren drei der fünf Shilling dahin, die Gavin ihm geliehen hatte. »Na ja«, meinte der Weiße Engel, »so sind Säufer nun mal.«

Freddy kam vom Münztelefon zurück. »Geht in Ordnung. Mein Freund läßt dich bis Freitag in seiner Bude auf einem Feldbett schlafen. Dann mußt du dir etwas anderes suchen.«

»Wirklich? Vielen Dank auch. Kann ich dir ein Bier ausgeben?«

Wurde Freddy rot? Fast schien es so. »Nicht doch«, brummte er. »Du hast uns schon eine Runde spendiert.«

»Macht doch nichts. Donnerstag krieg ich fünfzehn Pfund. Um Schulden zu bezahlen.«

»Schau, wo dein Fünfer bleibt«, flüsterte Freddy Gavin zu und löste so einen ihrer spontanen Lachanfälle aus. Der Captain schaute verwirrt drein. »Was ist los? Ein Witz?«

»Nein, nein«, keuchte Freddy immer noch lachend.

»Übrigens«, sagte der Captain, »meine Sachen. Ich habe ziemlich viele Platten, und mein Grammophon ist ganz schön schwer. Aber mit einem Taxi müßte es gehen.«

»Ich könnte mir ein Auto leihen«, sagte Freddy.

»Oh, prima. Wollt ihr Jungs bestimmt kein Bier mehr?«

»Doch, aber diese Runde geht auf meine Rechnung«, sagte Gavin.

Der Captain lächelte. Er schien schon ein bißchen beschwipst. »Vielen Dank. Ich nehme noch mal das gleiche.«

6

Freddy schlug vor, Gavin zu Hause abzuholen und gemeinsam zum Captain zu fahren. Auf dem Heimweg von der Wache war Gavin deshalb ein wenig beunruhigt. Seine Eltern hatten Freddy noch nicht persönlich getroffen. Er hatte nicht gewollt, daß sie Freddy kennenlernten oder daß Freddy ihnen vorgestellt wurde. Lag es daran, überlegte er, daß er sich für Freddy schämte, oder war es, weil er sich für seine Eltern schämte? Eins war jedenfalls klar: Sie würden sich nicht verstehen. Er konnte sich jetzt schon vorstellen, wie sein Vater Freddy vom Kriegsverlauf berichtete. Die Deutschen waren vor zwei Tagen in Belgien, Holland und Luxemburg einmarschiert. Diese Tatsache, wie auch der Rückzug der Briten aus Norwegen, hatten Mr. Burke zu einem überaus glücklichen Menschen gemacht. Seither drehte er immer wieder voller Schadenfreude das Radio an und wartete auf den Sturz der Regierung Chamberlains.

Gavin mußte an diese Dinge denken, als er das Haus betrat. Er war so in Gedanken versunken, daß er nicht auf die Mäntel an der Flurgarderobe achtete. Wenn Fremde im Haus waren, eilte er meistens nach oben, um sich die Uniform auszuziehen. Doch heute abend ging er direkt ins Wohnzimmer.

Tony Clooney erhob sich aus dem Sessel an der Tür. In seinem blauen Nadelstreifenanzug und dem gestreiften, mit Kragenspiegeln bestückten Hemd wirkte er sehr erwachsen.

»Licht aus«, rief Tony. »Der Luftschutzwart kommt.«

Gavin überging diese Stichelei, denn *sie* war da; sie saß mit Kathy am Kamin. Er sah sie an: Sie schaute ihn an. »Hallo, Gavin«, sagte sie.

»Was will *die* denn hier«, wollte der Schwarze Engel wissen. Sie antwortete ihm, als hätte der Engel laut gesprochen.

»Tony und ich waren im Kino und haben Kathy getroffen. Wir sind dann zusammen hergekommen.«

Seine Mutter hatte Tee gemacht. Er wurde gefragt, ob er auch eine Tasse wolle. Seine zerknitterte Uniform gegen Tonys Nadelstreifen. »Nein, ich muß nach oben und mich umziehen. Nach dem Essen bin ich verabredet.«

Dann floh er die Treppe hinauf, immer zwei Stufen auf einmal, und boxte auf dem Weg zu seinem Schlafzimmer in Gedanken mindestens ein dutzendmal gegen Tony Clooneys Teetasse. Was fand sie an einem Trottel wie diesem Clooney mit seiner schmutzigen Phantasie, diesem Sohn eines reichen Kneipiers, diesem einstigen Klassenkameraden, an den sich Gavin vor allem deshalb erinnerte, weil er auf dem Klo ständig damit angegeben hatte, was er alles mit den Mädchen anstellte. Und was sollte dies Gerede, daß sie nur mit Jungen ausgehen wollte, mit denen sie sich auch unterhalten konnte und die sie wie eine Gleichberechtigte behandelten? Clooney hatte sich sein Lebtag noch nicht vernünftig mit einem Mädchen unterhalten, der hatte sie höchstens befummelt. Clooney und Gleichberechtigung, den Tag wollte er erleben! Gavin knallte die Tür zum Schlafzimmer zu.

»Was hat *dich* denn gestochen?« fragte Owen und sah von seinem Tisch auf.

»Nichts. Ich muß mich umziehen.«

Und er stürzte wieder nach unten und hoffte, daß sie noch da waren, denn als er aus dem Zimmer rannte, mußte er ziemlich unhöflich gewirkt haben. Bestimmt dachte sie jetzt, daß er ihr immer noch aus dem Weg ging, dabei war er in sie verliebt. Nach all diesen Monaten hatte sich nichts daran geändert; in dem Augenblick, als er heute abend ins Wohnzimmer ging, hatte er sie – und nur sie – gesehen. Ach, Sally. Zum Teufel mit Captains Umzug, er würde sie fragen, ob sie heute abend mit ihm ins Kino gehen wollte. Aber sie war heute nachmittag schon im Kino gewesen. Mit Clooney. Verdammter Clooney, begrapscht sie in der Loge. Warum zum Teufel konnte der sich kein eigenes Mädchen suchen?

Wieder im Wohnzimmer, doch zu spät. Sie standen um den Kamin, wollten gehen. Voller Verzweiflung bot er Zigaretten an.

»Sally? Tony? Noch eine Zigarette? Warum die Eile?«

»Woodbines«, sagte Tony und nahm eine Zigarette. »Ich habe keine Woodbines mehr gehabt, seit wir damals hinten auf dem Big Field heimlich geraucht haben.«

Womit er natürlich sagen wollte, daß er jetzt bessere Zigaretten rauchte.

»Woodbines«, sagte Gavin, »werden aus allerbesten Tabakresten hergestellt. Sie sind die Zigaretten des echten Arbeiters und passen daher ausgezeichnet zu meiner gegenwärtigen Lebenslage.«

»Arbeiter hast du gesagt?« Tony lächelte. »Ich dachte, der Luftschutz hat mit Arbeit so wenig am Hut, wie man es sich nur wünschen kann.«

»Aber Gavin bereitet sich auf sein Studium vor«, sagte Sally.

Er schaute sie an.

»Hat Kathy nicht gesagt, daß du in diesem Monat deine Aufnahmeprüfung machst?«

Tony gab sich interessiert. »Und? Wie läuft die Paukerei?«

»Ich habe Angst.«

»Die Londoner ist doch einfach«, sagte Tony. »Die hat sogar Donny Gallivan gleich beim ersten Mal geschafft.«

Tony trug zum Nadelstreifenanzug einen Schlips mit den Farben der Queen's University. Gavin deutete darauf und sagte: »Du scheinst ja neuerdings auch zu den Herren Studiosi zu gehören. Und? Was machst du?«

»Medizin, Grundstudium.«

»Vielleicht kann Gavin sich Ihnen im nächsten Jahr anschließen«, sagte Gavins Mutter mit dem sicheren Instinkt einer Mutter für die unpassende Bemerkung. »Jedenfalls beten wir alle darum.«

»Er wird's schon schaffen«, sagte Sally.

Gavins Mutter nickte zufrieden. »Na ja, das will ich hoffen. Ich möchte nämlich nicht, daß er noch länger bei diesem Luftschutzverein bleibt.«

Tony Clooney lächelte. »Wir haben in unserer Allee einen Luftschutzwart, der kann einen verrückt machen. Er war bestimmt schon fünfzehnmal bei meiner Mutter wegen der Jalousien.«

»Gavin ist kein Luftschutzwart«, sagte Sally. »Er ist bei der Ersten Hilfe. Ich sehe ihn manchmal, wenn er im Krankenhaus arbeitet.«

Danke, Sally, vielen Dank für deine Unterstützung. Aber hast du mich tatsächlich gesehen? Ich habe dich nämlich nicht gesehen. Warum hast du mich nicht angesprochen, wenn du mich gesehen hast?

»Jedenfalls vielen Dank für den Tee, Mrs. Burke«, sagte

Tony. »Wir müssen uns beeilen. Das Auto von meinem alten Herrn muß noch vor sieben wieder in der Garage sein.«

»Eine Sekunde, Sally«, sagte Kathy. »Komm in mein Zimmer, ich will dir noch ein Kleid zeigen, das ich mir bei Robbs gekauft habe.«

Und so stand er plötzlich Tony Clooney allein gegenüber, und ihm blieb nichts weiter übrig, als Clooney hinaus auf den Flur zu begleiten, ohne daß sich ihm die Gelegenheit geboten hätte, mit *ihr* zu reden. Und wenn schon, er würde sie morgen anrufen. »Ich habe gar nicht gewußt, daß du mit Sally gehst«, sagte er zu Clooney, als Clooney seinen großen, imprägnierten Regenmantel voller Laschen, Klappen und Spangen zuschnallte.

»Shannon? Bist du nicht früher mit ihr ausgegangen?«

»Ja.«

»Na dann«, sagte Clooney, »kennst du die Sorte ja.« Sein öliges Lächeln paßte zum Regenmantel. »Still«, brummte er. »Da kommen sie.«

»Fertig, Tony? Auf Wiedersehn, Gavin. Und viel Glück für die Prüfung.«

Er wollte sie berühren. Er hielt ihr seine Hand hin, und als sie sich die Hände schüttelten, öffnete Kathy die Tür. Vor dem Haus – wieso war ihm das vorher nicht aufgefallen? – stand der riesige Humber, *la voiture de Clooney père.*

»Auf Wiedersehn, auf Wiedersehn. Danke für den Tee.«

Und die Tür schlug zu. »Sie sieht gut aus, deine frühere Freundin«, sagte Kathy. »Weißt du, ich glaube, sie hat immer noch was für dich übrig.«

»Kümmre dich um deine eigenen Angelegenheiten, Fräulein Naseweis.«

Beim Abendessen war sein Vater ganz aus dem Häuschen.

»Ach ja, Hitler hat also den Bus verpaßt, wie? Weißt du noch, wie Chamberlain das letzten Monat gesagt hat, weißt du das noch? Ich erzähl euch was, das müßt ihr euch anhören. Da war heute ein Bauer in meinem Büro, ein alter Kerl namens Phelemy Friel, der zieht mit Vorliebe vors Gericht. Aber egal, jedenfalls haben wir über diesen sogenannten Krieg geredet, und er sieht mich an, hält die alte Pfeife zwischen die Zähne geklemmt und sagt: ›Mister Burke‹, sagt er, ›dieser Mann, dieser Hitler, der ist denen doch haushoch überlegen.‹ Hat er das nicht wunderbar gesagt? Hitler ist denen allen überlegen. Chamberlain hat das auch schon gemerkt. Und sein Nachfolger, Wendehals Winston Churchill, der sich früher so für die irische Selbstverwaltung stark gemacht hat, der wird das auch noch lernen. Churchill. Ein Tritt in den Hintern für diesen militärischen Stümper. Ist doch typisch für diese Engländer, daß sie sich einen Anführer wählen, auf dessen Konto das Gemetzel von Gallipoli geht.«

Mary, die alte Dienstmagd der Burkes, erschien in der Tür zum Eßzimmer. »Master Gavin, da ist ein Mann für dich. Soll ich ihn ins Wohnzimmer führen?«

»Nein, ich komme schon.«

»Aber du bist noch gar nicht mit dem Abendbrot fertig«, sagte seine Mutter. »Wer ist es denn?«

»Einer von der Wache. Wir müssen einem Freund beim Umzug helfen.«

»Beim Umzug helfen hat nichts mit Lernen zu tun«, warf sein Vater ein.

»Soll ich ihn vielleicht auf dem Flur warten lassen?« wollte die alte Mary wissen.

»Einen Augenblick.« Er stand auf, wischte sich den Mund mit der Serviette ab und floh, griff sich den Regenmantel von der Flurgarderobe, packte seinen Freund mit einer gemurmelten Entschuldigung am Arm und stieß Freddy beinahe aus dem Haus. Das Auto, das Freddy sich geliehen hatte, war ein alter Morris, den man zu einer Art Lastwagen umgerüstet hatte. Er trug die Aufschrift: FERGUSON. FRISCHGEFLÜGEL. Freddy sagte Gavin, er solle sich nach vorn setzen. »Wir sind spät dran, aber der alte Gerald ist bestimmt unpünktlich. Dabei fällt mir ein, daß ich dich nie gefragt habe, was dein Vater eigentlich von Beruf ist.«

»Er ist Anwalt.«

»Tatsächlich? Was hält er denn davon, daß du deine Zeit beim Luftschutz vertrödelst?«

»Er glaubt, daß ich mich auf die Prüfung vorbereite. Schon vergessen?«

»Ach ja, richtig.«

Es wurde dunkel und begann zu nieseln, als sie durch die Stadt fuhren. Freddys Vorhersage zum Trotz kam ihnen an der Kreuzung Stranmillis Road eine schattenhafte Gestalt entgegen. Es war der Captain im Trenchcoat und einem alten, flachen Filzhut, dessen Krempen er ringsum nach unten gestülpt hatte. Er wirkte nüchtern und zugleich ziemlich nervös. »Wirklich prima von euch, daß ihr heute abend gekommen seid. Bin sehr erleichtert.«

»Der Umzug dauert nicht lange«, sagte Freddy. »Und da, wo ich dich hinbringe, ist es ziemlich gemütlich.«

»Nein, ich meine, weil Churchill Premierminister geworden ist. Vielleicht kann er noch was retten. Hier lang, das dritte Haus hinter der Kurve. Sehr nette Leute, meine Vermieter. Deutsche Flüchtlinge übrigens.«

Sie parkten den Wagen vor einem hohen, schmalen Haus, dessen Parterrefenster von schäbigen Stores verdunkelt wurden. Das Mauerwerk war an vielen Stellen abgebröckelt, und aus einer löchrigen Dachrinne tropfte das Wasser auf die Treppenstufen und hinterließ dort schleimige grüne Flecken. Die Hand des Captains zitterte, als er seinen Schlüssel ins Loch steckte. »Hat einer von euch Jungs den Film *Im Zeichen des Zorro* gesehen?«

Hatten sie nicht.

»Ein… Melodrama über einen Fechter. Habt ihr ihn bestimmt nicht gesehen?«

Bestimmt nicht.

»Ich erzähl euch besser, worum es dabei geht. Ich meine – äh, hallo, Sigmund.«

Im Flur empfingen sie düstere, getäfelte Wände, abgewetztes Linoleum und ein Geruch nach gekochtem Kohl. Ein grauhaariger Mann in einer grauen Wollstrickjacke stand vor der Küchentür am hinteren Ende des Flurs. »Wer ist da?« rief er mit ausländischem Akzent.

»Ich bin's«, sagte Captain. »Ein paar Freunde helfen mir beim Umzug. Haben Sie das von Churchill gehört?«

»Churchill? Ändert auch nichts mehr«, sagte der grauhaarige Mann. »Ist zu spät. Jetzt marschieren sie durch Europa. Jetzt beginnt das Tausendjährige Reich.«

»Ach was. Noch sind wir nicht besiegt.«

»Wir werden ja sehen.«

»Siggie?« Eine Frauenstimme rief aus der Küche.

»Ja, Lili?« Der Mann ging in die Küche und zog die Tür hinter sich zu.

»Er ist ein erstklassiger Cellist«, erzählte der Captain. »Hat im Gürzenich-Orchester gespielt. Hier entlang, mein Zimmer liegt im obersten Stock. Sie sind Juden, deshalb sind sie hergekommen. Solche Menschen müssen Ulster für das Ende der Welt halten. Das mit dem Zimmer tut mir leid, ich meine, wie es hier aussieht.«

Es war ein geräumiges Zimmer mit Dachfenster, einem Bücherregal mit vielen Platten und Notenheften, einem Schlafsofa und einem großen Plattenschrank. Einige gebundene Bücher und ein Stapel Penguin Taschenbücher lagen herum. Der Vorhang vor dem Dachfenster hing in Fetzen herunter. In der mit Blumen bedruckten Tagesdecke klaffte ein großer gezackter Riß. Der Teppich sah ähnlich verunstaltet aus, und ein tiefes Z war in den Wandverputz geritzt worden.

»Menschenskind!« rief Freddy. »Wer hat dich denn besucht – Jack the Ripper?«

Der Captain bot ihnen rasch Zigaretten an. »Dieser Film, wißt ihr. Will sagen, der Held in diesem Film ist ein Fechter, der immer sein Initial hinterläßt, wenn er einen Feind besiegt hat. Nach dem Film gestern abend habe ich ein paar Bierchen getrunken. Weiß nicht mehr genau, was dann passiert ist, aber kaum war ich wieder hier, mußte ich an den Degen denken, den ich vor Jahren irgendwo aufgegabelt habe. Als ich heute morgen aufwachte, kam Lili herein und wollte aufräumen. Schreckliche Szene.«

»Z«, sagte Freddy, »Z für Zorro.« Er schaute Gavin an, und sie bekamen einen ihrer unkontrollierten Lachanfälle.

»Lacht nur«, sagte der Captain, »aber heute morgen fand ich das gar nicht komisch. Ich habe Lili gesagt, daß ich für den Schaden aufkomme, aber ich glaub, sie hat mich mißverstanden. Egal, wollen wir mit dem Plattenspieler anfangen?«

»Z«, rief Gavin, »Z für Zorro.«

»Vorsicht, die Ecke!«

»Ganz schön schwer, das Ding.«

Als sie nach unten in den Flur kamen, fiel Gavin auf,

daß die Stirn des Captains vor Schweiß glänzte. Es gelang ihnen, den Plattenschrank in den Kofferraum des Morris zu hieven, und sie wollten bereits wieder nach oben gehen, als sich der Captain unvermittelt auf das Trittbrett des Wagens setzte.

»Gavin, alter Junge«, sagte er, »ich frag dich nur ungern, aber meinst du, du könntest noch eine halbe Krone für mich erübrigen?«

»Jetzt?«

»Ja, verdammt, jetzt. Siehst du denn nicht, daß ich fast zusammenklappe?«

Freddy zog die Augenbrauen in die Höhe. »In Ordnung«, sagte er. »Steigt ein, alle Mann. Aber nur ein Glas, Gerald. Verstanden?«

Der Captain nickte. Er glitt auf den Vordersitz, saß zwischen Freddy und Gavin und hörte nicht auf zu zittern, bis sie den Pub erreichten. Doch kaum hatten sie die Tür geöffnet, schienen ihn die Gerüche von Whiskey und Porter zu beleben. »Für eine halbe Krone gibt es eine interessante Kombination«, sagte er. »Man kriegt dafür eine Flasche Starkbier, ein Schlückchen Whiskey und ein großes Glas Roten Krätzer. Fürchterliche Mischung, aber sie wirkt.«

Freddy achtete nicht weiter auf ihn. »Drei Halbe«, sagte er zum Barkeeper.

Der Schüttelfrost packte den Captain erneut, als er auf seinen Drink wartete. Kaum brachte man ihnen das Bier, griff er sein Glas mit beiden Händen und trank es in einem Zug aus, ohne einen Tropfen zu verschütten. Er hüstelte, strich sich über den strohgelben Schnäuzer und wandte sich an Gavin. »Wie wär's jetzt mit der halben Krone?«

Gavin legte die halbe Krone auf die Theke. »Zwei

Guinness und ein großes Glas Diamond-X-Glühwein«, sagte der Captain. »Ihr wolltet doch Guinness, oder nicht?«

»Ein Glas, habe ich gesagt«, warnte ihn Freddy. »Und was zum Teufel soll das überhaupt, sich von uns Geld leihen und dann einen für uns ausgeben?«

»Weil ihr meine Freunde seid, deshalb. Weil ihr verdammt anständig seid. Wirklich, Hargreaves, manchmal bist du ganz schön begriffsstutzig.«

»Begriffsstutzig?« Freddys Augen, die durch die Brillengläser bereits vergrößert schienen, weiteten sich noch mehr. »Hast du *begriffsstutzig* gesagt? Glaubst du denn, du wärst was Besseres – oder Klügeres –, bloß weil ich nicht auf eine von diesen so verdammt vornehmen englischen Schulen gegangen bin?«

»Also, das ist nun *wirklich* eine dumme Bemerkung. Natürlich nicht.«

»Nenn mich nicht dumm, du blöder imperialistischer Bastard. Und komm mir ja nicht mit diesem elenden Klassensystem, kapiert?«

»Aber, meine Herren«, sagte der Barkeeper. »Etwas mehr Ruhe, wenn ich bitten darf.«

»Weißt du, was ich von dir denke, Gerald? Ich denke, du bist ein Säufer und ein verdammter Lügner, das denke ich von dir. Ich glaube, du hast überhaupt keine eigene Meinung, ich glaube, du läßt dich einfach treiben, schnorrst alle an und erzählst ihnen, was sie deiner Meinung nach gern hören wollen. Ich würde auch jede Summe darauf wetten, daß du diese armen Flüchtlinge in der Stranmillis Road angepumpt hast und ständig einer Meinung mit ihnen warst. Das möchte ich wetten.«

»Ja, natürlich«, sagte der Captain. »Wie du schon sagst, ich schnorre bei allen Leuten. Ich bin ein Säufer, stimmt.

Du hast völlig recht, ich bin nicht gern anderer Meinung. Ehrlich gesagt, außer diesem Drink hier kümmert mich eigentlich gar nichts.« Er hielt das Glas Roten Krätzer in der Hand, betrachtete es einen Moment und trank dann den Wein mit trunkener, feierlicher Andacht. Ein Mann am anderen Ende der Bar, der unablässig von der britischen Marine schwatzte, war plötzlich laut und deutlich zu hören.

»Mach dir man keine Sorgen, Kumpel, der alte Churchill weiß mit Schiffen Bescheid. Der kennt die verdammte Navy, das tut er, der alte Winston; nicht so wie dieses Muttersöhnchen von einem deutschen Hausmaler. Keine Angst, Kumpel, die Hunnen schaffen's nie über den Kanal, nicht solange die britische Navy da ist. Der pustet die glatt aus dem Wasser, der alte Winston.«

»In Ordnung.« Der Captain stellte sein Glas ab. »Wenn ihr wollt, bin ich soweit. Tut mir leid, das Ganze.«

»Ach, um Himmels willen«, sagte Freddy, »hör auf, dich ständig zu entschuldigen.«

Schweigend gingen sie zum Auto und fuhren zurück zur Bude des Captains. Als sie die letzte Ladung Koffer und Bücher auf den Bürgersteig trugen, sah Gavin, daß ihnen eine Frau auf die Straße gefolgt war. Sie war groß, sah gut aus und trug ihr dunkles Haar unter einem Turban. Sie hatte eine rote Bluse an, einen alten Tweedrock und Gummistiefel. »Ich habe die Polizei gerufen«, sagte sie. »Schon vor einer Stunde. Siggie kann dich nicht mit Gewalt festhalten, und ich bin eine Frau. Aber die Polizei kommt nicht, weil die Polizei die Juden haßt, genau wie ihr.«

Freddy stellte sofort die Koffer ab. »Einen Moment mal«, sagte er. »Ich bin Sozialist und kein Antisemit. Das ist keiner von uns.«

»Keiner von euch? Daß ich nicht lache. Was ist mit Gerald, was mit dem, was er angerichtet hat, dieses Schwein? J steht für Juden. Und *Jude* kritzelt er überallhin, wenn er betrunken ist. Haben Sie sein Zimmer gesehen? Bin ich vielleicht eine Lügnerin?«

»Aber hören Sie doch«, sagte Freddy. »Es ist ein Z für Zorro, kein J für Jude. Hat er Ihnen die Geschichte nicht erzählt?«

»Und die glauben Sie? Warum läßt sich keine Polizei blicken, wieso kann er abhauen, ohne zu bezahlen? Ich sage Ihnen, warum. Weil ihr hier alle Antisemiten seid. Das glauben Sie nicht? Haben Sie denn noch nie gehört, wie die Leute hier reden? Sie sagen ›Schlägst du meine Juden, schlag ich deine Juden‹, wenn sie jemandem eins auswischen wollen. Ihr Iren seid doch alle gleich. Nur zu, lauf weg, Gerald, denk an die schönen Abende, die wir zusammen verbracht haben, an die Essen, die ich für dich gekocht habe, an die Musik, die wir zusammen gespielt haben. Das ist dir jetzt alles egal, nicht wahr, Gerald? Nur zu, lauf weg. J für *Juden*. Ich will dich nicht mehr sehen.«

»Aber hör doch, Lili, das stimmt einfach nicht«, sagte der Captain. Er ging auf sie zu, aber sie schlug ihm ins Gesicht.

»Säufer! Verschwinde!«

Schrecklich, dachte Gavin. Auf der anderen Straßenseite blieben die Leute stehen und starrten zu ihnen herüber. Bestimmt spitzte man hinter den Verdunklungsjalousien der Häuser die Ohren. Dieser Gefühlsausbruch hatte etwas Fremdes und Schamloses an sich. »Etwas Jüdisches, willst du wohl sagen«, meinte der Schwarze Engel.

»Verschwinde!« Es klang wie ein Schrei.

»Also gut«, sagte Freddy und warf den letzten Koffer in den Morris. »Macht schon, Jungs.«

»Scher dich zum Teufel, Judenhasser. Wo bleibt die Polizei? Ich habe die Polizei gerufen!«

»Auf Wiedersehn«, sagte Gavin zu der schlanken Frau. Wenn sie sich doch nur beruhigen wollte, aber sie sah ihn nicht an, schien ihn nicht zu hören.

»Wo bleibt die Polizei?« wiederholte sie und blickte nach beiden Seiten die Straße hinunter. Zitternd setzte sich der Captain nach vorn und hielt den Kopf gesenkt. Freddy und Gavin sprangen in den Wagen und schlugen die Türen zu. »Schert euch zum Teufel«, rief die Frau, »schert euch zum Teufel.«

Freddy legte den Gang ein, der Wagen schoß vom Bürgersteig auf die Straße, schlitterte gefährlich die Straßenbahnschienen entlang. »Himmel«, sagte Freddy, als er den Wagen wieder im Griff hatte. »Das war knapp. Manche von diesen deutschen Juden leiden unter Verfolgungswahn.«

»Ist ja auch verständlich«, sagte der Captain. »Du kannst dir nicht vorstellen, was diese Leute mitgemacht haben.«

»Kann ich nicht? Glaubst du schon wieder, was Besonderes zu sein?«

»Nein, nein, natürlich nicht. Tut mir leid, ich habe es nicht so gemeint.«

»Herrgott, hör endlich auf, dich zu entschuldigen.«

»Eigentlich«, flüsterte der Schwarze Engel, »*kennst* du gar keine Juden. In der Schule war einer, vor zwei Jahren, dieser feiste Typ, der abging, um zur Jaffe School zu gehen. Und Bernstein, der im Stück mitgespielt hat. Aber den kennst du nur vom ›Guten Tag‹-Sagen. Dieses Haus da, das ist das erste jüdische Haus, das du je betreten hast. Und wenn du ehrlich bist, dann fandest du sie eigentlich doch auch widerlich mit all ihrem Geschrei, diesem wahnsinnigen Getue und dem merkwürdigen Geruch nach Kohl im

Hausflur. War schon irgendwie ›jüdisch‹, dies Gekreische und Gezetere, nicht? Der arme alte Gerald. Vielleicht ist dieses ganze Theater um die angebliche Judenverfolgung der Deutschen auch übertrieben. Die Juden sind jedenfalls schreckliche Jammergestalten. Trotzdem, in einem Punkt hat die Frau recht. Die Leute sagen hier tatsächlich: ›Schlägst du meine Juden, schlag ich deine‹, aber ich sag das nicht.«

»Noch eins, Gerald«, sagte Freddy zum Captain. »Komm nicht auf die Idee, deine Fechtkunst im Zimmer von meinem Freund zu üben. Der ist ziemlich groß, der könnte dich verprügeln.«

»Was macht er?«

»Er ist Pastor.«

Und ein Pastor war er tatsächlich. Laut Anschlag am Schwarzen Brett in dem nach Karbol riechenden Gebäudeeingang, in den Freddy sie führte, war er:

REVEREND KENNETH MCMURTRY, M. A., D. D.
KAPLAN UND SPORTLEHRER FÜR DEN
JUGENDKLUB BELFAST MITTE

»Ken wohnt ganz oben«, erklärte Freddy. »Aber im Kellergeschoß gibt es einen Schlafsaal. Da kannst du schlafen.«

»McMurtry«, sagte der Captain, »klingt irgendwie bekannt.«

»Er hat Rugby für Irland gespielt und war mal unter dem Spitznamen der ›Rote Reverend‹ bekannt. Hat überall Reden gehalten und Geld für die Republikaner im Spanischen Bürgerkrieg gesammelt.«

»Muß wohl ein anderer McMurtry sein, an den ich gedacht habe«, meinte der Captain.

Im obersten Stockwerk des Jugendklubs befand sich eine kleine Turnhalle, ein Gruppenraum mit Sesseln aus imitiertem Leder, die an den Armlehnen schon ziemlich zerschlissen waren, ein Pingpongtisch und eine Dusche. Der Klub schien geschlossen. Niemand hielt sie auf, als sie durch den Gruppenraum und über den Flur zu einer Tür mit der Aufschrift PRIVAT gingen. Freddy klopfte an.

Reverend McMurtry öffnete ihnen. Er hatte sich die Jacke ausgezogen, trug aber einen Priesterkragen und die graue Hemdbrust eines Geistlichen. Er war groß und blond und antwortete auf ihren Gruß mit männlichem Grinsen und einem festen Händedruck. Seine Höhle, wie er sein Zimmer nannte, war mit Silberpokalen und Reihen gerahmter Fotografien vollgestopft, die Jungenmannschaften im Fußballdreß zeigten, Reverend McMurtry in der Mitte, Ball in der Hand. All das gefiel Gavin. Er hatte noch nie einen protestantischen Pfarrer kennengelernt, doch Reverend McMurtry entsprach haargenau seinen Erwartungen. Pfarrer beteten nicht, sie predigten. Und sie verbrachten die meiste Zeit damit, Spiele und Ausflüge zu organisieren. Die übrigen Personen und Dinge im Zimmer entsprachen allerdings überhaupt nicht Gavins Erwartungen. Zum einen roch es streng nach Räucherkerzen, zum anderen entdeckte er mehrere chinesische Vasen und Makimonos im Zimmer. Das Bett war ein Diwan, über dem eine mit einem Drachen bedruckte Decke lag, und mitten im Zimmer hockten vor einem Puppentheater aus Pappmaché zwei junge Männer, die nicht gerade so aussahen, wie Gavin sich die Jugendklubmitglieder vorgestellt hatte. Man machte sie miteinander bekannt.

»Freddy, das ist Matthew Ware.«

»Hallo«, sagte Freddy. »Ich kenne deine Gedichte.«

»Wie aufmerksam von dir«, sagte Matthew. »Sonst scheint sie niemand zu kennen.«

»Und dies ist Maurice Markham. Maurice hat uns gerade dieses phantastische Puppentheater vorgeführt. Hat den ganzen Apparat selbst gebaut. Ist doch wunderbar, nicht?«

»Na ja, nicht direkt Puppen«, sagte Maurice. Er trug eine Breitkordhose und einen grünen Nicki mit Rollkragen. »Es sind bloß kleine Gestalten in einer Landschaft, die zu diversen Tableaus angeordnet wurden, wenn ihr versteht, was ich meine.«

»Absolut«, sagte der Captain und ließ sich ziemlich unvermittelt auf ein Sofa fallen.

Reverend McMurtry zog einen Vorhang zur Seite, hinter dem sich eine kleine Küche verbarg. »Sherry? Oder lieber Bier?«

Der Captain nickte zu beiden Angeboten. Gavin und Freddy stimmten für Bier.

»Prima Neuigkeit, die Sache mit Winston, findet ihr nicht?« fragte Reverend McMurtry. »Deshalb herrscht zwar immer noch ein imperialistischer Krieg, aber ich habe Winston stets für eine Kämpfernatur gehalten.«

»Mein Gott«, sagte der junge Mann namens Matthew. »Muß das sein? Gerade hat uns Maurice aus diesem elenden Jahrhundert an den Hof des *Roi du Soleil* versetzt, und mit einem Schlag sind wir wieder bei Bier und dem verdammten alten Churchill. Setzt euch. Bitte, Maurice, mach weiter. Jemand soll das Licht ausmachen, und laß uns noch ein Räucherstäbchen anzünden, um diesen fürchterlichen Pfeifengestank zu vertreiben.«

Reverend McMurtry brachte das Bier und machte das Licht aus. Maurice richtete zwei Taschenlampen auf seine winzige Bühne. »Da wir gerade bei Unterbrechungen sind«, sagte er, »in dem Buchladen, in dem ich mich abrackern muß, ist mir heute eine höchst ungewöhnliche Geschichte passiert. Ich stand an einem Regal und blätterte in einem Band von Firbank, als mich plötzlich jemand an die Schulter faßte. Ich drehte mich um und sah niemanden – *niemanden*. Dann schau ich nach unten, und da war dieses äußerst merkwürdige Geschöpf, ein winziger kleiner Gnom, eine Frau, mit den längsten, affenartigsten Armen, die ich je gesehen habe. Und sie streckt ihren *langen* Affenarm aus, um mich zu berühren. ›Ich heiße Miss MacMillan‹, sagte sie. ›Ich habe bei Ihnen ein Konto.‹«

»Oh, ja, MacMillan«, kreischte Matthew. »Die kenn ich. Affenartig, stimmt genau, die ist so herrlich ekelhaft, fast wie eine Hofzwergin mit Donegaler Dialekt. Himmel!«

Freddy schien sein Bier in einem Zug ausgetrunken zu haben. Er stand auf und flüsterte Reverend McMurtry etwas zu. »Ich verstehe«, sagte Reverend McMurtry. »Ja, natürlich, zieht ab, wenn ihr wollt. Wir kümmern uns um deinen Freund. Gut gemacht!«

»Bist du soweit, Gavin?«

»Willst du uns den auch entführen?« fragte Maurice.

»Gavin?« sagte Matthew. »Ich habe einen Onkel Gavin, Gavin O'Kelly. Wurde vor einigen Jahren in einen entsetzlichen politischen Skandal verwickelt. Wißt ihr, wo er jetzt ist? In Spanien. Ehrlich. Hockt in Barcelona, Tag um Tag, und starrt einen Wandnagel an.«

»Was für ein herrliches Bild«, sagte Maurice. »Einen Wandnagel anstarren.«

»Ja, das darf ich nicht vergessen«, sagte der Reverend. »Freddy, spielst du immer noch für die Glentoran Wanderers?«

»Nicht in dieser Saison. Fertig, Gav?«

»Okay.«

Dabei war es überhaupt nicht okay. Er verstand die Eile nicht. Reverend McMurtry war der erste protestantische Pfarrer, mit dem er je gesprochen hatte, und als wenn das nicht schon Grund genug wäre, waren da auch noch Maurice und Matthew. Wollte er versuchen, die beiden zu beschreiben, kamen ihm Worte wie Künstler, Poeten und Boheme in den Sinn. Sie erinnerten ihn an Sydney Smiths Porträt von einem effeminierten Lytton Strachey, das er in einer unbedeutenden Zeitschrift abgebildet gesehen hatte, und wie er jetzt so darüber nachdachte, würde es ihn auch gar nicht wundern, wenn Virginia Woolf oder sonst jemand aus dem Bloomsbury-Kreis in dieses Zimmer spaziert käme. Allein der Gedanke, daß all diese Leute, die Gedichte schrieben, Räucherstäbchen anzündeten und Puppentheater bauten, hier in Belfast lebten, keine Meile weit von seinem Elternhaus. Sie waren natürlich Protestanten. Warum konnte bloß kein Katholik in einer interessanten Umgebung aufwachsen? Aus den meisten Katholiken wurden Typen wie dieser Tony Clooney. Rüpel. Am besten wurde er selbst auch ein Dichter, so wie dieser Matthew, und lernte witzig und exaltiert zu reden. Er sah sich schon, wie er Sally solchen Leuten wie Matthew und Maurice vorstellte. Er würde ihr schon zeigen, was sie verpaßte, wenn sie sich mit Kerlen wie diesem Clooney abgab.

»Besucht uns bald mal wieder«, sagte Reverend McMurtry, griff nach Gavins Hand und drückte sie zwischen seinen großen Pranken. Maurice und Matthew lagen auf den Knien, stellten die kleinen Pappfiguren um und lächelten zum Abschied.

»Wiedersehn, Gerald«, sagte Freddy zum Captain. Der

Captain hörte ihn nicht. Er war in der Küche bei der Sherryflasche.

»Tut mir leid, all das«, sagte Freddy, als sie nach unten gingen.

»Ach, ist schon in Ordnung. Du willst bestimmt den Wagen zurückbringen, nicht?«

»Nein, deshalb bin ich nicht auf und davon. Ich habe mich nur fürchterlich geärgert. Ken ist schon in Ordnung und meistens ziemlich vorsichtig, aber es ist idiotisch, sich in den eigenen vier Wänden mit diesem Pärchen einzulassen.«

»Was willst du damit sagen?«

»Nimm mal an, ein Vorsteher der Ersten Presbyterianer platzt in diese Runde mit Räucherstäbchen und all dem Kram. Ken wird auf seine alten Tage ziemlich unvorsichtig.«

»Wovon *redet* der?« fragte der Weiße Engel. »Ich glaube, ich weiß, was er meint«, sagte der Schwarze Engel.

»Der kleine Maurice Markham gehört jedenfalls zur penetranten Sorte«, sagte Freddy. »Der kann einfach nicht an sich halten. Keine fünf Minuten länger, und er hätte neben dir gesessen, die Hand auf deinem Knie.«

»Soll das heißen, die sind schwul?«

Freddy starrte ihn an, nahm seine Brille ab, wischte mit dem Daumen über die Gläser und setzte sich dann die Brille wieder auf. »Wußtest du das nicht?« fragte er. »Was hast du bloß für ein behütetes Leben in dieser römisch-katholischen Institution geführt? Gibt's keine Schwulen in den R. K.-Schulen?«

»Na ja, nein. Es gibt Typen, die wollen dich auf dem Klo betatschen. Aber das sind keine echten Homos.«

»Typen wie Ken, mit anderen Worten.«

Der Pfarrer auch! Der Weiße Engel erstarrte vor Entsetzen. »*Homosexuelle!* Ich habe dich gewarnt, dieser Freddy bringt dich in schlechte Gesellschaft. Und du warst von denen sogar beeindruckt, wolltest so sein wie sie. Das mußt du dir mal vorstellen!«

Freddy ließ den Motor des Geflügellasters an. »Spring rein«, sagte er. »Manchmal vergesse ich, wie jung du noch bist. Komisch, daß du nicht gewußt hast, daß die schwul sind.«

Was *trieben* Homos eigentlich? Welche widerwärtigen Paarungen fanden zwischen Reverend McMurtry und Maurice statt? Allein bei dem Gedanken wurde ihm übel. Mein Gott, er wollte nicht wie Maurice oder Matthew sein. Wie hatte er diese weibischen Schlappschwänze nur bewundern können? *Er* hatte sich nie schwul gefühlt, niemals. Allerdings, wenn man auf Mädchen scharf war, aber noch mit keinem geschlafen hatte, wie konnte man da sicher sein, daß man in Kürze nicht vielleicht selbst schwul sein würde?

»Klar«, sagte der Weiße Engel. »Revolutionäres Gefasel, das findest du ja so toll.«

... wenn die kichernden Maschinenpistolen in den
Händen junger Männer
sich auf die Klubs und Wohnungen, Schönheitssalons
und Priesterhöhlen richten

Louis MacNeice. *Der* war doch bestimmt kein Homo, oder? Nein, natürlich nicht. Aber heute abend klangen die Verse irgendwie anders, Verse für eine Schwulenrevolte, höhnisch kichernde junge Männer, Maschinenpistolen in den Händen, die alle Klubs, Schönheitssalons und Priesterhöhlen in die Luft jagten. Als Freddy ihn zu Hause absetzte, ging er gleich ins Bett, so aufgewühlt war er. Juden, linke Pfarrer, Schwule, Dichter, Säufer, Puppenspieler: dies war die Welt der Erwachsenen, wie man sie sich in St. Michan's nicht erträumte. Er lag im Bett und schaute zum schlafenden Owen hinüber. Owen ahnte nichts von dieser anderen Welt, ihrer Kehrseite. Owen würde sie nie kennenlernen, denn Owen war normal und würde ein normales, gewöhnliches Leben führen. Dabei wollte er selbst auch ein normales Leben, wollte keine Räucherstäbchen und nicht von kreischenden Lilis aus Zimmern geworfen werden. Er wollte mit Sally leben, er liebte Sally.

Ich falle in einen Abgrund, ich falle.

»Bete«, sagte der Weiße Engel. »Das ist deine letzte Chance. *Bete.*« Aber er konnte nicht beten.

7

Queen Victoria hielt den Reichsapfel der Macht in ihrer rechten Hand, als wollte sie Gavin damit bewerfen. Sie blickte auf ihn herab und sah ihm zu, wie er sich eine Woodbine ansteckte. Regen fiel auf ihr steinernes Gesicht und ließ den Taubenkot auf ihren Wangen in Schlieren herablaufen.

»Paff du nur«, sagte die Queen. »Ein Versager wie du hat nie genug Geld, um sich vernünftige Zigaretten leisten zu können.«

»Und wenn schon«, sagte Gavin zur Queen. »Blöde Kuh, kapierst du denn nicht, daß Versagen nur halb so schlimm ist? Nichts ist schlimm, wenn man sich erst mal damit abgefunden hat.«

Doch die Queen hörte ihm nicht zu. Sie starrte über den regennassen Rasen auf ihre irische Gründerzeituniversität und achtete darauf, daß er und seinesgleichen dort keinen Zutritt fanden. »Hier kommst du nie rein«, sagte sie. »Nicht nach dem heutigen Tag.«

Es war der dritte Vormittag der Aufnahmeprüfung. Inzwischen kannte er die meisten Prüflinge bereits vom Sehen. Nervöse Hochstapler, die über das Unigelände liefen, sich verschwörerisch angrinsten und vorsichtige Kritik an den Testfragen äußerten. Einer von ihnen war gerade aus dem Prüfungssaal gekommen, ein langer Typ mit zerbrochener Brille, die mit einem Heftpflaster über dem Nasenbügel geflickt worden war. Er fischte sich eine Zigarette aus der Tasche, streckte sie ihm entgegen und bat um Feuer. »Kleinigkeit«, meinte er.

»Fandest du?«

»Die Mathe-Arbeit heute morgen? Natürlich. Hör mal, hast du auch sechzehn dreiviertel bei der siebten Aufgabe raus?«

Gavin war nicht bis zur siebten Aufgabe gekommen. Er sah die alte Queen an. »Mathe ist Pflichtfach«, sagte sie.

»Nein«, sagte er zu dem Langen.

»Nicht? Stimmt aber, glaube ich. Na ja, morgen ist der letzte Tag, Gott sei Dank. Was ist heute nachmittag bei dir dran, Geschichte oder Chemie?«

»Geschichte.«

»Würde mir stinken. Ich geh essen. Kommst du mit?«

»Ich warte noch auf jemanden.«

»Am Dienstag, dem Tag, an dem ich die Englisch-Arbeit geschrieben habe, marschierte die deutsche Armee in Abbeville ein, eine Million Soldaten, eintausend Kampfflugzeuge, zweitausend Panzer. Hast du gehört, Victoria? Zweitausend Panzer rollen da über die Allee, walzen die Tore der Universität nieder und fahren über den Rasen auf deine Statue zu. Pusten dir mit einem mächtigen Schuß der Panzerkanone den arroganten Schädel herunter. Vielleicht kannst du deine Queen's University in sechs Monaten vergessen. Den britischen Truppen wurde am Kanal der Rückzug abgeschnitten.«

Aber die Queen hatte ihn durchschaut. »Das würde dir so passen«, sagte sie, »klar, dir wäre es am liebsten, daß die ganze Welt in die Luft gejagt wird, nur weil du ein elender kleiner Versager bist. Aber das passiert nicht. Sie fliegt nicht in die Luft, meine ich. Ist zumindest verdammt unwahrscheinlich.«

Sein Bruder Owen kam im flatternden schwarzen Talar über den Hof, einen Packen Bücher in der Hand. Er schien es eilig zu haben. Die beste Gelegenheit, schlechte Neuigkeiten mitzuteilen, ist stets dann, wenn der andere in Eile ist.

»Und?« fragte sein Bruder. Gavin zog ein Gesicht. Sein Bruder starrte ihn an und eilte dann weiter zum Vorlesungssaal. Gavin lief neben ihm her.

»Hast du wenigstens alle Fragen beantwortet?«

»Nein, ich habe nur ungefähr die Hälfte geschafft.«

»Verdammt, du hast einfach nicht hart genug gearbeitet«, sagte Owen. »Faulheit, Söhnchen, das ist dein Problem.«

Aber es lag nicht an seiner Faulheit. Für Owen waren Prüfungen nichts Besonderes, wie sollte er ihm da erklären können, daß ihn, eine halbe Stunde bevor er in den Prüfungssaal ging, ein Gefühl wie eine Krankheit überfiel, ein Gefühl, daß er alles falsch machen würde, was immer er auch tat.

»Theater und tanzen und irgendwie weiterwursteln, statt zu lernen«, sagte Owen. »Und was jetzt?«

Sie hatten den Vorlesungssaal erreicht. Fünf von Owens Kommilitonen, die alle älter als Gavin waren, lungerten vor dem Saal herum, trugen flatternde Talare und alte Tweedjacken. Sie rauchten, aber als Gavin und Owen kamen, drückten sie die Stummel aus und gingen hinein. »Wahrscheinlich ist der Prof jetzt da«, sagte Owen. »Was hast du heute nachmittag?«

»Geschichte.«

»Na, darin bist du ja immerhin gut. Viel Glück.«

»Dreh dich um, geh durch das Tor in irgendein Café, und bestell dir was zu essen. Du hast versagt, aber du sollst die restlichen Stunden absitzen. Warum? Warum weitermachen, wenn du weißt, daß es keinen Sinn hat?«

Die Blechspielzeuge der Hausierer rücken Zoll um Zoll
auf dem Bürgersteig voran
Und wissen nicht, daß sie aufgezogen wurden;
sie sind besser
Dran als wir, die aufgezogen wurden und darum wissen,
während wir abwärts...«

Mit mir geht es abwärts. Irgendwas stimmt nicht mit mir. Ich weiß, daß ich schlauer bin als dieser Clooney und auch als andere Jungs, die in meiner Klasse waren. Trotzdem bin ich zum Untergang bestimmt, während sie Ärzte und Rechtsanwälte, Ingenieure, Priester werden, so wie sie es sich in ihren kleinen Herzen gewünscht haben. Ich kann Sally nicht vergessen. Es gibt da eine gewisse Sorte Söhne, o ja, die gibt es tatsächlich, Mrs. Mullally, die Sorte kennen wir alle, diese jüngeren irischen Söhne, arbeitsscheues Gesindel, das in der Schule versagt und vom Familiengeschäft durchgefüttert werden muß. Und wenn es kein Familiengeschäft gibt, dann müssen sie eben auswandern, angeblich findet man sie in Kanada, Australien oder sonstwo, und dort arbeiten sie, wobei niemand so recht weiß, was sie eigentlich tun. Jedenfalls lohnt es nicht, darüber nach Hause zu berichten, das steht fest. Ach, Mrs. Mullally, ist doch wahr, *diese* Typen kennen wir. Richtig, er hatte was mit einem Mädchen, einem netten anständigen Mädchen, eines von den Shannons, das zweite, wenn ich mich recht erinnere; die Kleine ist jetzt mit Dr. Clooney verheiratet, ja, dem Gynäkologen, der im Krankenhaus arbeitet. Tja, ich frage mich nur, was aus diesem Burke geworden ist.

War er nicht beim Luftschutz? Ich kann mich nicht erinnern.

Eine Studentin lief an ihm vorbei, eilte ans Tor der Universität, wo ein Mann mit einem Motorrad auf sie wartete. Das Mädchen hatte langes, dunkles Haar und trug einen Queen's-Schal um den Hals. Solche Mädchen werden mir nie gehören. Mädchen, die auf dem Soziussitz fahren, Englisch mit Auszeichnung bestehen und ein Auge für einen Mann mit Zukunft haben; Mädchen, die sich hinter ihren Freund setzen und die Arme vertrauensvoll um seine Hüfte legen, wenn er mit dem Motorrad davonbraust und sie auf der Ausfallstraße in Richtung Freiheit entführt. Nicht für uns Luftschutzkollegen, die wir in der Crummick-Street-Wache mit unserem Tee und unserem Butterbrot sitzen und darauf warten, daß Wachoffizier Craig uns zum soundsovielten Mal die Arm- und Beinschienen zeigt. Gott im Himmel, heute abend wieder Dienst.

Diese Nacht hörten alle Radio. »Eintausend Flugzeuge«, erzählte Craig der Wachmannschaft. »Das muß man sich mal vorstellen, tausend deutsche Flugzeuge über Belfast.«

Das konnte sich niemand vorstellen. Außerdem dachte man dabei nicht an Bomben, sondern an die Fallschirme. Anthony Eden hatte eine Armee von Fallschirmspringern aufgestellt. Die Briten fürchteten sich mehr vor einer Invasion als vor den Bomben. Eine Invasion, das mußte man sich mal vorstellen.

»Sollen sie in der Hölle schmoren. Glaubt ihr, die landen hier?« wollte Hughie Shaw wissen. »Stellt euch vor, die Deutschen kämen bis nach Belfast.«

»Zuerst werfen sie Bomben«, sagte Craig. »Letzte Woche hatten sie tausend Bomber über Paris. Tja, wenn die hier ihre Bomben abwerfen, kommen ein paar Leute in dieser Stadt ins Grübeln. Dann macht sich keiner mehr über uns lustig.«

»Und den hochnäsigen Schwestern und Ärzten drüben im Krankenhaus wird das Lachen noch vergehen. Die brauchen uns dann nämlich.«

»Genau.«

»Nee, nee«, sagte Baby Bates, »die Deutschen schaffen es nie über den Ärmelkanal. Nicht, solange es noch die britische Navy gibt.«

»Meinst du?« fragte Soldat. »Ich würde mich nicht darauf verlassen. Schließlich ist der alte Hitler im Handumdrehn durch ganz Europa marschiert.«

Gavin war die Diskussion leid und ging durch die Spülküche zur Toilette im Hinterhof. Draußen war es stockfinster. Ist doch nicht zu fassen, dachte er. Die sind genau wie ich, wollen, daß Bomben fallen, damit man sich nicht länger über sie lustig macht.

»Eben«, sagte der Schwarze Engel. »Und warum auch nicht? Helden können ohne Katastrophen nicht zu Helden werden. Und die Erste Hilfe kann ohne Verletzte und Sterbende nicht in Aktion treten. Willst du denen vorwerfen, daß sie zeigen wollen, was in ihnen steckt?«

Auf der Toilette hörte er im völligen Dunkel ein leises Hüsteln. Gavin spürte, wie sich seine Kopfhaut zusammenzog. Kam der Husten von drinnen oder von draußen? Er lauschte. Er konnte nichts hören. Er streckte die Arme aus, fuhr blindlings eine um die andere Wand der Toilette ab. Er war allein. Der Hüstelnde mußte draußen auf ihn warten. »Wer ist da?« rief er.

Keine Antwort.

Es war Craig, ganz bestimmt, es war dieser verdammte

Irre, der sich unter dem Vorwand einer Übung irgendeinen bösen Spaß machen wollte. »Sind Sie das, Mister Craig?« Er schämte sich für seine Stimme, die Stimme eines verängstigten Kindes.

Er öffnete die Toilettentür und schlich sich hinaus in die Dunkelheit. »Hören Sie, wenn das ein Spaß sein soll, finde ich das gar nicht komisch«, rief er nun mit hoher, fast quiekender Stimme.

Das leise Hüsteln ertönte unmittelbar vor ihm. Er stürzte sich rasch darauf, fest entschlossen, sich dem Unbekannten zu stellen, ehe er selbst gestellt wurde. Seine tappenden Hände faßten in die sanften Schwellungen einer weiblichen Brust. Die Frau stieß ihn fort, und er hörte sie über den Hof laufen. Wer sie auch sein mochte, sie versuchte in die Zufahrtstraße hinter dem Hof zu flüchten. Er rannte zum Hintereingang und bekam die Fremde am Unterarm zu fassen. Sie wehrte sich, aber er hielt sie fest. »Wer sind Sie? Was machen Sie hier?«

Sie gab keine Antwort. Er stieß sie vor sich her zur Tür der Spülküche und hörte sich aufgeblasen und töricht daherreden: »Wir werden der Sache auf den Grund gehen. Dies ist Privatgelände. Sie haben kein Recht, sich hier aufzuhalten.«

Sie sträubte sich nicht mehr. Kaum waren sie in der Spülküche, lächelte sie ihn an, ein zaghaftes, kindliches Lächeln, das ihn um Vergebung bat. Doch sie war älter als er, eine kräftige, schmuddlige Frau in dreckigem Regenmantel und blumenbedrucktem Rock. »Ich hab auf meinen Opa gewartet«, sagte sie.

»Auf wen?«

»Mr. MacBride.«

»Hat sie ›Opa‹ gesagt?« wunderte sich der Schwarze

Engel. »Aber die ist doch über zwanzig. Soldat MacBrides schwarzes Haar; Freddy hat gesagt, es sei gefärbt.«

»Was hast du hier zu suchen?«

MacBrides Stimme. Seine Gestalt füllte den Türrahmen, massig und wie gestriegelt in der blauen Uniform, die alten Dienstschnüre hingen über der Brusttasche.

»Der da hat mich hier reingestoßen. War nicht meine Schuld, Opa.«

MacBrides gewichste Stiefel hallten auf den Fliesen der Spülküche wider. Seine harte alte Hand holte zu einem Schlag aus, und es klang, als würde ein Brett entzweigebrochen. Die stämmig Frau flog gegen die Wand. »Verschwinde von hier. Hau ab, raus!«

Die Frau sah sich mit rotem, verweintem Gesicht nach Gavin um. MacBrides Hand klatschte ihr auf den breiten Hintern und trieb sie hinaus auf den Hof. »Geh nach Haus«, knurrte MacBride. Er schloß die Tür und drehte sich zu Gavin um, ein verzerrtes Grinsen im Gesicht. »Eine kleine Kusine«, sagte er. »Hat manchmal nicht alle Tassen im Schrank.«

»Kusine? Hat sie dich nicht Opa genannt?«

MacBride sah über die Schulter Richtung Küche. Wieder hallten seine Stiefel über die Fliesen, als er die Tür zwischen Spülküche und Küche schloß. Dann drehte er sich erneut mit diesem schrecklichen Grinsen zu Gavin um. »Sag mal«, stieß er ihn an. »Du bist doch Katholik, Jungchen, nicht wahr?«

»Ja, ich denke schon.«

»Siehst du, ich auch«, sagte MacBride. »Wir Katholiken müssen zusammenhalten. Diese Wache wimmelt von Leuten, die so scheinheilig sind wie der Teufel selbst. Wenn du verstehst, was ich meine.«

»Nein.«

Sorgsam stopfte sich Soldat seine Kolbenpfeife mit Kautabakschnitzeln. Er steckte die Pfeife in Brand, ließ Gavin dabei aber nicht aus den Augen. »Na schön«, sagte er, »dann will ich deutlicher werden. Ich wäre dir sehr dankbar, wenn du keinem hier verrätst, was gerade vorgefallen ist. Hab ich dein Wort darauf, Jungchen?«

»Aber was ist denn los? Ist doch nichts dabei, wenn deine Enkelin dich besuchen kommt.«

»Nein. Trotzdem wäre ich dir dankbar. Gib mir dein Wort, sei ein guter Junge.«

»Also gut«, sagte Gavin. »Aber ich versteh immer noch nicht, wieso das so wichtig ist.«

»Komm schon«, sagte Soldat MacBride. »Du bist doch nicht so grün hinter den Ohren, wie du aussiehst. Wenn ein paar von den protestantischen Dummköpfen da drinnen spitzkriegen, daß ich alt genug bin, um eine erwachsene Enkelin zu haben, werfen die mich raus, ohne mit der Wimper zu zucken.«

»Aber es gibt keine Altersbegrenzung für diesen Posten.«

»Woher soll *ich* das wissen?« fragte Soldat bitter. »Ich habe nie gefragt. Außerdem geht es nur mich was an, wie alt ich bin.«

»Natürlich«, sagte der Weiße Engel. »Laß den Alten in Ruhe. Wie würde es dir gefallen, in seiner Haut zu stecken und Angst zu haben, daß deine Vorgesetzten merken, daß du sechzig oder sogar älter bist, viel zu alt, um Krankentragen zu schleppen. Kein Wunder, daß er sein Haar färbt.«

»Wart's ab, bis du Freddy davon erzählst«, sagte der Schwarze Engel.

»Also, Jungchen«, drängte MacBride. »Du verrätst kein

Wort von dem, was in diesen vier Wänden passiert ist. Versprochen?«

»Na gut, ich versprech's.«

»Bist in Ordnung. Ich revanchiere mich auch. Wenn ich nachts Wache habe, brauchst du nur Bescheid zu sagen, dann kannst du dich für ein, zwei Stündchen aufs Ohr hauen. Bist wirklich schwer in Ordnung. Gib mir die Hand drauf.«

Sie gaben sich die Hand. »Aber Freddy erzählst du davon«, sagte der Schwarze Engel. »Ganz bestimmt.«

»Und? Hast du's getan?« fragte ihn Sally einige Tage später. Er schüttelte den Kopf. Es war Sonntagnachmittag, ein warmer Tag zum Glück, von Regen keine Spur. Sie waren mit dem Bus die Cave Hill Road hinaufgefahren, spazierten zwischen anderen Liebespaaren am alten Steinbruch entlang und schlugen nun einen der Bergpfade ein. Er hatte ihr von MacBride und dem Mädchen erzählt, um kein Schweigen aufkommen zu lassen, denn seine Gedanken waren weder bei Soldat MacBride noch beim Krieg, obwohl den Briten laut neuestem Gerücht am Kanal der Rückzug abgeschnitten worden war und man davon sprach, die britische Armee von der französischen Küste zu evakuieren und daß Hitler am Kanal nicht haltmachen, sondern gleich in England einmarschieren würde.

Sie trug ein hellgrünes Kostüm. Der Rock war sehr kurz, und neben ihr im Bus hatte er ihre runden Knie in den fleischfarbenen Strümpfen angestarrt, bis der Schwarze Engel ihn dermaßen ablenkte, daß seine Sätze keinen Sinn mehr machten. Als sie nun vor ihm den schmalen Pfad hinaufstieg, starrte er auf ihren schwingenden Hintern unter dem grünen Rock und verwünschte in Gedanken die anderen Leute auf dem Berg. Vor ihnen waren zwei kleine Jungen. Er kannte ihr Spiel: Er hatte es in ihrem Alter selbst gespielt. Fiese kleine Engelchen, die in kurzen Hosen und verrutschten Socken so taten, als spielten sie mit einem alten Tennisball, während sie den Liebespärchen auflauerten. Wußte Sally, weshalb man hier spazierenging? Natürlich wußte sie das. Sie hatte ihn gefragt, warum er an einem sonnigen Tag wie diesem seinen Regenmantel mitnahm, doch als er eine Ausrede murmelte, meinte er, ein flüchtiges Lächeln um ihre Lippen spielen zu sehen. Er zitterte vor Nervosität: Seine Hände waren feucht, als er ihr über einen Zauntritt half. Auf der anderen Zaunseite lag ein weiter, abschüssiger Berghang mit büschligem Gras und vereinzelten Ginstersträuchern. Hier oben war niemand zu sehen. »Sollen wir da langgehen?« fragte er.

Sie strich sich ihr dunkles Haar aus den Augen und rannte plötzlich davon, als wollte sie ihn zu einem Wettrennen herausfordern. Sein Verlangen bereitete ihm Schmerzen beim Laufen, aber er jagte ihr nach. Auf halbem Weg den Abhang hinunter geriet sie, zufällig oder mit Absicht, direkt neben einem großen Ginsterbusch ins Stolpern. Er warf sich neben sie auf den Boden.

»Dich schlag ich allemal«, sagte sie lachend und rollte sich auf den Rücken, um in den Himmel hinaufzustarren. »Ach, ich liebe die Natur. Sie ist so friedlich.«

»Aber es herrscht Krieg. Und er rückt näher. Was würdest du sagen, wenn die Deutschen da auf dieser Wiese auftauchten?«

»*Guten Tag* würde ich sagen. Stimmt doch, nicht? Ach, Mist, laß uns nicht über den Krieg reden, Gav, ich höre in letzter Zeit nichts anderes mehr. Laß uns zur Abwechslung mal über was Schönes reden.«

»Über dich zum Beispiel.«

»Über mich?«

»Ja«, sagte Gavin. »Du bist schön.«

Sie drehte sich um, stützte das Kinn in die Hand. »Bin ich nicht, das weißt du. Ich seh ganz gewöhnlich aus. Du bist ein alter Schmeichler, Gavin Burke. So was hast du doch sonst nie gesagt. Bei welchem Mädchen hast du Unterricht gehabt?«

»Bei keinem Mädchen. Ich hatte überhaupt kein Mädchen, seit du mich verlassen hast.«

»Ich dich verlassen? Weißt du, du bist verrückt, du spinnst. Dir kommt irgendeine dämliche Idee in den Kopf, und die machst du dann zu deinem Evangelium. Das Mädchen, das sich mit dir abgibt, muß wirklich genauso blöd sein wie du.«

»Und? *Bist* du blöd?«

»Manchmal.«

»Mach weiter«, drängte der Schwarze Engel. »Du hast es fast geschafft. Küß sie, Dummkopf.«

Er richtete sich auf und breitete den Regenmantel über das stachlige Gras. »Setz dich auf meinen Mantel; es ist feucht.«

»Was ist feucht?«

»Du weiß genau, was ich meine«, sagte er.

»Vielleicht, vielleicht auch nicht. Deshalb hast du also deinen Mantel mitgebracht. Ganz schön clever.« Doch sie rückte zu ihm und legte sich auf den Regenmantel.

»Ich liebe dich, Sally.«

»Sag so was nicht.«

»Warum? Macht es dich verlegen?«

»Das nicht. Du meinst es bloß nicht ernst.«

»Doch, ich meine es ernst.«

»Und warum bist du mir dann in letzter Zeit aus dem Weg gegangen?«

Er gab keine Antwort. Sie legte sich zurück, seufzte und schloß die Augen.

»Jetzt oder nie«, sagte der Schwarze Engel. Gavin beugte sich zur ihr hinunter und küßte sie auf die Lippen. Ihre Lippen öffneten sich ein wenig, und er versuchte, ihr seine Zunge in den Mund zu schieben.

»Wer hat dir denn das gezeigt?«

»Niemand. Darf ich dich jetzt küssen oder nicht?«

Sie setzte sich auf und blickte sich um. »Nicht vor den Kleinen.«

Die beiden Jungen waren ihnen auf den Abhang gefolgt. Sie standen etwa fünfzig Schritt hinter ihnen und warfen sich stumm den Ball zu. Eine Mordswut überkam Gavin. Er sprang auf und rannte auf sie zu. »Verpißt euch«, schrie er. »Verpißt euch, oder ich hol die Polizei.«

»Von wegen«, rief der größere Junge. »Paß lieber auf, daß die Polizei dich nicht mit deiner Puppe erwischt.«

Und kaum waren sie ihren Spruch losgeworden, zogen sich die Jungen zurück, warfen sich den Ball in immer höherem Bogen zu, rückten weiter auseinander und verzogen sich über die Hügelkuppe. Vielleicht kamen sie noch einmal zurückgeschlichen, aber das mußte er riskieren. Er ging wieder zu Sally und hätte zu gern gewußt, wie er jetzt noch mal von vorn anfangen sollte.

»Ich habe das gehört«, sagte sie. »Du solltest Kindern gegenüber solche Worte nicht gebrauchen.«

»Andere Worte kapiert diese Sorte Kinder nicht.«

»Trotzdem, ich mag's nicht.«

Er setzte sich zu ihr auf den Mantel. »Ich war gerade dabei, dir zu erklären«, sagte er, »daß ich dich liebe.«

»Stimmt.«

»Was soll das denn jetzt heißen?«

»Ach, nichts. Du redest ganz schön viel.«

»Hast du das gehört?« fragte der Schwarze Engel. »Bloß Gerede und keine Taten, wollte sie damit sagen. Mach weiter. Küß sie noch einmal. Leg dich auf sie.«

Er packte sie bei den Schultern, wollte sie auf den Mund küssen, verfehlte aber ihre Lippen und küßte sie statt dessen auf die Nase. Sie lächelte, legte sich wieder auf den Mantel, schloß die Augen. »Was willst du mehr?« fragte der Schwarze Engel. Gavin beugte sich über sie, küßte sie, und sie küßte ihn, und diesmal ließ sie es zu, daß er seine Zunge in ihren Mund schob. Ihre Kostümjacke war offen, er steckte, staunend über seinen Mut, eine Hand in ihre Bluse, strich über ihren im Büstenhalter eingebetteten Busen. Kein Widerstand. »Mein Gott«, sagte der Schwarze Engel, »vielleicht ist es soweit, heute nachmittag, hier auf Cave Hill.«

Sie küßte ihn und ließ ihre Hände unter der Jacke über seinen Rücken wandern. Millimeter für Millimeter schob er den Rock über ihre Hüften, und plötzlich sah er, rasend vor Lust, ihre Beine über den Strumpfbändern und legte seine Finger auf die Innenseite ihrer weichen nackten Schenkel. Sein Herz hämmerte. Wie benommen tastete er nach dem Gummi ihres Schlüpfers und fand es auch.

»Nein, Gavin.«

»Achte nicht drauf«, riet ihm der Schwarze Engel. »Zuerst sagen alle Mädchen nein.«

»Bitte, Gavin.«

»Mach weiter, zieh sie aus«, befahl der Schwarze Engel.

Sie stieß ihn zur Seite. Kräftig. Sie rollte unter ihm hervor, stand auf und zog sich den Rock zurecht. »Was glaubst du, wen du vor dir hast, Gavin Burke?«

»Ich liebe dich«, sagte er heiser.

»Tja, aber wir dürfen nicht. Das ist eine Todsünde.«

»Verdammt.«

»Du scheinst dir bei deinem Luftschutz ja eine ziemlich widerliche Ausdrucksweise anzugewöhnen.«

»Tut mir leid. Ich glaube einfach nicht, daß es eine Todsünde ist, wenn ein Mensch einen anderen Menschen begehrt.«

»Wer hat denn das behauptet?«

»Du doch.«

»Hab ich nicht. Ich habe nur gesagt, daß es eine Sünde wäre, wenn wir es tun.«

»Und es ist keine Sünde, sich zu befummeln und gegenseitig fast verrückt zu machen?«

»Du hast doch damit angefangen, ich nicht. Außerdem ist das auch eine Sünde.«

»Klar, aber Knutschen ist eine läßliche Sünde. Eins will ich dir sagen, Miss Shannon. Ich habe die Nase voll von deiner katholischen Logik. Für mich ist das vorbei.«

»Sei nicht albern, das ist nie vorbei. Du bist als Katholik geboren und wirst als Katholik sterben.«

»Wetten, daß nicht?«

»Von mir aus. Wenn es soweit ist, machst du's wie all die anderen und rufst einen Priester, schreist danach. Hör doch auf, ich habe diese harten Kerle auf der Wache erlebt. Wenn ihre Stunde geschlagen hat, sind sie alle gleich, verlangen nach der Beichte und der Letzten Ölung, genau wie alle anderen.«

»Ich nicht.«

»Woher willst du das wissen, Gavin, du bist doch noch jung. Und da wir gerade von Sünden reden, es ist eine Todsünde, seine Religion zu verleugnen.«

»Für dich ist alles Sünde. Weißt du, was du bist? Du bist ein verklemmtes Marienkind, das bist du.«

»Meinst du?«

»Du bist bescheuert«, sagte der Schwarze Engel, »jetzt hast du's geschafft. Hast sie beleidigt. Auf die Art kriegst du nie, was du haben willst. Küß sie! Auf der Stelle!«

»Pack mich nicht an.«

»Tut mir leid.«

»Leid? Ach nein, du hast also deine Religion aufgegeben? Daß ich nicht lache.«

»Sag selbst, Sally. Würdest du noch zur Messe und zur Kommunion gehen, wenn du nicht mehr daran glaubst? Wäre das ehrlich?«

»Wenn ich du wäre, würde ich zu meinem Beichtvater gehen«, sagte sie.

»Tolle Idee. Welcher Beichtvater? Warum soll ich zu einem Priester gehen, wenn ich nicht an das glaube, wofür ein Priester einsteht?«

»Weil der Priester älter ist als du. Weil er dir zeigen kann, wo du dich irrst. Auch wenn er in deinem Fall ziemliche Mühe haben dürfte, so blöd und eingebildet, wie du bist.«

»Vielen Dank auch, Schwester Shannon.«

»Keine Ursache. Ich gehe jetzt nach Hause.«

»Ach, warte noch eine Minute, Sally. Laß uns nicht streiten. Ich liebe dich, weißt du. Das ist das einzige, was zählt.«

»Ja, du liebst mich. Und wenn ich dir verbiete, mir mein Höschen auszuziehen, wirst du sauer und fängst an zu fluchen und gotteslästerlich zu reden.«

»Tut mir leid. Aber ich *glaube* nun mal nicht an die Kirche. Ich habe die Nase voll von dieser ganzen verdammten Heuchelei.«

»Na ja, Gavin, aber *ich* glaube an die Kirche. Also verbindet mich nichts mit einem Möchtegernatheisten wie dir. Außerdem glaube ich auch nicht, daß sich ein Atheist mit einer wie mir abgeben will.«

»Wahrscheinlich nicht.«

»Also schön«, sagte sie. »Das wär's dann wohl, wie?«

»Sieht so aus.«

Sie ging fort, den Abhang hinauf. Ganz in der Nähe, auf seiner linken Seite, sah er ein Paar Beine in kurzen Hosen unter einem Ginsterbusch hervorlugen. Die kleinen Biester waren also zurückgekommen. »Vergiß die beiden«, riet ihm der Weiße Engel. »Lauf ihr hinterher, sag ihr, du hättest bloß Spaß gemacht. Du bist kein Atheist. Sag ihr das. Vertrag dich wieder. Verabrede dich noch einmal.«

»Laß sie gehen, die kleine Klemmschwester«, sagte der Schwarze Engel. »Marienkind, du hattest ganz recht.«

Sie drehte sich um und sah zu ihm zurück, als sie den Zauntritt erreichte. Er folgte ihr. Kein Wort würde er auf dem Heimweg reden. Blöde Schnepfe!

Als er den Abhang hinaufging, stieß sein Fuß gegen einen Stein. Er schnappte danach, drehte sich um, und da waren sie noch, versteckt hinter dem Ginsterbusch. Sorgsam zielte er und warf den Stein. Er sauste auf den Ginster zu und scheuchte die beiden auf. Gavin sah ihnen nach, wie sie davonrannten. »Verschwindet«, schrie er. »Verpißt euch, ihr kleinen Arschgeigen. Verpißt euch, sonst brech ich euch eure kleinen Hälse.« Er rannte jetzt, lief ihnen hinterher, aber ihr Vorsprung war zu groß, nicht im Traum würde er sie noch einholen. Er blieb stehen, schaute ihnen nach und drehte sich dann wieder zum Zauntritt um.

Sie war fort. Er lief den Abhang hinauf, sprang mit einem Satz über den Zauntritt und sah sie weit unten den Weg zum Glen hinabeilen. »Sally?« rief er, aber sie blieb nicht stehen. Jetzt konnte er sie nicht mehr einholen. Er verlor sie aus den Augen.

Ein vertrautes Entsetzen überkam ihn. Liebling, komm zurück. Liebling, es tut mir leid. Ich liebe dich. Liebe mich, oder ich bin verloren.

Doch sie war fort. Letzte Woche hatte er die Londoner Uniprüfung verpatzt, bald mußten die Ergebnisse kommen. Nichts war in Ordnung...

In der Nachmittagssonne hörte er über sich ein Motorengebrumm. Aus der Tiefe des Himmels kamen sie, große graue Maschinen, die er noch nie zuvor gesehen hatte. Er stand da, starrte sie an und zweifelte keinen Augenblick daran, daß es Bomber waren, die die Berge überflogen und auf die Stadt zuhielten. Über ihm dröhnten sie dahin, wilde Ungeheuer, deren Stunde gekommen war und die nun auf ihrem Jungfernflug über Belfast niedergingen. Von hier, vom Berg aus, würde er alles sehen, die Explosionen, die Flammen, den Holocaust. Von hier aus würde er hinunterlaufen, um Sally zu retten, dann weiter durch Rauch und Ruinen, um die Arbeit eines Helden der Luftwache zu erledigen. Da flogen sie, donnerten über die Stadt im Licht der Nachmittagssonne. Das müssen die Deutschen sein, sie *müssen* es sein.

Doch die Flugzeuge brummten hinaus auf das Lough, schwenkten in Formation, als sie das offene Meer erreichten, Richtung England, Richtung Europa, weit fort zum weit entfernten Krieg. Ob Deutsche oder Engländer, sie ignorierten Belfast. Gavin blieb allein auf dem Hügel zurück.

8

Er schloß die Haustür auf. Sie öffnete sich nach innen, und er sah den Flur vor sich und die Treppe, die hinauf ins Frühstückszimmer führte. Er warf einen Blick auf die Standuhr, die fünf vor zehn zeigte, auf den mit Winterschals und eingemotteten Handschuhen vollgestopften Klappstuhl, die Garderobe mit dem Messinggong und dem Silbertablett für die Visitenkarten. Die Mantelhaken am Ende des Flurs verrieten ihm, daß Kathy und Owen ausgegangen waren und sein Vater noch am Frühstückstisch saß. Es war dunkel im Flur, eine Dunkelheit, die an den grauen, verregneten Vormittag erinnerte, an den klammen, kalten Nebel, der über dem Rasen der Universität lag, an das graue Morgenlicht in jenem Zimmer, in dem die Prüfungsergebnisse aushingen. Er zögerte in der Stille des Flurs, schlug aber dann, um seine Rückkehr anzukündigen, krachend die Tür hinter sich ins Schloß. Oben wurde scharrend ein Stuhl vom Tisch abgerückt. Sein Vater tauchte im Türrahmen auf und starrte angestrengt hinab in den Flur. Eine weiße Serviette steckte im zweiten Knopfloch der väterlichen Weste, und die weißen Seiten der Morgenzeitung hingen zwischen den Fingern seiner linken Hand wie eine gesenkte Parlamentärflagge. Doch er bot keinen Frieden an. »Und?« fragte sein Vater.

»Ich bin durchgefallen.«

Sein Vater seufzte. Es war ein Seufzer, der ihm sagte, ja, das habe ich erwartet, nun bleibt mir nur noch, das schwarze Barett aufzusetzen und das Urteil zu verkünden, möge der Herr uns gnädig sein. Als sein Vater kehrtmachte, um ins Frühstückszimmer zurückzugehen, sagte er: »Komm herauf.« Er sagte es ohne Ärger, ohne Drängen, im Ton eines Vaters, der weiß, daß Gehorsam die getreue Tochter der Stimme des Herrn ist. Doch bei seinen Worten kam es Gavin, der zur Tür des Frühstückszimmers hinaufsah, so vor, als wäre er ein Schauspieler in einem Theaterstück. Sein Vater, hoch über ihm, spielte die Rolle des Richters, er dagegen, der jugendliche Missetäter, wartete hier unten auf sein Urteil. Als er die Treppe hinaufging, ließ ihn dieses unwirkliche Gefühl nicht los. Fast schien es, als wäre der erste Akt vorüber und ein neuer würde beginnen. Beinahe gelassen betrat er das Frühstückszimmer.

Sein Vater saß auf seinem gewohnten Platz am Fenster. Über ihm hüpfte der Kanarienvogel, Dicky-Bird, von der kleinen hölzernen Schaukel auf eine Holzstange, flog auf und umklammerte mit den Klauen das dünne goldene Gestänge des Käfigs. Mit angelegtem Köpfchen starrte Dicky-Bird über den Hinterhof zum Fenster des Nachbarhauses, wo Mr. Hamilton, ein Zahnarzt, bereits mit der Arbeit begonnen hatte. Gavins Vater schenkte sich ein zweite Tasse Tee ein.

»Lag es an Mathe?« fragte sein Vater. Dicky-Bird flog hinunter auf den Käfigboden, hockte sich auf eine Stange, Kopf angewinkelt, ein winziger goldener Richter.

»In den anderen Fächern war ich gut. Englisch und Französisch habe ich mit Auszeichnung bestanden.«

Sein Vater langte nach dem Milchkännchen; der Siegelring an seinem kleinen Finger rief einen goldenen Widerschein auf der silbernen Beschichtung des Milchkännchens hervor. »Das ist es ja gerade«, sagte sein Vater. »In *den*

Fächern hast du gut abgeschnitten, obwohl du nichts dafür getan hast. Also kann es doch nicht am Lernen liegen.«

»Was willst du damit sagen, Papa?«

Sein Vater nippte an der zweiten Tasse Tee. Sein Schnäuzer, der noch immer braun war, sich vom Rauchen aber an den Spitzen gelb verfärbt hatte, bildete einen seltsamen Kontrast zum gebieterischen Grau seiner Haare. »Ich will damit sagen«, antwortete sein Vater, »daß diese Ergebnisse mir etwas über deine Fähigkeiten verraten. Dies ist das zweite Mal, daß du versagt hast. Ich will mich gar nicht darüber auslassen, daß du das erste Mitglied dieser Familie bist, das jemals in einer Prüfung durchgefallen ist; ich will auch gar nicht erwähnen, daß mir in deinem Alter etwas anderes als die beste Note undenkbar erschienen wäre. Ich habe, wie du weißt, eine Goldmedaille gewonnen, habe Zuschüsse und Stipendien erhalten. Aber, wie gesagt, davon will ich jetzt gar nicht reden. Ich will einfach nur klarstellen, daß deine Ergebnisse, die schlechten wie die guten Zensuren, unweigerlich nur eine Schlußfolgerung zulassen. Weißt du, welche Schlußfolgerung ich meine?«

»Nein, Papa.«

»Ich bin zu der Einsicht gelangt«, sagte sein Vater, »daß es nicht deine Schuld ist, wenn du in Mathematik versagst.«

Laut und fröhlich zwitscherte Dicky-Bird über Gavins Vater, bejubelte sein Urteil. Die väterlichen Augen blickten müde und vergebend drein. Doch es gab keine Vergebung.

»Weißt du«, sagte sein Vater. »Ich fürchte, es ist keine Frage des Fleißes. Es ist eine Frage des Könnens. Und da hapert es bei dir.«

Begeistert zirpte Dicky-Bird ein langes, kehliges Solo. Sein Vater zog sich die Serviette aus dem Knopfloch und schlug nach dem Käfig über seinem Kopf. Dicky-Bird verstummte und klammerte sich voll Entsetzen an die Gitterstäbe.

»Ich halte deshalb«, sagte sein Vater, »den Zeitpunkt für gekommen, über deinen künftigen Werdegang nachzudenken. Meinst du nicht auch?«

Da sein Vater kein Wort der Zustimmung von ihm vernahm, setzte er sie einfach voraus. »Also. Diese Geschichte mit dem Luftschutz ist nur ein Notbehelf. Nach dem Sieg über Frankreich wird der Krieg keine sechs Monate mehr dauern. Ich weiß zwar nicht, wie die Welt unter Hitler aussieht, aber ich weiß, daß ein Land, das den Krieg verliert, ökonomisch schwierigen Zeiten entgegensieht. Seien wir also realistisch. Ich denke, bei Onkel Tom bist du am besten aufgehoben.«

Onkel Tom war der Schwager seines Vaters. Onkel Tom war derjenige, der schon an fünfjährige Neffen Geldscheine verschenkte. Er war derjenige, der seine Anzüge in London schneidern ließ, der alljährlich bei der Dubliner Pferdeschau eine Loge hatte, der in Crawfordsburn in einem Landhaus mit meilenlanger Auffahrt wohnte, der Gewächshäuser, ein Gestüt und sein eigenes Kraftwerk besaß. Er war derjenige, der einst mit seiner schmächtigen, kinderlosen Frau eine einjährige Hochzeitsreise rund um die Welt unternommen hatte, der mit Leuten wie Lord Down befreundet war und die Dinge stets irgendwie deichseln konnte, der oft über den Markt sprach, da er wußte, daß man auf seinen Ratschlag hörte, dessen Verwandten hofften, ihn einst zu beerben, und dessen Nachruf in der Zeitung ziemlich lang sein würde.

Onkel Tom trug einen dünnen, gewichsten Schnurrbart, der altmodisch und ein wenig absonderlich wirkte. Vielleicht war es der Schnurrbart, der Gavins Vater ein herablassendes Lächeln entlockte, vielleicht lächelte er aber auch, weil Onkel Tom, wie reich er auch immer sein mochte, letztlich doch in der ›Kaufmannszunft‹ tätig war. Natürlich im großen Stil, allein zwölf Pubs wurden von seiner Großhandelsimportfirma für Weine und Spirituosen, der kleinen, aber recht gut laufenden Mineralwassergesellschaft und anderen, ähnlich gearteten Unternehmen beliefert. Onkel Tom hatte bereits zwei Neffen eingestellt. Sie hießen Archie und Pat Mangan: hochgewachsene, stämmige Jungs, die große Autos fuhren und schwere Tweedanzüge trugen, wenn sie in den Geschäften ihres Onkels unterwegs waren. Manche behaupteten, daß die Jungs die Firma erben würden. Andere sagten, Onkel Toms schmächtige, kinderlose Frau sei viel jünger als er und würde eines Tages alles bekommen und es dann nicht mehr hergeben. Doch Gavins Vater wußte, daß es bis dahin für Jungen, die den in sie gesetzten Erwartungen nicht genügten, immer noch Onkel Tom gab.

»Unter uns gesagt«, meinte sein Vater, »ich weiß, wovon ich rede. Ich betreue Toms rechtliche Angelegenheiten. Wer das Glück hat, mit Tom bekannt zu sein, der hat es mit einem ziemlich umfangreichen Konzern zu tun. Was gibt es da zu grinsen?«

»Nichts, Papa.«

»Spar dir dein Grinsen. Nach deiner heutigen Leistung sehe ich dazu wirklich keinen Anlaß, du vielleicht?«

»Nein, Papa.«

»Also gut. Dann rede ich nächste Woche mal ein Wörtchen mit Tom. Angenommen, er wäre so freundlich, dir eine Stelle zu besorgen, welche Kündigungsfrist mußt du beim Luftschutz einhalten?«

»Ich weiß nicht.«

»Dann finde es heraus.«

Sein Vater wischte sich den Schnäuzer mit der Serviette ab, steckte sie in den Serviettenring und gab somit zu verstehen, daß Frühstück und Gespräch beendet waren. Sein Vater, der bislang alles für ihn bestimmt hatte – Schule, Ferien, Strafen, Zukunftspläne – hatte nicht gemerkt, daß an diesem Morgen alles anders geworden war. Er sah den Sohn, den er zuerst als Baby auf dem Arm gesehen hatte, den Jungen, für den er gesorgt und über den er bestimmt hatte. Er hatte entschieden, daß die Sache entschieden war.

»Aber, Papa, ich will nicht für Onkel Tom arbeiten.«

Sein Vater blickte kritisch auf den Kriminellen hinab. »Und was«, fragte sein Vater, »soll das nun wieder bedeuten?«

»Ich will beim Luftschutz bleiben. Nächstes Frühjahr melde ich mich noch einmal für die Londoner Aufnahmeprüfung an.«

»Wirst du nicht, jedenfalls nicht mit meinem Geld.«

»Ich habe selber Geld.«

»Ach ja, richtig. Ich nehme allerdings an, daß dich dein sagenhafter Lohn kaum über die Universitätszeit bringen wird. Vor allem deshalb nicht, weil du nichts mehr verdienst, wenn du erst zur Queen's gehst.«

»Von der Universität habe ich auch gar nicht geredet. Ich habe nur gesagt, daß ich die Prüfung machen will.«

»Weißt du, was ich glaube«, sagte sein Vater. »Ich glaube, du hast nicht die leiseste Ahnung, was du eigentlich willst. Und ich, ehrlich gesagt, auch nicht. Also, zum letzten Mal, soll ich mit Onkel Tom reden?«

»Mir wär's lieber, du würdest es nicht tun.«

»Nun gut, dann nicht«, sagte sein Vater. Er schwieg, und wieder blickten seine Augen müde und vergebend drein.

»Ich habe getan, was ich konnte. Was du von nun an machst, ist allein deine Angelegenheit.«

Er stand auf, ging zur Tür des Frühstückszimmers und verkündete sein Schlußwort. »Offen gestanden«, sagte er, »bring ich es nicht übers Herz, deiner Mutter die morgendlichen Neuigkeiten zu verkünden. Das überlasse ich lieber dir.«

Damit trat er ab. Lag in der Böswilligkeit dieser letzten Bemerkung nicht eine Spur Empörung des einstigen Stipendiaten? Als Gavin den Schritten seines Vaters lauschte, der die Treppe hinunterging, forderte er ihn heraus: Geh doch, laß mich hier sitzen, knall die Haustür zu und geh die Straße hinunter, komm nicht wieder. Geh schon. Laß mich allein, und ich werde dir nie verzeihen.

Die Haustür schlug zu.

Aber warum muß ich weinen? Ich hasse ihn, ich mache mir nichts mehr aus ihm, warum auch, wenn er sich nichts mehr aus mir macht. Er ist nicht mehr für mich verantwortlich. Ich bin jetzt erwachsen, seit heute morgen. Ich bin jetzt allein. Warum hat er sich nicht um mich gekümmert? Warum hat er mir nicht geholfen?

»Was ist los?« Kathy in Regenmantel und blauer Baskenmütze starrte ihn über den Tisch hinweg an. »Die Uniprüfung?«

»Ja.«

»Na, ja, Pech.«

»Nein, nicht deshalb, es geht um meinen werten Herrn Vater. Weißt du, was der mir gerade erzählt hat? Er meinte, ich wäre es nicht wert, daß er noch mehr von seinem kostbaren Geld für mich verschwendet. Er will, daß ich für Onkel Tom arbeite. Ach, zur *Hölle* mit ihm.«

»Hast du ihm das gesagt?«

»Verdammt, ja, das hab ich. Daraufhin ließ er mich wissen, daß es ihn einen Dreck interessiert, was ich tue. Hat wie Pontius Pilatus einfach seine Hände in Unschuld gewaschen.«

»Du übertreibst mal wieder, Gav. Was hat Mama gesagt?«

»Sie weiß noch nichts. Aber was soll sie schon sagen? Sie gibt ihm ja immer recht, steht doch völlig unter seiner Fuchtel.«

»Gavin.« Kathy ging um den Frühstückstisch, nahm seinen Kopf in die Arme und drückte sein Gesicht an ihren Regenmantel. Sie hielt ihn fest und dachte, sie würde ihn trösten, aber es gab keinen Trost, die Tränen der Erleichterung blieben ihm versagt. Sein Vater hatte ihn heute morgen in Übereinstimmung mit dem rätselhaften Urteilsspruch aller Autoritäten als Versager abgestempelt. Die Welt der Außenseiter, die Welt des Luftschutzes, war eine Welt, in die man nur eintrat, wenn man ihr angehörte.

»Und du gehörst dazu«, sagte der Weiße Engel vorwurfsvoll. »Bist selbst schuld. Am Rauchen hat's nicht gelegen, das Rauchen hat dich nicht verblödet; die Wurzeln dieser Blödheit, von der dein Vater heute morgen sprach, die liegen woanders. Es ist nämlich doch kein leeres Altweibergewäsch, wenn man sagt, daß deine liebste Freizeitbeschäftigung aufs Hirn schlägt. Deins hat jedenfalls ziemlich drunter gelitten. Jetzt bist du allein, fast achtzehn und bist einer von denen – gib's ruhig zu –, einer von diesen nachgeborenen Söhnen, aus denen nie was Vernünftiges wird.«

Der Schwarze Engel schwieg. Wie immer hatte der Rädelsführer nichts mehr zu sagen, wenn die Stunde der Vergeltung schlug.

9

Die Schlacht um England begann im August, doch auf Belfast fiel keine Bombe. Bis Ende September wurde es Wachoffizier Craig zur Gewohnheit, lange Stunden allein in seinem Büro zu verbringen und in die Flamme seines Gasbrenners zu starren. Maggie Kerr beachtete er nicht mehr. Er nahm an, daß sich jedermann über ihn lustig machte. Alle Welt glaubte, der Drill, die Übungen seien bloß ein Witz. Er hatte um eine Versetzung nach England gebeten, doch hatte man ihm mitgeteilt, daß der englische Luftschutz sich grundsätzlich vom nordirischen unterscheide. Es stünde nicht in ihrer Macht, teilte man ihm im Rathaus mit, die Versetzung zu genehmigen. Manchmal blickte er vom Gasofen auf und fragte sich, ob Maggie Kerr ihn auch auslachte. Wenn ihn diese Gedanken plagten und er sie nicht mehr ertragen konnte, trat er auf den Flur und blies auf seiner Trillerpfeife.

Sein Drill wurde immer verrückter. Schreiend, brüllend, schnauzend rannte er unter der Wachmannschaft umher wie ein wildgewordener Hirtenhund. Und je mehr er sich dem Wahn überließ, daß alle Welt ihn auslachte, um so mehr wurde der tägliche Drill zur Strafe.

Nachdem er eines Abends gegen Ende Oktober im Radio gehört hatte, daß Liverpool erneut von den Deutschen bombardiert worden war, stürmte er aus seinem Büro und blies auf seiner Trillerpfeife. »Alle Mann Gasmasken auf!« Er ging zurück in sein Büro und bat Maggie Kerr, den

Heizer des Krankenhauses anzurufen. Der Heizer war sein Freund. Zehn Minuten später marschierte er mit den männlichen Mitgliedern der Wache, allesamt in Schutzanzügen, über die Straße und in den Heizkeller des Krankenhauses. Er verschloß die Kellertür. »Heute nacht, Jungs, üben wir was Neues. Ich brauche drei Mann. Bates, Lynan und Price, angetreten!«

Baby Bates war Craigs Maskottchen. Er wußte, daß ihn nichts Schlimmes erwarten würde. Aber Jimmy Lynan und Big Frank Price zählten zu Craigs liebsten Prügelknaben, und sie warfen sich einen unbehaglichen Blick zu.

»Also, ihr seht den kleinen Raum dahinten. Bei dieser Übung nehmen wir einmal an, der kleine Raum sei gasverseucht. Wir wollen ihn aber als Verbandszimmer nutzen, also schnappen sich Price und Lynan einen Eimer und waschen Wände, Decke und Boden ab. Da es sich nur um eine Übung handelt, können wir auf Chemikalien verzichten und statt dessen reines Wasser nehmen.«

»Verzeihen Sie«, sagte Freddy, »aber ist das nicht eigentlich Aufgabe der Spezialeinheit?«

»Nehmen wir an, es handelt sich um einen Notfall; nehmen wir an, wir können die Spezialeinheit nicht erreichen. Es herrscht Krieg. Ich sagte, es herrscht Krieg.«

»Hier nicht.«

»Wer hat das gesagt? Burke, haben Sie das gesagt?«

»Nein, Sir.«

»Na schön, Jungchen. Du stehst als nächster auf der Liste, Klugscheißer. Lynan und Price, holt die Eimer und fangt an.«

»Und was soll Bates machen?« fragte Lynan mißtrauisch.

»Bates und ich sorgen für die Trümmer.«

»Die was?«

»Die Trümmer. Wir gehen von einem Bombenangriff aus, und ihr Jungs arbeitet unter Angriffsbedingungen. Also los, Bates, mir nach.«

Die übrigen Männer des Sondertrupps öffneten ihre Öljacken und setzten sich in den Vorraum des Heizkellers. Price und Lynan nahmen sich Eimer und Mop. Die Tür zum kleinen Heizraum wurde geschlossen, und nach wenigen Minuten ertönte ein Pfiff. Craig bellte hinter geschlossener Tür hervor. »Okay, der erste kann reinkommen.«

»Geh du, Frank.«

»Nein, du, Jim. Ich komm gleich nach.«

Lynan zog den Kinnriemen seines Stahlhelms stramm und ging zur Tür. »Immer herein«, rief Craig. »Und Tür zu!«

Lynan ging hinein. Die Tür fiel ins Schloß. Es ertönte ein lautes Scheppern, als würde mit einem Hammer auf einen Amboß geschlagen. »Um Himmels willen«, sagte Big Frank Price.

Noch ein Scheppern. Ein Pfiff. Craig brüllte: »Kommen Sie, Price. Lassen Sie Lynan nicht die ganze Arbeit allein machen.«

Bedächtig und ein wenig schwerfällig griff Frank nach Besen und Mop und ging auf die geschlossene Tür zu. Freddy stieß Gavin an, und vorsichtig schlichen sie hinter ihm her. Als er die Tür öffnete, sahen sie, daß Baby Bates Big Frank nur wenige Schritte hinter der Tür den Weg verstellte. Zwischen seinen Beinen stand ein Eimer mit Sand, und als Frank über die Türschwelle trat, warf ihm Bates eine Handvoll Sand in die Augen. Jemand wollte die Tür zutreten, aber Gavin warf sich dagegen und hielt sie auf.

Craig stand auf einem Küchenstuhl hinter der Tür. Als der große Frank blind in den Raum taumelte, hob Craig eine Feuerwehraxt und ließ das stumpfe Ende mit lautem Scheppern auf Franks Stahlhelm niederkrachen.

»Vorsicht, Trümmer!«

Wie betäubt sank Big Frank langsam in die Knie. »Achtung, Lynan«, schrie Craig. Gehorsam warf Baby Bates eine weitere Handvoll Sand in das Gesicht der anderen taumelnden Gestalt. Gavin, der von der Tür aus zusah, war so entsetzt, als wäre er Zeuge bei einem schweren Unfall.

Vom Sand geblendet und vom ersten Schlag noch benommen, stolperte Lynan in die Gefahrenzone von Craigs Stuhl. Craig holte aus.

»Schluß damit!« rief Freddy.

Doch das Beil sichelte herunter, krachte auf Lynans Helmrand und schleuderte den Mann in eine Zimmerecke. »Kommen Sie ruhig näher, Hargreaves«, gellte die irre Stimme. »Wollen Sie's auch mal probieren?«

Beim Klang der Stimme seines Herrn warf Baby Bates eine Faustvoll Sand in Freddys Gesicht. Erneut sichelte die Axt nach oben. Aber Freddy stürmte wie in einem blindwütigen Rugbyangriff vor und hatte den Raum durchquert, noch ehe Craig richtig ausholen konnte. »Runter mit der Axt«, befahl Freddy. »Was zum Teufel veranstalten Sie hier eigentlich?«

»Ich teste Stahlhelme. Ich teste Männer. Ich will wissen, wie sich diese Kerle in Gefahrensituationen bewähren.«

»Gavin«, sagte Freddy, »du bist Zeuge.«

Craigs fahle Möwenaugen erspähten Gavin im Türrahmen. »Der junge Burke. Soll ich Ihnen einen Rat geben? Verschwinden Sie. Nun los, raus hier. Schließen Sie die Tür hinter sich.«

»Hör nicht auf ihn, Gav.«

»Mißachtung eines Befehls. Wie Sie wollen, Hargreaves, das reicht für eine Beschwerde. Jetzt bin ich derjenige, der Zeugen hat. Burke, Lynan, Price, Bates, Sie haben das alle gehört.«

Lynan, mit fleckigem und schweißnassem Gesicht, hatte sich dort aufgesetzt, wo er hingestürzt war. Frank Price lag auf den Knien, seine Stirn berührte den Boden. Irgend etwas an seiner Haltung versetzte Craig in Wut; er hüpfte von seinem Stuhl und beugte sich über Frank. »Kommen Sie. Auf mit Ihnen.«

Doch Frank rührte sich nicht. Es war still in dem kleinen Raum. Die übrige Mannschaft drängte sich durch die Tür, als Craig niederkniete und Frank an der Schulter rüttelte. Frank hob den Kopf: sein Atem rasselte, das Gesicht war schweißgebadet und leichenblaß. Seine Augen erinnerten Gavin an die Augen eines Hundes, den er einmal mit überfahrenem Lauf am Straßenrand hatte liegen sehen.

»Kommen Sie, Frank, Schluß jetzt mit der Schauspielerei. Helft ihm auf, Jungs.«

»Mister Craig?« Franks Stimme war nur noch ein Flüstern.

»Was gibt's, Frank?«

»Mir ist schlecht, Mister Craig. Sie haben mir fast den Schädel gebrochen.«

»Wollen Sie mich verarschen, Frank? Das war doch nur ein leichter Klaps.«

»Nein, Mister Craig.«

»Frank, diese Helme halten selbst Bombensplitter aus. Das ist bewiesen!«

Langsam stand Frank auf. Er stützte sich mit der flachen Hand an der Wand ab. Einen Augenblick später bettete er den Kopf auf seinen ausgestreckten Arm, dann erbrach er sich.

»Bloß ein kleiner Klaps«, sagte Freddy wütend.

»Lynan ist in Ordnung, und der hat auch einen Schlag abbekommen«, sagte Craig. »Frank ist selbst schuld. Er ist nicht in Form.«

»Woher wollen Sie wissen, wer in Form ist?« sagte Freddy. »Sind Sie vielleicht Arzt?«

»Langsam habe ich Ihre Unverschämtheiten satt, Hargreaves. Frank geht's nicht gut. Ich hab vorhin gesehen, wie er ein paar Tabletten geschluckt hat. Stimmt doch, oder nicht, Frank?«

»Nein, Mister Craig, das hat nichts zu bedeuten. Nur einige Tabletten gegen eine Magenverstimmung.«

»Eine Magenverstimmung. Ach nein, deshalb ist Ihnen also schlecht. Aber jetzt geht's wieder, nicht wahr, Frank?«

»Ja«, sagte Frank erschöpft, »es geht wieder.«

»Hab ich doch gesagt. Er hat nichts. Wissen Sie was, Frank, wenn wir wieder auf der Wache sind, können Sie sich ein bißchen hinlegen. In Ordnung, Frank?«

»Das wäre schön, Mister Craig.«

»Also gut. Alle Mann zurück auf die Wache. Und Hargreaves, Sie und Burke räumen den Sand weg. Wenn ihr mir frech kommt, sollt ihr sehen, was ihr davon habt.«

»Sie müssen nicht glauben, daß Sie damit durchkommen«, sagte Freddy. »Es ist unwichtig, ob Frank Beschwerde einlegt oder nicht. Der Rest der Mannschaft wird Meldung machen, nicht wahr, Gavin?«

»Gavin«, sagte der Weiße Engel, »du hast gehört, was der Mann gesagt hat. Müssen wir der langen Liste deiner Fehler heute abend einen neuen Eintrag hinzufügen? Feigheit?«

Er sah Freddy an, der ihn wartend anschaute und auf seinen Rückhalt vertraute. »Das stimmt«, sagte er schließlich und haßte das Zittern in seiner Stimme. »Ich werde die Beschwerde befürworten.«

»Ach nein, was Sie nicht sagen. Das werden wir ja noch sehen. Räumt den Saustall hier auf; der Rest – in Viererreihe angetreten! Im Gleichschritt, marsch!«

Als sie mit quietschenden Gummistiefeln aus dem Heizkeller marschierten, wandte sich Gavin an seinen Freund. »Glaubst du, der beschwert sich wirklich über uns?«

»Wäre ja zu schön. Leute mit Äxten niederknüppeln. Das sagt der nur so. Wenn der Inspektor das nächste Mal kommt, machen wir Meldung. Der Mann ist verrückt. Bist du dabei?«

»Klar.«

»Was?« sagte Mr. Harkness, der Inspektor, als sie ihm nach draußen zu seinem uralten Morris Minor folgten. »Eine Beschwerde? Ich habe keine Zeit, ich bin spät dran.«

»Einen Augenblick mal«, sagte Freddy in einem derartigen Ton, daß Mr. Harkness sich überrascht umdrehte. »Dies ist eine ernste Sache. Dieser Mann da drinnen ist nicht ganz richtig im Kopf.«

»Wir sind alle nicht ganz richtig im Kopf«, sagte Mr. Harkness. »Sonst wären wir nicht hier.«

»Finden Sie es normal, einen Mann unter dem Vorwand, Stahlhelme zu testen, mit einer Feuerwehraxt auf den Schädel zu schlagen?«

»Hat er Sie geschlagen?«

»Nein, einen anderen.«

»Wo ist der andere? Hat er Beschwerde eingelegt?«

»Nein. Er hat zuviel Angst.«

»Wenn es nach mir ginge«, sagte Mr. Harkness, würde ich Ihnen allen eins über den Schädel ziehen. Drüben müssen Männer ihr Leben lassen. Von denen höre ich keine Beschwerden.«

»Soll das heißen, daß Sie nichts dagegen unternehmen wollen?«

»Ganz recht, das heißt es. Gute Nacht.«

Der Motor spuckte, dann sprang der Morris Minor an und rollte die Straße hinunter. »Tja, das wär's gewesen«, sagte Gavin.

»Nein, das war's nicht. Jetzt müssen wir nur zusammenhalten«, sagte Freddy. »Wir reichen ein Gesuch ein. Komm, gehen wir zu Soldat.«

Soldat MacBride hatte Bedenken. »Craig übergeschnappt?« sagte er. »Also wirklich, das würde ich nicht gerade behaupten. Es gibt Leute, die trinken, und andere, die kämpfen gern. Aber unser Craig ist nicht so. Dem macht nur eins Spaß, nämlich seine Mitmenschen so hart anzufassen und so oft zu schikanieren wie nur irgend möglich. Aber übergeschnappt? Nein, das ist er nicht. Er ist bloß eine der vielen Mißbildungen von Mutter Natur.«

»Trotzdem können wir eine Beschwerde einreichen.«

»Ich nicht«, sagte MacBride. »Das habe ich in der Armee gelernt. Unterschreib nie was, es sei denn, es ist dein Lohnstreifen.«

Miss Albee unterschrieb, Mrs. Clapper und Mrs. Cullen unterzeichneten ebenfalls. Der Captain unterschrieb und auch Hughie Shaw. Doch Lynan und Big Frank Price, die beiden, die direkt betroffen waren, schüttelten nur den Kopf. »Sinnlos«, sagte Lynan. »Reinste Zeitverschwendung. Die da oben werden nie auf unsereins hören.«

»Darum geht es doch gerade«, erklärte Freddy. »Wenn

die Proletarier nicht gemeinsam vorgehen, werden die Bosse immer gewinnen.«

»Wen meinst du mit Proletarier?« sagte Lynan. »Ich bin kein Proletarier. Ich bin Arbeiter.«

»Tut mir leid.«

»Eure Sorte kenn ich«, sagte Lynan. »Kommunisten.«

»Das wär's dann wohl«, sagte Gavin zu Freddy, als sie wieder allein waren. Jetzt mußte Freddy doch einfach aufgeben!

»Beknacktes Proletariat, immer läßt es einen im Stich«, murrte Freddy. »Wart's ab. Der Irre bringt uns noch alle um, und keiner rührt einen Finger.«

Freddy sollte sich irren. An Craigs freiem Abend redete sich Soldat MacBride in Deegan's Crown & Anchor Lounge seinen Ärger von der Seele. »Und was Craig angeht«, sagte er, als fünf Hände nach fünf frisch gezapften schwarzen Guinnessbieren griffen, »da kann ich nur sagen: Vorgesetzter sein ist verdammt gefährlich. Ich weiß noch, im letzten Krieg, da ahnte so mancher Offizier oder Sergeant nicht, wo seine Kugel herkam.«

»Stimmt genau«, sagte Hughie Shaw. »Ich hab Offiziere gekannt, also, wenn denen ihr Leben lieb war, da mußten die zusehen, daß sie beim Angriff als erster raus waren aus dem Graben.«

Soldat MacBride steckte sich die Pfeife an und starrte Hargreaves über das brennende Streichholz hinweg an. »Ist natürlich nur ein Gedanke«, sagte er, »aber so was könnte auch bei einem Luftangriff passieren.«

»Möglich wär's«, sagte Jimmy Lynan, der ehemalige Bauhelfer, der von Craig fast bewußtlos geschlagen worden war. »Wenn ihn ein paar Ziegel treffen, ist er sofort hinüber.«

»Sind doch nur Hirngespinste«, warf Freddy ein. »Es *gibt* nämlich keine Luftangriffe. Ich behaupte immer noch, daß eine Beschwerde der einzige Weg ist.«

»Beschwerde, daß ich nicht lache«, sagte Soldat MacBride. »Worüber sollen wir uns denn beschweren? Daß Männer einen Schlag auf den Stahlhelm abbekommen haben? Daß Binden zugezogen wurden, bis einem Mann das Bein taub wurde, oder daß Punkt sieben ein roter Strich ins Buch gezogen wird? Sei doch vernünftig, Hargreaves. Für so was wird man befördert und nicht entlassen.«

»Stimmt«, sagte Jimmy Lynan. »Soldats Vorschlag ist der einzig richtige. Knallen wir ihm einen Ziegel auf die Birne.«

Gavin ertappte sich dabei, wie er zuerst Lynan und dann Freddy hilfesuchend anstarrte. Das konnte doch nur ein Witz sein, oder? Er blickte MacBride an, der ihm mit strahlend schwarzem Auge zuzwinkerte. »Denkt dran«, warnte Soldat MacBride, »ich habe kein Wort gesagt.«

»Du hast eine ganze Menge gesagt, Mann.« Lynan beugte sich vor und senkte seine Stimme. »In der alten Zeit, unten auf der Weft, da hab ich mal mitgekriegt, wie sie einen kaltgemacht haben. Er war Vorarbeiter, wißt ihr. Hat uns ständig die Hölle heiß gemacht. Na, und eines Tages hockten wir zu sechst oben am Tankerrumpf, und dieser Idiot von Vorarbeiter geht direkt unter uns vorbei. Also schiebt einer der Männer auf der Bank, Barney Ross, einen Schraubenschlüssel über die Kante. Fällt schnurgerade runter, dem Vorarbeiter direkt auf den Schädel. Das war's. Die mußten den Leichenwagen holen. Aber vergeßt nicht, wir waren zu sechst auf der Bank. Jeder von uns hätte den alten Barney verpfeifen können, aber keiner hat den Schnabel aufgerissen. Die ganze Geschichte wurde als Unfall abgetan.«

Einen Augenblick lang schwiegen sie. Soldat ging an die Bar und bestellte noch eine Runde. Als er zurückkam sagte er: »Und keiner hat was rausgekriegt, nicht wahr, Jimmy?«

»Stimmt. Auf der Werft gab's nämlich keine Verräter.«

»Tja«, sagte Soldat. »Wenn man eine Sache gut erledigen will, erledigt man sie am besten unter Freunden.«

Wieder folgte ein kurzes Schweigen. Lynan schaute sich in der Gruppe um, vor plötzlicher Erregung ganz rot im schwindsüchtigen Gesicht. »Seid ihr dabei?« fragte er.

»Das ist *bestimmt* ein Witz«, beharrte der Weiße Engel. »Kann gar nicht anders sein. Aber bei Erwachsenen weiß man nie. Da läßt sich nie genau sagen, wie weit die gehen und ob die's ernst meinen.«

»Einen Moment mal«, sagte der Schwarze Engel. »Du bist achtzehn. Du bist jetzt selbst erwachsen.«

»In Ordnung«, sagte Hughie Shaw. »Ich bin dabei. Wenn's Craig erwischt, wein ich ihm keine Träne nach.«

»Ich auch nicht«, sagte Soldat MacBride. »Was ist mit euch? Freddy?«

Freddy nahm seine dicke Brille ab und putzte sie umständlich mit seinem Taschentuch. Seine Augen wirkten seltsam nackt, als er die Gruppe blicklos anstarrte. »Wißt ihr«, sagte er, »einen Mann umbringen ist ein ziemlich starkes Stück.«

»Und du, Burke«, fragte Lynan. »Bist du auch so ein Schlappschwanz wie dieser Karl Marx hier?«

»Brauchst deshalb nicht gleich sauer sein«, protestierte Freddy. »Bei Mord mach ich einfach nicht mehr mit.«

»Ich red nicht mit dir, Russe. Ich sprech mit diesem jungen Burschen hier. Also, Gavin. Bist du dabei?«

»So kommt es zur Sünde«, warnte ihn der Weiße Engel. »Irgendwann muß Schluß sein, Gavin, hörst du?«

Doch MacBrides schwarzes Auge starrte ihn unverwandt an. Lynan beugte sich vor und bleckte erwartungsvoll die schiefen Zähne. »Komm schon«, drängte der Schwarze Engel. »Bist doch kein feiges Bübchen mehr.« Beklommen nickte Gavin.

»Prima, Junge«, sagte Soldat MacBride. »Tja, ein Dachziegel, ein Mauerstein, in einem Luftangriff gibt's viele Möglichkeiten, einen beschissenen Vorarbeiter um die Ecke zu bringen. Kann sogar bei Übungen passieren. Was meinst du, Jimmy?«

»Stimmt genau, Soldat.« Lynans Atem ging schwer. »Meine Hand drauf, Soldat, ich bin dein Mann.«

»Klar, Jimmy ist unser Mann«, sagte Hughie Shaw. »Darauf laßt uns einen heben.«

Biere wurden gestemmt, und alle Köpfe drehten sich zu Freddy um. »Was ist, Karl Marx?« fragte Lynan.

»Also schön«, sagte Freddy. »Scheiß auf Hitler. Wir machen's selbst.«

»Was?« fragte Soldat. »Auf Hitler scheißen?«

Alle lachten.

Als sie dann später den Pub verließen, sonderten sich Freddy und Gavin ein wenig von den anderen ab. »Freddy? Haben die das ernst gemeint?«

»Weiß der Himmel. Lynan schon, glaube ich. Ich sag dir eins, sobald sich Lynan eine Chance bietet, ist Craig ein toter Mann.«

Schweigend gingen sie weiter. Was sollten sie noch sagen? Selbst Gavins Engel waren verstummt. Sie sagten kein Wort. Die Engel redeten nur, wenn eine Sache zwei Seiten hatte, aber hier gab es keine zwei Seiten: dieser Fall ließ sich weder einfach abtun noch verniedlichen. Dabei war es paradoxerweise so schrecklich, daß man es eigentlich nur verniedlichen konnte. Es *konnte* doch nur ein Witz sein.

»Verdammter Soldat«, sagte Freddy. »Es war ganz allein seine Idee.«

»Komm, reden wir mit Lynan«, sagte Gavin. »Sagen wir ihm, daß wir mit alldem nichts zu tun haben wollen.«

»Pontius Pilatus Burke«, sagte Freddy erbittert, »wäscht seine Hände vom Blut dieses Mannes rein.«

»Haha.«

»Ich meine es ernst. Wir können diese Sache nicht zu den Akten legen, indem wir so tun, als wenn nichts geschehen wäre.«

»Was sollen wir tun? Craig sagen, daß Lynan hinter ihm her ist?«

»Was bringt das? Wenn man dich entlassen könnte, nur weil du gesagt hast, daß du deinen Boß umbringen willst, wäre die Hälfte der Männer Irlands ohne Arbeit. Wir können nichts beweisen, und außerdem würde uns Craig gar nicht anhören.«

»Und jetzt?«

»Wir behalten Lynan im Auge. Mehr können wir nicht tun.«

»Also gut, von jetzt an werden wir Lynan bei jeder Übung beobachten.«

»Gut«, sagte Freddy. Doch als sie die Wache betraten, wichen ihre Blicke einander aus. Das war keine Lösung, das wußten sie, damit beruhigten sie nur ihr Gewissen. Es war eine Lüge.

10

Ein wirrer Traum von Mädchen weckte ihn am späten Nachmittag in einem Haus, in dem das Ticken des Weckers in seinem Schlafzimmer das lauteste Geräusch war. Er schlug die Augen auf und sah das gnadenreiche Jesulein von Prag auf dem Kaminsims stehen und wie immer auf eine Gelegenheit für eine Predigt warten. Er schloß die Augen vor dem bleiernen Blick des Jesuleins und hörte gleich darauf Schritte über den unteren Treppenabsatz näher kommen. Sein Vater, Kathy und Owen würden außer Haus sein, aber seine Mutter und die alte Mary waren bestimmt daheim. Es war die alte Mary, die nach oben kam, um ihm zu sagen, daß ein Sergeant der Polizei auf ihn wartete. Der Polizist, groß und geduldig, wartete im Flur und war gekommen, um ihn nach den näheren Umständen eines gewissen tödlichen Unfalls zu befragen. Das stimmte natürlich nicht; es konnte kein Polizist im Flur auf ihn warten, weil es keinen Unfall gegeben hatte. Noch nicht. Er lauschte Marys Schritten, als sie an seinem Schlafzimmer vorbei und nach oben zum Dienstmädchenzimmer ging. Fehlalarm.

»Aber vielleicht«, sagte das Jesulein, »ein Vorbote künftiger Ereignisse. Erstaunlich, nicht wahr, die Zinseszinsen der Sünde. Noch vor einem Jahr wäre jede Sünde, die *du* begangen hättest, eine kleine Sünde, eine Schuljungensünde gewesen. Aber Sünden zeugen Sünden. Es schien dir eine läßliche Sünde zu sein, in einen Pub zu gehen und ein Bier zu trinken, aber Pubs und Bier haben zu dem geführt, was gestern geschah. Und *das* ist eine Sünde, ein wahrer Eisberg von einer Sünde, die hier und auf Erden mit Gefängnis, vielleicht sogar mit dem Tode bestraft wird. Von der Selbstbefriedigung zum Mord binnen einem Monat, das nenn ich Zinseszins.«

Das Jesulein war natürlich der geborene Übertreiber. Zum einen war die Chance gering, daß Craig umgebracht wurde, falls es nicht zu einem Luftangriff kam. Und dann war hier, im November, trotz der Luftangriffe auf Coventry und zahlreiche andere Ziele in England sowie Schottland noch immer keine Spur von einer Bombe zu sehen.

»Trotzdem kann es passieren«, warnte ihn das Jesulein.

Nehmen wir an, es kommt zu einem Luftangriff. In der allgemeinen Verwirrung würde doch niemand merken, ob ein Mann von einem fallenden Ziegel getroffen wurde oder nicht.

»Was du nicht sagst«, meinte das Jesulein. »Ist doch interessant, wie die Menschen mit ihrer Religion auch gleich jegliches Gefühl für Recht und Unrecht verlieren. Ist es also kein Unrecht, jemanden umzubringen, wenn man dabei nicht erwischt wird? Junge, du bist vielleicht verkorkst. Du bist *völlig* verkorkst, das reinste Chaos. Schlägst dich mit einem aussichtslosen Job rum, läßt dich von einem Irren für einen Luftangriff schleifen, der nie stattfinden wird, und hast in Sachen Studium alle Verstellung aufgegeben. Schauspielerei, meinst du? Hör doch auf. Die Grafton Players haben sich endgültig aufgelöst, und deinen Auftritt hat sowieso keiner gesehen. Sally Shannon? Die liebst du, sagst du? Komisch, du hast sie doch seit einer Ewigkeit nicht mehr gesehen.«

Ausnahmsweise wußte er auf die Sticheleien des Jesuleins nichts zu antworten. Er konnte nicht einmal so tun, als machte es ihm Spaß, ein Versager zu sein. Selbst darin war er eine Niete. Trotz aller Prahlerei über die richtig scharfen Nutten war es ihm nicht einmal gelungen, seine Unberührtheit zu verlieren. Von seinem augenblicklichen Leben ließ sich nur sagen, daß er von vierundzwanzig Stunden am Tag zehn verschlief und so aufstand, daß er gerade noch rechtzeitig zur blöden, langweiligen Luftwache kam, um mit Freddy Pingpong zu spielen. Im Pingpong war er mittlerweile ziemlich gut. Immerhin.

Der Wecker an seinem Bett, der sein Leben vertickte, stand auf fünf vor vier. Wenn er sich beeilte, könnte er um halb fünf im Krankenhaus sein, sobald ihr Schicht zu Ende war. Sie würden sich im überfüllten Gemeinschaftszimmer des Schwesternheims unterhalten müssen, nicht gerade der ideale Ort für ein privates Gespräch. Trotzdem, er mußte mit jemandem reden. Vielleicht ließ sie ihm ausrichten, daß sie zu beschäftigt war und ihn nicht sehen konnte. Vielleicht trieb sie sich mit einem Schnösel wie diesem Clooney herum. Es war bestimmt besser, im warmen Bett zu bleiben, eine Sünde zu begehen und noch ein bißchen zu dösen.

Er sah zum Jesulein hinüber. Hatte das Jesulein mit seiner Einschätzung recht?

»Wohin gehst du, Gavin? Willst du nichts essen?«

Seine Mutter kam aus der Küche und sah zu, wie er sich im Flur den Regenmantel überwarf.

»Keine Zeit. Ich muß um halb fünf wo sein.«

»Und was ist mit deinen Broten für heute nacht? Kommst du noch mal nach Hause?«

»Ich weiß nicht. Ich ruf dich später an und sag dir Bescheid.«

Er ging nach draußen. Wie lang hatte er sich mit seiner

Mutter nicht mehr richtig unterhalten? Seit er fünfzehn war, nicht mehr, dachte er, und vom Spanischen Bürgerkrieg gelesen hatte. Seine Mutter hatte ihm erzählt, daß General Franco ein edler Mensch sei und heiliggesprochen werden sollte, so wie sie später auch verkündet hatte, daß Kardinal McRory, der Primas von Irland, der einzige Mann auf der Welt sei, der diesen Krieg noch beenden konnte, wenn man ihm nur eine Gelegenheit bieten würde. Sie behauptete, ihre Kinder zu lieben, aber Gavin fragte sich, wie sie ihn lieben konnte, wenn sie ihn doch gar nicht kannte. Dachte er an seine Mutter, hörte er eine Stimme wie ein Papagei endlos abgedroschene Einleitungssätze wiederholen, wie etwa »Dein Vater sagt« oder »Kinder begreifen offenbar nicht«, eine Stimme, die immerzu sanft nörgelnd daran erinnerte, Damen die Tür zu öffnen, die Kleider aufzuheben, Gebete zu sprechen und Rücksicht auf andere Menschen zu nehmen. Seine Mutter behauptete gern, daß Gott gut sei, aber Gott – wenn es denn einen Gott gab – war nicht besonders gut zu ihr gewesen. Sie hatte die bissigen Bemerkungen ihres Mannes über die natürliche Unvernunft der Frauen ertragen und sich doch verpflichtet gefühlt, in allen Streitigkeiten mit den Kindern seine Partei zu ergreifen. Wenn sie eine Geschichte erzählen wollte, unterbrach er sie oder widersprach ihr. Und mit Gesundheit hatte Gott sie auch nicht gerade gesegnet: Sie litt an Bronchitis, Ischias und Krampfadern. Ihr Gebetbuch war mit schwarz umränderten Heiligenbildern vollgestopft, zum Gedächtnis an die vielen Freunde und Verwandten, die Gott zu sich genommen hatte. Ihr Leben gehörte ihr nicht allein. Aus Spaß hatte Owen einmal gesagt, seine Mutter wäre ohne die Ansichten ihres Mannes und ihres Priesters stumm. Wie sollte man einen solchen Menschen lieben?

Wie sollte ein solcher Mensch ihn lieben können? Gavin fragte sich, ob seine Mutter jemals wieder ein Wort mit ihm reden würde, wenn sie nur dreißig Sekunden in seinem Kopf zubringen könnte. Er bezweifelte es.

Trotzdem wünschte er sich, sie hätte ihn nicht so im Stich gelassen, als sie von der Londoner Uniprüfung gehört und sich bedingungslos auf die Seite seines Vaters gestellt hatte. Noch drei Monate nach der verpatzten Prüfung war sein Vater eingeschnappt gewesen, und das hatte ihm schwerer zugesetzt als ein Dutzend wütender Strafpredigten. Seine Mutter, dieser griechische Chor zum tiefen väterlichen Schweigen, ließ vage, mißbilligende Äußerungen fallen, etwa, daß sie weiß Gott ihr Bestes für jedes einzelne Kind getan hätten und wie nett es doch sei, wenn man so von einem Jungen belohnt wurde, der doch eigentlich wissen dürfte, daß man auf diejenigen hören sollte, denen sein Wohlergehen am Herzen lag. Und derlei Blödsinn mehr. Aber sie redete in einer Vergangenheitsform, die dem Entschluß seines Vaters, Gavin innerlich abzuschreiben, genaustens entsprach. Apropos Liebe. Sollte eine Mutter nicht ihre Kinder lieben, wie immer sie sich auch entwickelten? *Seine* Mutter tat das nicht. Nicht Mrs. Deirdre Burke.

Eine Nonne mit gestärktem, weißem Häubchen und rauschendem schwarzem Schleier verstellte Gavin im Hauptkorridor des Krankenhauses den Weg. »Was machen Sie hier? Ohne Sondererlaubnis des Chefarztes haben Sie hier nichts verloren.«

»Tut mir leid, Schwester. Ich wollte Schwester Shannon eine Nachricht überbringen. Ich bin ein Freund von ihr.«

Die Nonne mit dem verhärmten blassen Gesicht, das nie von einem Liebhaber geküßt worden war, und dem kleinen, haarigen Leberfleck über der Oberlippe schnalzte ungeduldig mit ihrer Zunge, um ihm zu zeigen, wie lästig er ihr war, wandte abrupt den Kopf, als hätte sie hinter sich etwas gehört, und rief über den Flur: »Dolan?«

Ein gebrechlicher alter Mann in grünem Pförtnerkittel trat aus einer Tür, auf der RÖNTGEN stand. »Schwester?«

»Sag Schwester Shannon, sie soll herkommen.«

Mit einem mächtigen Rauschen ihres Schleiers drehte sich die Nonne wieder zu Gavin um. »Folgen Sie mir.« Sie führte ihn über einen Nebengang in die Eingangshalle und öffnete die Tür zu einem Zimmer. »Hier herein, bitte.« Sie schloß ihn ein.

Das Zimmer war klein. Ein schwarzes lederbezogenes Chesterfieldsofa und ein Sessel; der runde Mahagonitisch wurde von einem blauen Brokatläufer, auf dem eine Vase mit roten Plastikrosen stand, in zwei Hälften geteilt. Auf dem Rost stand ein Gasbrenner, der nicht brannte, und über dem Kamin hing ein Kruzifix. Auf den gebohnerten Dielen lagen zwei kleine gemusterte Teppiche. Eigentlich war es ein typisches Klostersprechzimmer, wenn man von der großen, sepiafarbenen Fotografie an der Wand absah. Zwei Reihen Männer – die eine stehend, die andere sitzend – blickten aus ihren weißen Kitteln ins Zimmer und auf die Musselinvorhänge vor dem Fenster. Unter dem Foto stand: MEDIZINISCHES PERSONAL & ASSISTENZÄRZTE, 1930. Er besah sich das Foto, und ein unbehagliches Gefühl beschlich ihn. Seit 1930 hatte sich in diesem Zimmer nichts geändert. Nichts würde sich hier je ändern. Dort draußen, in der Welt, mochten Regierungen gestürzt, Städte besetzt oder zerstört, Landkarten umgeschrieben werden, doch hier, in Irland, hatte das nichts zu besagen. In Klostersprechzimmern war alles still. Möglich, daß er in künftigen Jahren ein Gammler wurde, vielleicht wurde er sogar für seine

Mitschuld an Craigs Tod ins Gefängnis gesteckt. Er würde seine lange Strafe absitzen, alt und schließlich entlassen werden, ein gebrechlicher Mann, der durch die Straßen zog, vielleicht von einem der großen, blitzschnellen Autos der achtziger Jahre überfahren und nach all der Zeit zu guter Letzt wieder in dieses Krankenhaus gebracht werden, um auf einer der Stationen im ersten Stock zu sterben. Und dieses Foto würde immer noch hier hängen. Die Ärzte von 1930 würden immer noch auf die Musselinvorhänge und in eine Zukunft blicken, die längst vergangen war. Jeden Morgen würde eine Schwester kommen, um die Möbel abzustauben und den Boden zu bohnern. Jeden Abend würde eine andere Schwester kommen und die Fensterläden zuziehen.

Nichts würde sich ändern. Man würde dieses Zimmer putzen, so wie man täglich in diesem Land Messen lesen würde, die endlosen Litaneien abendlicher Andachten, die jährlichen Pilgerfahrten, das erstarrte Ritual des irischen Katholizismus, der fortdauert bis in alle Ewigkeit, *in secula seculorum*. Yeats hatte sich getäuscht, als er 1916 glaubte, daß er und seine Landsleute

Jetzt und immerdar,
Wo immer man sich in Grün zueinander gesellt,
Sind verwandelt ganz und gar:
Eine Schönheit voll Grau'n kam zur Welt.

Dieses Zimmer trotzte seinem Prahlen. Selbst Hitlers Sieg würde hier nichts ändern. Armageddon würde Irland übergehen; in diesem Land seiner Vorväter würde alles still bleiben. Ein freies Irland war ein totes Irland. Die Schönheit voll Grau'n kam als Totgeburt zur Welt.

»Was ist los, Gavin? Ein Unfall?«

Das gleiche Rauschen gestärkter Kleider wie bei der Nonne, das winzige, absurde Häubchen der Schwesternschülerinnen, das von unsichtbarem Zauber auf ihrem dichten, glatten Haar gehalten wurde. Und diese schwarzen Strumpfhosen, die ihm so oft Anlaß zu vorsätzlicher Sünde gewesen waren. Doch Sally hatte sich seit dem Tag auf Cave Hill verändert, als sie vor ihm davongelaufen war. Sie wirkte älter, erwachsener. Das Wort ›Unfall‹ ging ihm durch den Kopf. Wie hatte sie seine Sorge erraten können, obwohl doch noch nichts passiert war?

Aber er hatte sich geirrt. Sie verfügte über keine telepathischen Kräfte.

»Deine Mutter?« fragte sie.

»Meine Mutter?«

»Ach, ich dachte. Ich meine, wenn jemand in dieses Zimmer gebracht wird, dann meistens, weil ihm ein Arzt etwas zu sagen hat.«

»Nein, eine dieser alten, schrecklichen Nonnen hat mich auf dem Flur erwischt.«

»Das war Schwester Mary Frederick. Ich bin eine ihrer Lieblingsschülerinnen, wahrscheinlich hat sie uns deshalb dieses Zimmer überlassen.«

»Ich wollte mit dir reden, Sally. Können wir nach der Arbeit irgendwohin gehen, an einen ungestörten Ort?«

»Hier sind wir ungestört«, sagte sie, ging zum Sofa und setzte sich. »Was ist los?«

»Na ja, erst mal wollte ich mich wegen Sonntag auf dem Hügel entschuldigen.«

»Schon vergessen. Was ist los?«

»Ach, Sally«, sagte er. »Weißt du – ist schon komisch –, ich meine, egal, was zwischen uns passiert, du bleibst doch der einzige Mensch, mit dem ich reden kann. In letzter Zeit ist es verdammt schlimm, das kannst du dir nicht vorstellen.«

»Ich glaube doch. Du und dein Vater, ihr redet kaum noch miteinander. Du hast mit dem Lernen aufgehört, und deine Familie denkt, daß du Alkohol trinkst. Alle machen sich Sorgen um dich.«

»Wer hat dir das erzählt?«

»Kathy.«

»Warte, wenn ich die zu fassen kriege.«

»Sagst du ihr kein Wort«, sagte Sally. »Ich mußte ihr alles aus der Nase ziehen. Ich wollte Bescheid wissen.«

Wenn sie über ihn Bescheid wissen wollte, hatte sie bestimmt noch was für ihn übrig, liebte ihn vielleicht sogar. Vielleicht konnten sie zusammen fortlaufen, er und Sally, fort von seinem eingeschnappten Vater, dem Luftschutz und all dem, konnten sich in einer anderen Stadt Arbeit suchen, zusammen wohnen...

»Hör schon auf«, sagte der Weiße Engel. »Erzähl ihr von Craig und dem Plan. Deshalb bist du doch gekommen, oder nicht?«

Er erzählte es ihr, erzählte ihr von Craigs verrückten Übungen und wie sehr die Männer ihn haßten, erzählte ihr vom Pub und was dort besprochen wurde. Es überraschte ihn selbst, daß er aufstand und ihr die verschiedenen Rollen vorspielte, Stimmen imitierte. Als er seine Geschichte beendet hatte, war er mit seiner Vorstellung recht zufrieden.

»Was sagtest du? Wann ist das passiert?«

»Im Pub. Gestern.«

Sie begann zu lachen. »Also wirklich«, sagte sie. »Du bist vielleicht naiv. Willst du etwa behaupten, du hast nicht gemerkt, daß diese Männer dich auf den Arm genommen haben?«

»Die meinen das ernst. Hat Freddy auch gesagt, und der ist zehn Jahre älter als ich.«

»Alter hat mit gesundem Menschenverstand nichts zu tun. Er ist genauso ein Spinner wie du, wenn er solchen Unsinn glaubt. Hast du nicht gesagt, dieser alte Kerl, dieser Soldat, sei aus Donegal? Also, eins will ich dir verraten, Gavin, die aus Donegal, die sind alle gleich, die schrecken vor nichts zurück, um dich zum Narren zu halten. Er steckt mit den anderen unter einer Decke, um sich einen Spaß mit dir und deinem Kumpan Freddy zu leisten.«

Wenn sie doch recht hätte. Aber sie mußte einfach recht haben, sie war vernünftig. Natürlich! Er beugte sich über das Sofa und umarmte sie. »Laß das«, sagte sie. »Was ist, wenn eine Schwester reinkommt?«

»Ach, Sally, warum haben wir uns nur gestritten? Was ist los mit mir? Hör zu, magst du noch mal mit mir ausgehen? Ich faß dich auch nicht an, ich schwör's dir. Ehrenwort.«

»Also schön«, sagte Sally. »Aber nur unter einer Bedingung. Versprich mir, daß du mit dem Trinken aufhörst. Und daß du mit dem Lernen wieder anfängst. Machst du das?«

»In Ordnung.«

»In einem Jahr, Gav, könntest du die Uniprüfung bestanden haben, und dann lenkt dein Vater bestimmt ein und läßt dich zur Queen's University gehen. Kathy denkt das auch, und ich glaub, sie hat recht. Ach, Gav, weißt du, du mußt dich selbst nur wieder in den Griff kriegen. Hör auf, ständig so trübsinnig dreinzusehen, und mach kein Drama aus jeder Kleinigkeit. Hörst du?«

»Ja«, sagte er. »Ja.« Fast schrie er das Wort heraus. Es war wie eine Beichte in jenen Tagen, als er noch an die Beichte glaubte. Der Priester hatte die Absolution erteilt, man leistete Buße und kam von Sünden reingewaschen aus dem Beichtstuhl, rein und heilig, und hoffte fast darauf, von einem Bus überfahren zu werden und in diesem Zustand der Gnade zu sterben, damit die Seele direkt in den Himmel auffuhr. Man war erfüllt von großer Freude, einem Gefühl, als wäre man um eine Last ärmer. In diesem Gespräch mit Sally spürte er die gleiche Erleichterung. Sally hatte recht, er konnte sich ändern, wenn sie ihm half. Sie würden zusammen ins Kino und tanzen gehen, sie würden lange Spaziergänge unternehmen, und ihre Liebe wäre wahrhaftig, wäre frei von den schmutzigen Sexphantasien, von denen sein Kopf vollgestopft war, nur die wahre, reine Liebe würde ihn erfüllen. Später dann würden sie heiraten und eine Familie gründen...

»Und was«, fragte der Schwarze Engel, »ist in der Zwischenzeit mit dem kleinen Teufel zwischen deinen Beinen? Glaubst du, der rührt sich nicht mehr und stirbt ab? Und das Fräulein Rührmichnichtan hier, die mit keinem ausgehen will, der nicht religiös und nüchtern ist, wird sie dir nicht wieder die Messe und die Sakramente und all den Rest aufhalsen? Du bist mir ein schöner Agnostiker.«

Er sagte dem Schwarzen Engel, er könne sich in die Hölle scheren, da gehöre er schließlich auch hin. Glücklich verließ er mit Sally das Sprechzimmer und verabredete sich mit ihr für den nächsten Tag, geheilt und rein, ein Mann, der einsah, daß er den falschen Weg eingeschlagen hatte. Er würde für die Prüfung lernen, mit seinen Eltern Frieden schließen und auf Sallys Rat hören. Ach, Gott, welch eine Erleichterung, nachzugeben, wieder willkommen zu sein.

11

Am Vorabend von Heiligabend klingelte das Telefon. Gleich darauf stürzte Craig aus dem Büro und blies auf seiner Trillerpfeife. Er pflanzte sich mitten in der Küche auf und wartete, bis die Wachmannschaft sich versammelt hatte; sein blasses Gesicht glänzte vor Aufregung.

Die alte Mrs. MacCartney schlug ein Kreuzzeichen. »Fliegeralarm?«

»Fliegeralarm? Nein, königlicher Besuch.«

Königlicher Besuch? Verwirrt wechselten sie fragende Blicke. Kein Mitglied der königlichen Familie besuchte Irland. Es war einfach nicht sicher genug. Stimmt, der Herzog von Windsor hatte es einmal riskiert, war aber noch am selben Abend mit einem Kriegsschiff nach England zurückgekehrt. Man ging schon lange davon aus, daß eine Übernachtung in Irland, selbst im loyalen Ulster, als Aufforderung zu einem Mordanschlag verstanden wurde.

»Richtig, königlicher Besuch«, sagte Craig. »Keine Geringere als Ihre Königliche Hoheit, die Herzogin von Gloucester besucht morgen vormittag das Krankenhaus. Der Luftschutz wird anwesend sein. Pfadfinder stehen als Opfer bereit. Und jetzt holen Sie sich alle, mit Ausnahme von Maggie Kerr, die am Telefon bleibt, Ihre Ausrüstung, die Tragen und das übrige, und dann marschieren wir geradewegs zum Krankenhaus, um dort zu exerzieren.«

»Ein dreifaches Hoch auf Ihre Königliche Hoheit«, rief Mrs. Clapper, doch niemand stimmte in ihren Ruf ein.

»Es werden auch einige Minister anwesend sein«, warnte Craig, »und sämtliche Leiter des E.H.T. Vergessen Sie das nicht. Ich will, daß Sie wie aus dem Ei gepellt aussehen. Wie aus dem Ei gepellt, habe ich gesagt.«

»Ach nein«, sagte der Schwarze Engel. »Willst du jetzt deinen Kotau vor einem Mitglied des Hauses Windsor machen? Denk an die große irische Hungersnot von 1847, an Cromwell und an deinen Onkel, den die Briten erschossen haben.«

»Ist doch egal«, sagte der Weiße Engel. »Wer soll dich denn sehen? Von deinen Bekannten jedenfalls keiner, soviel ist sicher.«

»Die Tagesschicht wird ebenfalls erscheinen«, sagte Craig. »Und auch Wache 204. Ich möchte, daß wir Wache 204 – um von der Tagesschicht gar nicht erst zu reden –, ich möchte, daß wir Wache 204 in den Schatten stellen. In den Schatten stellen, habe ich gesagt. Und jetzt, auf zum Krankenhaus. Im Eilschritt, marsch!«

»Für heute abend ist's vorbei mit der Gemütlichkeit«, meinte Soldat.

»Was haben Sie gesagt, MacBride?«

»Ich sagte, Gott segne Ihre Hoheiten, Mr. Craig. Das ist für uns alle eine große Ehre, nicht wahr, Jungs?«

»Schön, dann zeigen Sie sich dem auch gewachsen«, sagte Craig mit saurer Miene. »Helm auf, und mir nach.«

»Es sieht dich also keiner, wie?« sagte der Schwarze Engel. »In allen Zeitungen wird es stehen. Mit Fotos. Sally ist dabei. Die Schwestern sind da.«

Als Gavin sich am nächsten Morgen in der Krankenhausambulanz meldete, waren nicht nur die Schwestern da. Schmutzige Hände streckten draußen einen Wald von kleinen englischen Papierflaggen in den Nieselregen. Gesichter preßten sich an die Eisengitter vor dem Eingang zum Krankenhaus, Köpfe wandten sich um, wenn Autos vorfuhren, um zur allgemeinen Enttäuschung einen Arzt oder noch einen Offizier der Royal Ulster Constabulary auszuspeien. Polizisten in schwarzen Uniformen mit gehalfterten Revolvern hatten sich hinter dem Geländer zu einer Reihe aufgestellt, ihre Gesichter der Menge zugewandt, die ruhelos und erregt auf und ab wogte, da sich alles nach einem guten Platz drängelte. Distriktinspektoren der Polizei sahen in ihren schwarzen Übermänteln wie Soldaten aus und schauten auf ihre Armbanduhren. Ihre Königliche Hoheit verspätete sich.

In der Ambulanz hatte man die Holzbänke, die sonst im großen Wartesaal standen, an der Rückwand übereinander gestapelt. Die Patienten, die auf diesen Bänken auf ihre Behandlung gewartet hatten, waren nach Hause geschickt worden, von einer Auswahl Leichtverletzter abgesehen, die man gebeten hatte, sich zu Demonstrationszwecken zur Verfügung zu stellen, falls Ihre Königliche Hoheit danach verlangen sollte. Pfadfinder drängten sich um einen Luftschutzoffizier, der sie mit Ruß und Wundstriemen bemalte, um sie auf ihre Rolle als Bombenopfer vorzubereiten. Tragen waren manierlich in langen Reihen in der Saalmitte aufgestellt. Sanitäter unterhielten sich flüsternd in kleinen Gruppen und erwarteten ihren Aufruf. Assistenzärzte in weißen Kitteln boten Schwesternschülerinnen Zigaretten an. Die Stimmung erinnerte an die Unruhe hinter den Kulissen eines Amateurtheaters und verstärkte noch den Eindruck, daß hier ein Stück aufgeführt wurde, um Ihrer Königlichen Hoheit zu zeigen, wie das gewöhnliche Leben aussah.

Soldat MacBride, dessen Uniformjacke mit schillernden

Orden behängt war, marschierte in schnellem Schritt auf Gavin zu. »Craig meint, du sollst dich Trägergruppe Nummer sechs anschließen.«

»In Ordnung, Soldat. Siehst heute prächtig aus.«

»Tja, die alten Orden.« MacBride zwinkerte ihm mit strahlend schwarzem Auge zu. »So was kommt bei der königlichen Familie gut an. Bei einem Mann mit Orden bleiben die immer stehen. ›Weshalb ist Ihnen der da verliehen worden, guter Mann?‹ Dabei interessiert sie das einen Dreck.«

»Jedenfalls«, sagte Gavin, »sehen diese Orden wirklich umwerfend aus.«

»Sind nicht mal alle«, sagte MacBride und grinste. »Den Grund kannst du dir denken, nicht wahr, Gavin? Ein paar von den alten habe ich weggelassen.« Er drehte sich um und sah unmittelbar hinter sich einen schlaksigen Pfadfinder stehen. Der Junge starrte Soldat MacBride mit offenem Mund an, so wie Kinder es manchmal tun, wenn ein Erwachsener ihr Interesse erregt hat. Soldat lächelte dem Jungen freundlich zu. »Und, Jungchen?« sagte er. »Hast du morgens beim Aufwachen einen Steifen?«

»Was meinen Sie, Sir?«

»Du hast mich schon verstanden, Sonny. Verpiß dich.« Er wandte sich wieder an Gavin. »Hast du den Captain gesehen?«

»Noch nicht.«

»Falls du ihn siehst, sag ihm doch bitte, er ist in Gruppe sechs, genau wie du.«

»In Ordnung, Soldat.«

MacBride marschierte davon. In der Mitte der Ambulanzhalle stand Craig neben Bob Greenwood, dem Leiter der Tagesschicht, rivalisierende Kommandeure, im zeitweiligen Waffenstillstand gegen die Offiziere von Wache 204 vereint, die mit lautem Geschrei und manchem Befehl und Gegenbefehl die Männer und Frauen ihrer Belegschaft in zwei langen Reihen zur Musterung antreten ließen. Sally war nirgendwo zu sehen.

Gavin ging nach draußen. Unter dem Vordach, halb im Regen und halb im Trockenen, entdeckte er Captain Lambert. Er wirkte niedergeschlagen. Sein strohfarbener Schnauzbart war durchnäßt und ließ die Spitzen auf die Mundwinkel herabhängen. Das Weiß seiner Augen war mit roten, wurmähnlichen Äderchen durchzogen, und das Atmen schien ihm nicht leichtzufallen. Doch er bedeutete Gavin, daß er mit einem weiteren Schluck für eine baldige Besserung sorgen würde.

Er sprach mit schwerer Zunge. »He, Gavin. Verdammt grauenhafte Tageszeit, um aufzustehen, findest du nicht?«

»Soldat meint, du gehörst zur Krankenträgergruppe sechs. Ich gehöre auch dazu.«

»Sechs«, sagte Captain und nickte, als hätte er damit ein schwerwiegendes Problem gelöst. Er gähnte. »Verdammtes Königshaus. Immer zu spät dran.«

»Sind sie noch nicht da?«

»Gerade eingetroffen. Da!«

Vier große schwarze Mercedesse parkten vor dem Haupteingang zum Krankenhaus. Einige Gestalten eilten im Schutz von Regenschirmen die Stufen hinauf. Stumm drängte sich die Menge an das Eisengitter. Ein Willkommensgruß schwoll an und erstarb wieder.

»Welches ist die Herzogin?«

»Wahrscheinlich die im verrücktesten Aufzug«, sagte der Captain. Er fischte eine grüne Flasche aus seinem Mantel und nahm einen tiefen Schluck. »Die ziehen sich an, als wäre das Leben eine Gartenparty. Ist es für sie ja wahrscheinlich auch.«

»Ich glaube, wir sollten uns lieber bei unserer Gruppe melden.«

»Warum solche Eile? Sie muß doch erst das ganze elende Krankenhaus besichtigen.«

»Ich geh jedenfalls rein. Nummer sechs, denk dran.«

»Sechs«, sagte der Captain.

Drinnen traf Gavin auf Freddy Hargreaves, der sich gleichermaßen über die königliche Verspätung aufzuregen schien. »Diese dämlichen Kapriolen der Aristokraten. Wir stehen hier rum wie eine Bande Lakaien. Her mit der Revolution. Bloß keine Paraden mehr.«

»Und was ist mit den Aufzügen auf dem Roten Platz mit all den roten Generälen, die da mit riesigen Goldepauletten auf ihren Schultern rumstehen?«

Freddy schien beleidigt. »Wir stellen uns besser wieder auf.«

Big Frank Price, die Nummer eins der Trägergruppe sechs, sah sie erwartungsvoll an. »Sie sind schon da. Habt ihr den Captain gesehen?«

»Er steht draußen. Er kommt gleich.«

»Gott sei Dank brauchen wir wenigstens nichts vorzuführen«, sagte Frank. »Wir stellen uns einfach nur auf, vier Mann, an jedem Holmende einer.«

Captain Lambert kam durch den Saal auf sie zu und knöpfte sich unterwegs den Mantel auf. Sein Gang verriet alles. »Du meine Güte«, sagte Frank. »Er ist blau.«

»Nein. Ich glaub, er wird langsam nüchtern.«

»Heilige Scheiße. Hoffentlich kann er wenigstens gerade stehen.«

»Er wird's schon schaffen«, sagte Gavin.

Der Captain warf seinen Mantel auf eine Bank in der Ecke, drehte sich um und steckte sich eine Zigarette an. Im gleichen Augenblick rannte Craig mit seinem frisch bemalten weißen Stahlhelm quer durch den Saal, um ihn daran zu hindern. »*Rauchen verboten.* Machen Sie die aus.«

»'tschuldigung.«

»Von wegen Entschuldigung. Nehmen Sie gefälligst Haltung an.«

Unter den Grüppchen zuschauender Schwestern konnte Gavin keine Spur von Sally entdecken. Es war still im Saal. Offenbar hatte es sich herumgesprochen, daß Ihre Königliche Hoheit mit der Besichtigungstour begonnen hatte. Bob Greenwood kam vorbei und flüsterte: »Beim Ruf: Sie kommt! nehmt ihr Haltung an.« Er musterte die Trage mit der ordentlich gefalteten Decke und dem sauberen Kissen am Kopfende. Die Träger standen stramm. Einige Minuten später kam Mr. Kilvert vom Luftschutzhauptquartier in Begleitung zweier Leutnants vorbei. Wieder wurde die Gruppe inspiziert. Nach etwa fünfzehn Minuten verebbte die Spannung im Raum, als spürten die Mannschaften, die schon so oft grundlos den Fliegeralarm geprobt hatten, daß sie wieder einmal getäuscht wurden. Eine halbe Stunde verging. Plötzlich breitete sich Hektik aus, und überall nahm man Haltung an, als zwei uniformierte Polizeiinspektoren durch die Tür des Hauptgebäudes eintraten, aus der man die Gesellschaft der Herzogin erwartete. Die Inspektoren, Männer mit grimmigen Mienen, schritten den Saal ab und warfen einen Blick in Kranken- und Behandlungszimmer, als rechneten sie jeden Augenblick damit, einen IRA-Terroristen aufzustöbern. Dies war ein römisch-katholisches Krankenhaus, das von römisch-katholischen Nonnen geführt wurde. Die Haltung der Polizeiinspektoren gab deutlich zu verstehen, daß sie es für Irrsinn hielten, ein Mitglied des Königshauses an einen solchen Ort kommen zu lassen. Nach einer letzten Runde gingen sie dorthin zurück, woher sie gekommen waren. Wieder breitete sich ein Gefühl von Enttäuschung aus. Einige Pfadfinder verließen ihre Posten, doch ein warnender Zuruf ihrer Gruppenführer brachte sie zurück in Reih und Glied.

Zehn Minuten später hörten sie über Flüsterpropaganda, daß die Königliche Hoheit endlich unterwegs zu ihnen sei. Als sie dann tatsächlich eintrat, geschah es ganz plötzlich, als würde sie vom verstummenden Geflüster hereingetragen. Ein Schock durchzuckte den Saal, und jedermann nahm Haltung an. Ihre Königliche Hoheit kam in Begleitung von Dr. MacLanahan, dem Chefarzt des Krankenhauses, einem strengen alten Mann aus Cork, der einen weißen Arztkittel über seinem braunen Tweedanzug trug, ein Anzug, der in seiner Einfachheit bekundete, daß der Chefarzt – wie ein Mann, der die Verwandten seiner Frau kennenlernt – zwar seine Pflicht tun würde, mehr aber nicht. Zur Linken Ihrer Königlichen Hoheit befand sich der Bürgermeister mit Amtskette, der zu einem dunklen Cut eine breitgestreifte Stresemannhose trug und dessen Wangen vor Vergnügen und Verlegenheit die Farbe von Zuckerstangen angenommen hatten. Ein Marinekommandeur, offenbar eine Art Adjutant, schlenderte lässig hinterdrein, den Blick auf die Uhr am Ende des Saals gerichtet. Neben ihm gingen zwei Minister der nordirischen Regierung. Außerdem war noch eine Hofdame mit von der Partie, die Frau des Bürgermeisters sowie ein Distriktinspektor der Polizei, und alle schienen sie das Ende der Besichtigung kaum erwarten zu können.

Gavin hatte Haltung angenommen und betrachtete Ihre Königliche Hoheit, als sie durch den Haupteingang näher kam. Sie war nicht gerade wie für eine Gartenparty angezogen, wirkte aber doch sehr mondän in einem blaßblauen, mit Rehleder gepaspelten Kostüm. Man konnte die königliche Stimme verhalten und diskret auf Dr. MacLanahans barsches Loblieb über die Effizienz des Krankenhauses antworten hören. Zufrieden, als hätte er eine Wette gewonnen, sah Gavin zu, wie Ihre Königliche Hoheit vor MacBrides Krankenträgertruppe stehenblieb. Ihre ruhige, doch tragende Stimme hallte wider in der Morgenluft.

»Iniskilling Fusiliers?«

»Jawohl, Eure Hoheit«, brüllte Soldat. »Hab im Regiment gedient. Indien. Jawohl, Eure Hoheit.«

Ihre Königliche Hoheit lächelte und ging weiter. Der königliche Kopf wandte sich Gavins Gruppe zu. Einen Augenblick lang schien sie Gavin anzusehen, doch dann, als wäre ihr etwas – oder jemand – unmittelbar hinter ihm aufgefallen, hielt sie inne, lächelte und sagte: »Guten Morgen.«

»Morgen, Ma'am.« Es war die Stimme des Captains, lallend und undeutlich.

»Sind Sie ein Freiwilliger?« fragte sie mit hoffnungsvollem Lächeln.

»Nein, nein, Ma'am. Mach's bloß fürs Geld.« Und gleich darauf folgte ein plötzliches, sehr betrunkenes Glucksen. »Wissen Sie, Ma'am, wir machen's doch alle nur fürs Geld.«

Gavin konnte seine Habachtstellung nicht länger einhalten, riskierte einen raschen Seitenblick und sah wie in einer erstarrten Szene die statuenhafte Reglosigkeit der Männer hinter ihm. Keiner rührte sich, bis auf den Captain, dessen breites Grinsen seine Zahnplomben zur Schau stellte und der sich vor Vergnügen schüttelte. Ihre Königliche Hoheit lächelte matt und ging weiter. Doch das vergnügte Glucksen des Captains fand kein Ende.

»*Lambert!*« flüsterte Frank Price.

»Jawohl«, sagte der Captain laut.

Ihre Königliche Hoheit hastete weiter und schüttelte nun vor dem Sprechzimmer einem jungen Assistenzarzt die Hand. Der Polizeiinspektor stürzte zur Tür, hielt sie auf und verbeugte sich ein halbes dutzendmal vor der Herzogin, als sie mit ihrer Entourage hinausging. Der Bürgermeister und seine Frau warfen einen entsetzten Blick zurück in den Saal, und als er hinauseilte, deutete ein Minister mit dem Finger auf Mr. Kilpert. Der stellvertretende Leiter des Luftschutzes eilte zu ihm. Der Minister sagte etwas. Mr. Kilpert nickte. Die Tür schlug ins Schloß.

Wie nach der Sprengung einer Brücke, wenn sie sich noch einen Moment wider Erwarten über den Fluß spannt, so schien sich einen unwirklichen, traumhaften Augenblick lang niemand zu rühren. Dann blies man zum Angriff, und von der einen Seite stürzte sich Craig, von der anderen Mr. Kilpert auf das Opfer.

»Sie machen's nur fürs Geld, wie?« sagte Kilpert in krächzendem Ulsterdialekt. »Tja, Sie werden's nicht mehr lange fürs Geld machen.« Er wandte sich an Craig. »Sie da. Wieso zum Teufel haben Sie diesen Mann zur Parade antreten lassen?«

»Ich habe diesen Mann schon mehrfach gemeldet, Sir. Man hat nicht auf mich gehört. Ist nicht mein Fehler. Ich hab's gesagt, ist nicht mein Fehler. Beim Hauptquartier habe ich ihn angezeigt.«

»Sie blöder, dämlicher Holzkopf! Haben Sie ihn besoffen zur Parade kommen lassen oder nicht? Sie können ja nicht mal einen Kindergarten leiten, von einer Wache ganz zu schweigen.«

»*Sie* da.« Das galt dem Captain. »Wischen Sie sich das Grinsen aus Ihrer Visage. Sie sind entlassen. Holen Sie sich Ihre Papiere und verschwinden Sie von der Wache.«

»Und *Sie*«, nun wieder an Craig gewandt, »Sie hören später noch von mir.«

»Ist nicht *meine* Schuld, Sir.«

»Schnauze«, fuhr Mr. Kilpert ihn an. Er machte auf dem Absatz kehrt und stürmte davon. Man sah noch, wie er gestikulierend auf seine Adjutanten einredete. Sie eilten zur Tür. Die Tür schloß sich hinter ihnen.

12

»Die Wimpelgirlanden«, sagte Miss Albee, »sollten aus allen Zimmerecken kommen und sich in der Mitte treffen. Und wo sie sich kreuzen, hängen wir die Papierglocke hin.«

»Und der Mistelzweig?« fragte Mrs. Clapper. »Hängen wir den an die Glocke?«

Gavin hielt ein Ende einer Wimpelgirlande und zwinkerte Freddy zu, der das andere Ende hielt. »Das geht nicht«, sagte Freddy ernst.

»Und warum nicht?« wollte Miss Albee wissen.

»Wie sollen wir uns dann unter dem Mistelzweig küssen? Da steht der Tisch im Weg.«

»Oh«, sagte Miss Albee. Sie schlug die Augen nieder und drehte unschlüssig die Papierglocke in den Händen. Freddy und Gavin befestigten die Wimpelgirlande und brachten den Mistelzweig über der Tür an. Baby Bates kam mit einem Stift und einem Blatt Papier herein. »Soldat meint, ich soll für das Fest von jedem einen Fünfer einsammeln.«

»Aber ich trinke keinen Alkohol«, beschwerte sich Miss Albee.

»Für die Antialkoholiker macht es zwei Shilling«, sagte Baby Bates. »Wer will, kann frischen Orangensaft oder Ginger-ale trinken.«

Miss Albee und Mrs. Clapper holten ihre Portemonnaies. Freddy und Gavin zahlten, und ihre Namen wurden auf Bates' Liste eingetragen. Soldat MacBride und Jimmy Lynan kamen mit einem großen Pappkarton herein.

»Kommt her«, rief MacBride. »Wartet, bis ihr das hier gesehen habt.« Er begann, den Karton auszupacken, Papierhütchen, Schleifen, einen großen Obstkuchen, einen Plumpudding, mehrere Tüten Karamelbonbons und ein paar Apfelsinen. »Mit freundlichen Grüßen von den Schwesternhelferinnen des Roten Kreuzes«, sagte Soldat MacBride. »Ich war heute nachmittag bei ihnen. Zur Aufmunterung der Kompanie.«

»Aber warum schenken die uns das?« fragte Miss Albee. »Wir gehören doch nicht zur Armee.«

»Und was unterscheidet uns von irgendeinem jungen Wehrpflichtigen, der an einem Flugabwehrgeschütz in Lurgan hockt?« wollte MacBride wissen. »Stehen wir vielleicht nicht an der Heimatfront?«

Miss Albee, die mit protestantischem Eifer Socken für die Soldaten strickte, schüttelte mißbilligend den Kopf. »Finde ich nicht. Ich meine, es ist eine Schande, daß man uns gibt, was für die Truppe bestimmt ist.«

»Vielleicht, vielleicht auch nicht«, sagte MacBride. Er packte die Sachen wieder ein.

Mick Gallagher kam mit einem vollen Kohleneimer vom Hof herein. »Einen Fünfer für die Festgetränke«, sagte Baby Bates und hielt die Hand auf. Dein Kumpel starrte Bates an, dann knöpfte er seine Uniformjacke auf und zeigte ihm die winzige Anstecknadel des Heiligen Herzens an seinem Unterhemd. »Das da«, sagte er zu MacBride statt zu Bates, »weißt du, was das ist?«

»Aber natürlich«, sagte MacBride. »Der Pionierverband der völligen Abstinenzler, eine großartige Organisation, von Father Matthew gegründet, möge er in Frieden ruhen. Ein nüchternes Irland ist ein freies Irland.«

»Ganz genau.«

»Also schön«, sagte MacBride. »Dann zahl nur zwei Shilling für das Mineralwassser.«

»Aber ich will kein Mineralwasser. Ich will auch kein Fest.«

»Ach, jetzt hab dich nicht so«, sagte MacBride freundlich. »Weihnachten ist doch nur einmal im Jahr.«

»Eben. Und ich feiere Weihnachten daheim. Nicht mit Fremden.«

»Aber wir feiern ja alle daheim«, sagte MacBride. »Es geht doch bloß um eine kleine Festlichkeit hier im Haus. Wie kannst du uns außerdem Fremde nennen, wo wir doch seit einem langen Jahr tagein, tagaus in diesem winzigen Haus zusammen eingepfercht sind?«

»Für mich seid ihr trotzdem noch Fremde«, sagte Gallagher.

In diesem Augenblick betrat Wachoffizier Craig den Raum, gefolgt von Old Crutt, seinem Spitzel. Baby Bates ging mit dem Blatt Papier in der Hand auf sie zu. »Wir sammeln für das Fest, Sir. Einen Fünfer für die Getränke, bitte.«

»Was für Getränke?« fragte Craig.

»Für Weihnachten, Sir.«

»Nur Mineralwasser, habe ich gesagt. Nur Mineralwasser.«

MacBride sah Freddy an, Freddy blickte zu Gavin, und der schaute Jimmy Lynan an. Fast schien es, als wollten sie sich das Gesagte wiederholen, um sicherzugehen, daß die Worte auch wirklich gefallen waren. »Natürlich, Mineralwasser für alle, die möchten«, sagte MacBride. »Und ein paar Dutzend Flaschen Starkbier und eine Flasche Whiskey für die anderen. Hab ich nicht recht, Mr. Craig, Sir?«

»Sie haben mich genau verstanden, MacBride.«

»Aber bei Gott im Himmel. Es ist Weihnachten.«

»Kein Alkohol.«

»Selbst in den Schützengräben, Sir, im letzten Krieg. Ich weiß noch...«

»Es interessiert mich nicht, was Sie noch wissen.«

»Auf anderen Wachen ist es erlaubt«, sagte Freddy. »Auch auf Wache 204.«

»Was Wache 204 macht, ist Sache der Wache 204. Aber was diese Wache macht, ist meine Angelegenheit. Kein Alkohol im Dienst.«

»Es ist wegen Captain, nicht wahr?« sagte Soldat. »In seinem Fall mache ich Ihnen keinen Vorwurf, Mr. Craig. Aber Sie können uns nicht mit dem Captain in einen Topf werfen, Sir. Wir sind vernünftige Leute.«

»Ich habe genug Ärger gehabt«, sagte Craig mit düsterer Miene. »Sie haben ja keine Ahnung, was ich für Ärger gehabt habe.«

»Ach, aber ein paar Bier, Sir...«

»Nein. Es herrscht Krieg. Krieg, habe ich gesagt.«

Danach war es einen Augenblick still, Craig ging zu Miss Albee und Mrs. Clapper. »Nun, meine Damen, wie geht es mit der Dekoration voran?«

»Ganz gut, Mr. Craig.«

»Prima. Sparen Sie nicht an der Dekoration. Es soll hübsch aussehen, aber auch nicht zu überladen.«

»Ja, Mr. Craig.«

»Na schön. Also dann, lassen Sie sich nicht aufhalten.«

Er ging aus dem Zimmer. Die Männer drehten sich zu Old Crutt um und starrten den Spitzel an. Old Crutt verstand und folgte seinem Herrn auf dem Fuße.

»Der Kerl«, sagte Mac Bride, »benimmt sich nicht gerade wie ein Christenmensch. Was meinst du, Jimmy?«

»Schau dir Lynan an«, sagte der Schwarze Engel. »*Dem* steht die Mordlust ins Gesicht geschrieben. Denk an den Pub. Die Drohung, das war kein Witz. Egal, was Sally sagt.«

Lynan atmete schwer und wandte sich an Freddy. »Ein Ziegelstein«, flüsterte er. »Ein Ziegelstein, mitten zwischen die Augen.«

Beklommen nickte Freddy. Lächelnd nahm Soldat MacBride Miss Albee die Papierglocke ab und heftete sie an die Wimpelgirlande. Frank Price kam aus dem Büro. »Warnstufe gelb«, sagte er.

»Nicht schon wieder.« Sie stöhnten. Im letzten Monat hatte es dreimal Warnstufe gelb oder Vorwarnstufe mit anschließendem Sirenenalarm gegeben. Nichts war passiert. In Belfast kursierte der bissige Witz, daß die Sirenen nachts aufheulten, um den Luftschutz aus dem Schlummer zu reißen. Nach dem zweiten Fehlalarm machte sich kaum noch jemand die Mühe, in die Luftschutzbunker zu gehen, da inzwischen alle von der wachsenden Anzahl der Luftangriffe auf England gelesen hatten und wußten, daß die Deutschen entschlossen waren, Nordirland zu ignorieren. Wenn die Sirenen abermals ertönten, drehte man sich daher im Bett nur auf die andere Seite. Meistens kam die Entwarnung innerhalb der nächsten Viertelstunde.

Kurz nach Franks Ankündigung heulten die Sirenen. Zehn Minuten später kam die Entwarnung. Auf ihrem Weg nach oben zum Pingpongtisch begegneten Freddy und Gavin Dein Kumpel Gallagher, der vom Dachboden herunterkam. Er trug seinen Stahlhelm und die Tasche mit der Gasmaske. »Diese verdammten Deutschen«, brummte er. »Diese verdammten Deutschen.«

13

Mrs. Burke wußte ein exzellentes Trifle zuzubereiten, das jedes Jahr an Weihnachten als erste Nachspeise serviert wurde. Kaum betrat die alte Mary das Eßzimmer, um den von Brandyflammen umringten und mit einem Stechpalmenzweig geschmückten Plumpudding hereinzutragen, ließen Familie und Gäste ein Stöhnen gespielten Entsetzens hören. Kanonikus Wood tätschelte die Wölbung seiner schwarzen Weste, schloß die Augen und schüttelte langsam den Kopf. Mrs. Sullivan, eine Witwe, die auf der Hochzeit von Gavins Eltern Brautjungfer gewesen war, meinte, daß sie sich nur an Weihnachten und nur in diesem Haus der Sünde der Völlerei hingeben würde. Mrs. Burke, Gavin, Kathy und Owen jedoch wußten, wie schnell die alte Mary beleidigt war, wenn man ihren Pudding nicht probierte, und knabberten höflich an ihren kleinen Portionen. Mr. Burke lehnte dankend ab. Als die Damen sich einige Minuten später ins obere Wohnzimmer zurückzogen, öffnete er die mit einem Siegel verschlossene Schachtel Zigarren, ging an die Anrichte und holte eine Karaffe Portwein hervor.

»Den sollten Sie mal versuchen, Malachy«, sagte er zum Kanonikus. »Und zu diesem feierlichen Anlaß dürfen die Jungs wohl ausnahmsweise einen Schluck probieren.«

»Ist das Toms edler Tropfen?« fragte der Kanonikus und begutachtete sein Glas. Der Kanonikus war mit Gavins Vater und seinem Onkel Tom zur Schule gegangen. Mr. Burke nickte und ließ die Schachtel Zigarren rumgehen. »Wahrscheinlich für lange Zeit der letzte vernünftige Portwein«, meinte der Kanonikus.

»Ach was«, sagte Mr. Burke. »Dieser Krieg ist so gut wie vorbei. Ehrlich gesagt, gebe ich ihm keine sechs Monate mehr.«

»Ich würde die Briten an Ihrer Stelle nicht unterschätzen«, warnte der Kanonikus. »*Gott mit uns* läßt sich jedenfalls weit öfter von der britischen Geschichte behaupten, als es das Deutsche Reich für sich in Anspruch nehmen kann.«

»Unsinn«, sagte Mr. Burke. »Die Luftwaffe macht sie zur Schnecke. Haben Sie von den Unruhen letzte Woche in Liverpool gehört?«

Dem Kanonikus war kein Wort davon zu Ohren gekommen.

»John Sherrys Frau war drüben und hat es mit eigenen Augen gesehen. Das Volk ist durch die Straßen marschiert und hat Churchill mit Plakaten aufgefordert, endlich Frieden zu schließen und den Luftangriffen ein Ende zu machen. Berittene Polizei ist gegen die Menge vorgegangen. Hat wohl eine ziemliche Panik gegeben.«

»Was Sie nicht sagen! In Liverpool. So, so.«

»Und bestimmt auch in anderen Städten«, sagte Mr. Burke. »Tja, die Engländer werden noch lernen, daß ihre Probleme erst angefangen haben. Merken Sie sich meine Worte, mit Hitler ist nicht zu spaßen. Der verschont sie nicht, vor allem nicht, seit sie letzten Sommer dies vernünftige Friedensangebot abgelehnt haben.«

»Weiß Gott, bei dem Gedanken an Luftangriffe auf Frauen und Kinder kann einem schlecht werden, egal, von welcher Seite sie kommen«, sagte der Kanonikus. »Wir können von Glück reden, daß wir nicht drüben leben. Ach, ich habe ja ganz vergessen, daß wir einen Luftschutzexperten gleich hier an unserem Tisch haben. Nicht wahr, Gavin?«

»Und was für ein Experte«, sagte Owen. »Der hat in seinem Leben noch keine Bombe gesehen.«

»Und wird auch keine sehen, so Gott will«, sagte der Kanonikus. »Etwas Gutes hat es immerhin, das Leben in der Provinz.«

»Was war heute auf der Wache los?« fragte Mr. Burke. »Habt ihr gefeiert?«

»Wir wollten, aber das Fest ist ins Wasser gefallen. Craig, unser Offizier, hat keinen Tropfen Alkohol erlaubt. Die Männer waren stinksauer.«

»Es muß ziemlich langweilig sein«, sagte der Kanonikus, »ständig nur so herumzusitzen.«

»Da bleibt mir viel Zeit zum Lernen«, sagte Gavin und sah seinen Vater an. Sein Vater erwiderte den Blick und sagte zum Kanonikus: »Stimmt, Gavin will es noch mal mit der Londoner Uniprüfung versuchen. Ich glaube, diesmal gibt er sich redlich Mühe.«

»Dann habe ich keine Bedenken«, sagte der Kanonikus. »Schließlich mangelt es dieser Familie nicht an klugen Köpfen. Und wie geht es *dir*, Owen?«

»Ach, Owen schlägt sich wacker«, sagte sein Vater. »Mit dem gab's noch nie Probleme. Schließlich hat er sich ja auch nicht ständig auf irgendwelchen Tanzabenden herumgetrieben wie ein gewisser junger Mann, den ich jetzt lieber nicht erwähnen will.«

»Aber ich will doch hoffen, daß er demnächst zu einem gewissen Tanzabend geht«, sagte der Kanonikus. »An Silvester ist nämlich unser Ehemaligenball. Und ich rechne fest damit, daß sich jeder von euch eine Eintrittskarte kauft.«

»Ich gehe nie tanzen, Malachy, das weißt du«, sagte Mr. Burke. »Aber die Jungs kommen bestimmt.«

»Mit hübschen Damen, nehm ich an«, sagte der Kanonikus und zwinkerte Owen und Gavin zu.

»Mit Sally Shannon zum Beispiel?« wollte Owen von Gavin wissen.

»Oder mit der schönen Miss Cooke?« fragte Gavin.

»Kann schon sein«, sagte Owen.

»Ausgezeichnet.« Der Kanonikus hob sein Glas. »Als Vorsitzender des Tanzkomitees stelle ich mit Freuden fest, daß man sich mit diesen Mädchen sehen lassen kann.«

»Hast du heute die Rede des Königs gehört?« fragte Mr. Burke.

»Ich hatte Besseres zu tun«, sagte der Kanonikus, »als diesem Idioten zuzuhören.«

»Nicht doch«, sagte Mr. Burke. »Ich würde ihn um keinen Preis verpassen wollen. Er ist einfach zu köstlich. Was für ein Redner. In Windsor Castle sitzen sie bestimmt wie auf rohen Eiern und warten darauf, daß er sich verhaspelt.«

»Ach, der arme Teufel«, sagte der Kanonikus. »Was soll er schon sagen, selbst wenn er es gut vortragen könnte? Im letzten Jahr hatte er nichts als schlechte Neuigkeiten. Denen bleibt doch nur noch die Hoffnung, daß sich die Amerikaner auf ihre Seite schlagen.«

»Zu spät«, erklärte Mr. Burke. »Wie war das noch, was hat der eine Abgeordnete letztes Frühjahr im Unterhaus gesagt? ›Auf dem Weg in die Katastrophe heißt es stets zu wenig oder zu spät oder beides.‹ Nein, Malachy, denen gebe ich keine sechs Monate mehr. Darauf wette ich ein Pfund mit dir.«

»Ein Pfund«, sagte der Kanonikus. »Abgemacht. Kaum zu glauben, *ich* setze auf England.«

Im Waschraum der Turnhalle (derselbe Waschraum, in dem ihn mit dreizehn Jahren zwei ältere Jungen festgehalten hatten, während ein dritter Urin aus einer Wasserpistole in sein Gesicht spritzte) ging Gavin auf die Spiegel zu und bewunderte seinen Anblick: ein erwachsener Fremder in der ersten Smokingjacke seines Lebens. Er blieb vor den Waschbecken stehen (ebenjene Waschbecken, in denen er sich nach dem Chemieunterricht die Farbflecken von den Händen gewaschen hatte), zückte aus der Innentasche das alte silberne Zigarettenetui seines Vaters, entnahm ihm eine Zigarette und klopfte sie wie ein Filmstar gegen die Rückseite des Etuis, ehe er sie anzündete. Als er das Streichholz anriß, warf er instinktiv einen Blick zur Tür (der Tür, die er immer im Auge behalten mußte, wenn er heimlich geraucht hatte) und staunte, daß ihn so etwas Einfaches wie eine geliehene Smokingjacke so vollständig zum Erwachsenen machen konnte. Er zupfte das weiße Taschentuch ein wenig weiter aus der Brusttasche heraus und fingerte dann an seiner schwarzen Fliege herum, die seine Mutter ihm gebunden hatte und der seine größte Sorge galt, da sie dazu neigte, sich zu verdrehen, so daß ein Ende nach oben, das andere nach unten zeigte.

Er war fertig. Aber Sally würde noch nicht soweit sein: sie brauchte in der Damengarderobe immer eine Ewigkeit. Er dachte gar nicht daran, ohne sie in die als Tanzsaal geschmückte Turnhalle zu gehen. Irgendein Priester würde ihn bestimmt abfangen und fragen, was er seit seinem Abgang von St. Michan so getrieben hatte. Wenn er schon den Luftschutz erwähnen mußte, dann war es ihm lieber, Sally an seiner Seite zu wissen. Zuck die Achseln, schnapp sie dir, und tanze mit ihr davon wie George Raft.

Er könnte natürlich auch in der Bar warten, die man im Zimmer des Sportlehrers eingerichtet hatte. Doch als er heute abend mit Owen und den beiden Mädchen kurz in die Bar gegangen war, hatte er Tony Clooney entdeckt. Clooney gehörte zu der Sorte, die beim geringsten Anlaß Witze über den Luftschutz rissen. Nein, es war wohl doch besser, nicht in der Bar zu warten.

»Aber was kümmert dich Clooney?« fragte der Weiße Engel. »Hat sie Clooney nicht deinetwegen aufgegeben?«

»Hat sie das wirklich?« zweifelte der Schwarze Engel. »Du findest dich schick in deiner Smokingjacke, aber vergiß nicht, daß sie für Clooney als angehendem Arzt eine Selbstverständlichkeit sind.«

»Hör nicht auf diesen schwarzen Mistkerl«, schalt der Weiße Engel. »Besteh deine Prüfung, und alles ist wieder in Ordnung. Du hast achtzehn Monate verloren, mehr nicht. Das ist schließlich nicht das ganze Leben.«

»Burke? Bei meiner Seele, fast hätte ich dich in deinem schicken Aufzug nicht erkannt.«

Es war Father Mallon (Latein und Griechisch), einer der wenigen halbwegs vernünftigen Priester, ein trauriger, blonder Mann, schmuddelig; selbst jetzt waren Spuren von Kreidestaub auf seinem dunklen Priesteranzug und Nikotinflecken an der Hand zu sehen, die er Gavin entgegenstreckte. »Nun, und was treibst du in letzter Zeit so?«

»Ich bin beim E.H.T., Father.«

»Aha.« Offenbar wußte Father Mallon nicht Bescheid. »Also an der Queen's?«

»Nein, Father. Ich bin im letzten Jahr durchgefallen. Wissen Sie nicht mehr?«

»In Latein warst du gut, daran kann ich mich erinnern. Durchgefallen? Na ja, das ist kein Weltuntergang, Burke. Lerne fleißig, und beim nächsten Mal bestehst du die Prüfung.«

»Aber ich habe einen Job. Außerdem lerne ich in meiner Freizeit für die Londoner Aufnahmeprüfung.«

»Ach so, die Londoner«, sagte Father Mallon. »Ganz recht. Die Londoner. Und danach gehst du dann natürlich zur Queen's?«

»Vielleicht.«

»Ja, natürlich.« Father Mallon nickte, als hätte er endlich die schlechte Übersetzung eines begriffsstutzigen Schülers verstanden. »Jura, wie dein Vater, keine Frage. Tja, das will ich hoffen. Nun, dann viel Glück, Burke. Du willst doch bestimmt rein und das Tanzbein schwingen, wie? Also, auf Wiedersehen.«

»Auf Wiedersehen, Father.«

Father Mallon ging. Ronald Coleman Burke musterte sich im Spiegel und mußte daran denken, daß einer der Gründe für seine Nervosität im Gespräch mit dem Priester die Zigarette in seiner Hand gewesen war. Kaum zu glauben, daß dieses Zimmer nun ein Raum wie jeder andere war: daß er rauchen konnte, wenn er wollte. Er dachte an Father Mallon in der Klasse: das Ächzen der Heizungsrohre, die feuchten grünen Wände, das Knarren der Dielen, wenn der Priester zwischen den Reihen der Jungen auf und ab ging, seine wirbelnde Soutane, wenn er sich umdrehte, wahllos mit dem Finger in die Klasse deutete und einen Jungen um die Übersetzung bat. Der Junge stand auf und mühte sich in stockenden Sätzen, die trockene Prosa Cäsars auf englisch wiederzugeben. Ein paar Jungen beugten sich vornüber und zogen ihren *Kellys Klassikfüh-*

rer unter der Bank hervor, um einige Sätze aus dem folgenden Absatz auswendig zu lernen, für den Fall, daß sie als nächste drankommen sollten. Armer Father Mallon: Er fand keinen Gefallen daran, Jungen mit dem Rohrstock zu verprügeln. Ein Priester oder Lehrer, der nicht regelmäßig auf den Rohrstock zurückgriff, hatte bald nichts mehr zu melden. Im letzten Schuljahr hatten die Jungen jede Angst vor ihm verloren und ignorierten ihn einfach.

»Angst«, sagte der Schwarze Engel. »Das ist der einzige Weg, auf dem man bei Jungen wie dir was erreichen kann. Angst. Und seit der Rohrstock fehlt, hast du aufgegeben. Treibt man dich nicht an, läßt du dich treiben.«

»Antreiben?« fragte der Weiße Engel. »Es gibt Schlimmeres als den Rohrstock, mein Freund. Mag sein, daß dir die Schule angst gemacht hat, aber die Erwachsenenwelt ist viel schlimmer. Geh in die Turnhalle, und du kommst selbst dahinter. Geh schon, triff deine ehemaligen Klassenkameraden und stell fest, was die Erwachsenenwelt von dir hält.«

Sally, die im rosafarbenen Kleid aus der Damengarderobe trat und mit einem Lächeln auf ihn zuglitt, gehörte weder zur Welt der Schule noch zur Welt der Erwachsenen. Als Schwesternschülerin hatte sie es mit Krankheit und Wunden zu tun, mußte sich auf den Stationen manchen Fluch anhören und sogar nackte Männer berühren. Und doch, trotz der Weiblichkeit ihrer bloßen weißen Schultern, die ihr rosafarbenes Kleid freilegte, blieb sie mädchenhaft, ein Inbegriff der Jungfräulichkeit, der seine Lust weckte, so daß er ihm peinlicherweise steif wurde, wenn ihr seideumspannter Schenkel unabsichtlich seine Beine streifte, und er sich zurückziehen und ein wenig Abstand halten mußte, als sie an Kanonikus Wood, Father

Fremont und an Mr. Tushingham vorbeitanzten, der ihn früher in Chemie und Physik unterrichtet hatte – sie alle schauten Sally an, sahen ihr zu, wie sie herum- und an ihnen vorbeiwirbelte. Kanonikus Wood winkte und blinzelte Gavin zu, ein weltlicher Kleriker, der seine Augen stets überall hatte. Mit Sally zu tanzen, an den Jungen vorbeizutanzen, die nun erwachsen wurden, junge Männer, die in den Geschäften ihrer Väter oder an der Universität waren, das schien ihm, als könnte er all die Jahre der Demütigung und der Bestrafung forttanzen, die er an der Schule verbracht hatte; Gavin tanzte, lächelte sein Ronald-Coleman-Lächeln, und seine geliehene Smokingjacke verbarg geschickt, daß er im Überlebenskampf nichts als ein niederer Krankenträger war, der Sklave eines Sklaven namens Craig, der bestimmt überrascht sein würde, wenn er Gavin sehen könnte, wie er so elegant in diesem Tanzsaal tanzte. Sally. Er drückte sie eng an sich, vergaß seine Lust, hielt sie, als drohte sie ohnmächtig zusammenzusinken. Sally war seine Antwort auf die Stichelei des Schwarzen Engels, daß er es in dieser Erwachsenenwelt der Ballkleider und Smokingjacken niemals zu etwas bringen würde. Sally glaubte an ihn: Er wußte, wenn ein Mensch an ihn glaubte, dann würde er alles vollbringen können.

Nach dem vierten Tanz trafen sie Owen und Peggy Cooke, Owens Freundin. »Wir wär's mit einem Drink?« fragte Gavin.

Owen trank nicht. Als Student besaß er kein Geld, um Mädchen einen Drink spendieren zu können. Ungehalten sah er Gavin an.

»Na ja, eine Limo wäre nicht übel«, sagte Sally.

»Herrgott, es ist Silvester. Können wir uns da nicht einen richtigen Drink genehmigen?«

»Ganz, wie du meinst, Gavin. Ich trinke jedenfalls Limo. Und was ist mit dir, Peg?«

»Eine Limo wäre prima.«

»Owen? Die Runde geht auf meine Kosten«, sagte Gavin.

»Ein Ginger-ale.«

»Das kann ja heiter werden«, sagte der Schwarze Engel, als Gavin zur Bar ging. »Wie sie dich angesehen hat! Als ob du der größte Säufer von Belfast wärst.« Tja, Sally, Schatz, ich liebe dich, aber trotzdem werde ich mir hier auf die Schnelle einen doppelten Whiskey genehmigen, bevor ich diese dämliche Limonade an den Tisch bringe.

Er kippte den doppelten Whiskey mit einem einzigen langen Schluck hinunter, obwohl ihm danach die Augen tränten. Dann steckte er sich eine Zigarette an, damit Sally keinen Alkohol roch. Er hätte sich keine Sorgen zu machen brauchen. Als er mit den drei Limonaden und dem Gingerbier zurückkam, war Sally nicht da.

»Wo ist sie?«

Owen deutete auf die Tanzfläche. Ein unförmiger Klotz, bestimmt über einsfünfundachtzig groß, glitt in der Uniform eines Captains der britischen Armee am Rand des Tanzbodens entlang und führte Sally durch die vertrackte Schrittfolge eines langsamen Walzers. Er hielt sie eng an sich gepreßt, den Kopf gut einen halben Meter über ihrem, das Gesicht hoch über der Menge, ein seltsam unwirkliches Gesicht, wie das Gesicht einer Schaufensterpuppe, das Haar, glänzend schwarz, klebte wie lackiert an seinem Schädel, ein bleistiftdünner Schnäuzer, rougerote Wangen und starrende blaue Augen, so rund und so falsch wie die Schlafzimmeraugen einer Porzellanpuppe.

»Wer zum Teufel ist das?«

»Der berühmte John Henry«, erklärte Peggy Cooke.

»Ich wußte gar nicht, daß er bei der Armee ist«, sagte Owen. »Ich dachte, er würde immer noch im Krankenhaus arbeiten.«

»Nein, er hat letzten Monat gekündigt«, sagte Peggy Cooke, die wie Sally Schwesternschülerin war.

»Nach dem Prozeß?« fragte Owen.

»Ja. Es heißt, man habe ihm die Kündigung nahegelegt. Deshalb hat er sich freiwillig gemeldet.«

»Gott helfe der britischen Armee«, sagte Owen.

»Was für ein Prozeß? Worum geht es überhaupt? Würde mich bitte mal jemand aufklären?« sagte Gavin. Eifersucht nagte an ihm, als Sally in den Armen dieses Ungeheuers vorüberglitt.

»Willst du etwa behaupten, du hättest noch nie von John Henry gehört? Von Dr. Moriarty, dem gefährlichsten Mann Belfasts, wie er auch genannt wird?«

»An der Uni war er eine Legende«, sagte Peggy.

»Ich hab die Queen's University noch nie von innen gesehen.«

»Na ja, trotzdem«, sagte Owen. »John Henry war eine Hauptattraktion der Queen's. Er ging jeden Samstagabend zum Studentenschwof und hat sich geprügelt. Das reinste Untier.«

»Er sieht gar nicht so aus.«

»Eben. Er sieht wie eine große Memme aus.«

»Du s-s-solltest ihn mal s-s-sprechen hören«, lispelte Peggy Cooke. »Er ist s-s-so s-s-süß.«

»Alles Schau«, sagte Owen. »John Henry fängt immer damit an, daß er eine Beleidigung lispelt, und irgend so ein Rugbyhüne mustert ihn von oben bis unten und meint, er hätte leichtes Spiel. Der Rugbyhüne holt aus, und das war's. Eine halbe Stunde später wacht er in der Garderobe wieder auf und weiß nicht, was ihn getroffen hat. Einmal war ich dabei. John Henry ist dem Schlag einfach ausgewichen, hat den Mann dann bei der Kehle gefaßt, ihn an die Wand gedrückt und ihm so hart auf den Kiefer geschlagen, daß der Kopf an die Wand donnerte. Der Kerl sank wie von einer Axt getroffen zu Boden.«

»Darum ging es in dem Prozeß«, sagte Peggy. »Offenbar hat er in irgendeinem Nachtklub den Türsteher verprügelt und ihm den Schädel gebrochen.«

»Und der ist Arzt?« fragte Gavin.

»Sogar ein guter«, sagte Peggy. »Paß lieber auf, Gav. Ich glaube, er hat ein Auge auf Sally geworfen. Er hing ständig auf unserer Station rum, wenn sie Nachtdienst hatte.«

»Wirklich?«

»Mutter Carmel war nachts mal auf Streife, als John Henry über die Hintertreppe angeschlichen kam...«, begann Peggy, hielt dann aber inne. Die Musik hatte aufgehört, und John Henry brachte Sally an den Tisch.

»John, dies ist Gavin Burke und das Owen, sein Bruder. Dies ist John Moriarty.«

»Heididei«, sagte der Riese.

»Wie finden die Priester dich in deiner Uniform?« fragte Owen ihn.

Der riesengroße Mann lächelte und strich sich affektiert über seinen bleistiftdünnen Schnäuzer. »S-s-sie wird immer beliebter«, sagte er. »Die Mannschaft vom S-s-sanitätsdienst meine ich. Na ja, hoffentlich schicken s-s-sie mich nicht nach Coventry.« Er schüttelte sich vor Lachen. »Na?« sagte er. »Wie wär's mit einem Drink? Komm schon, S-s-sally. Ich geb einen aus.«

»Ich hatte schon eine Limo.«

»Ach, komm schon, nur einen. Ihr s-s-seid alle gemeint«, lispelte der riesenwüchsige Mann. »Kommt schon, Leute.«

»Danke, aber ich habe Peggy diesen Tanz versprochen«, sagte Owen, stand auf und drängte Peggy auf die Tanzfläche. Lächelnd sah John Henry ihnen nach, hakte sich dann bei Gavin unter und faßte mit der anderen Hand nach Sallys Arm. »Nur einen kleinen«, sagte er und führte sie in das zur Bar umfunktionierte Zimmer. Zwei junge Männer in schlechtsitzenden Smokingjacken machten ihm an der Tür Platz, und als er vorbeiging, flüsterte der eine dem anderen etwas zu. Der Zuhörer kicherte. Ein dritter Mann, der ein paar Schritte abseits stand, legte hastig den Finger an den Mund und warnte den Kichernden. John Henry schien nichts davon zu bemerken. Er ging zur Bar, sicherte Sally einen Barhocker und rief dem Kellner zu: »Drei S-s-scotch, bitte.« Dann wandte er sich höflich an Gavin. »Gehst du zur Queen's?«

»Nein.«

John Henry lächelte und nickte, als wäre dies eine sehr interessante Antwort. Dann drehte er sich zu Sally um und präsentierte Gavin den Anblick seines Hinterns, groß wie ein praller Kartoffelsack. Sally fragte nach jemandem namens Dennis, und John Henry begann ihr flüsternd und kichernd eine Geschichte zu erzählen. Was es auch war, er brachte Sally damit zum Lachen. »Ach, John!« sagte sie.

»Also, warum«, sagte der Schwarze Engel, »warum ist sie bereit, mit diesem riesigen Speckfaß einen Scotch zu trinken, nachdem sie es dir rundweg abgeschlagen hat? Und was genau hat Peggy Cooke gemeint, als sie sagte, daß er für Sally was übrig hätte? Kommt die Hintertreppe raufgeschlichen. Himmel, die küßt doch dieses Ungeheuer nicht etwa, oder doch?«

»Und was hat der alte Jack D. dann getan?« hörte er Sally fragen. Sie krümmte sich vor Lachen. Der Fette lächelte und gluckste. »Er s-s-sagte: ›Bringt den Mann s-s-sofort runter und laßt ihm den Magen aus-s-spumpen.‹«

»John! Wirklich?«

»Und das Bes-s-ste war noch, Dennis is-s-t nicht mal aufgewacht.«

»Nein!«

Könntet ihr mir den blöden Witz vielleicht auch mal erzählen? Verdammt unhöflich, mir so den Rücken zuzudrehen. Burke, klein, aber gefährlich, riß in Gedanken diesen großen Schurken herum, plazierte einen Schwinger auf seine linke Kinnlade, sah zu, wie der Kerl sich einmal um sich selbst drehte, wankte und mit dem Gesicht voran auf den Barboden knallte.

»Ein Tango«, sagte das Ungeheuer. »Hörs-s-t du die Mus-s-sik? Wie wär's, S-s-sally?«

Mach schon, S-s-sally. Geh, soll dieser gräßliche große Killer deine lieblichen Brüste an seinen Bauch pressen, laß ihn deine nackten Schultern mit seinen Wurstfingern begrapschen, laß ihn lispeln und lächeln und dich umarmen, Schwester, das ist schon in Ordnung, schließlich ist er Mediziner, und Ärzte sind doch der Traum deines Lebens, diese Männer in Weiß, zu denen du aufsiehst, Gott helfe dir. Vielleicht liegt es ja auch an der Uniform, S-s-sally, der gleiche braune Gürtel, der gleiche Rock, den sie damals trugen, als sie deine Vorfahren umbrachten. Warum bin ich bloß gekommen? Dabei habe ich diese verdammte Schule schon immer gehaßt. Ich bin kein Mitglied im Ehemaligenverein, werde ich auch nie sein. Ich gehe nach Hause.

Natürlich tat er das nicht. Statt dessen genehmigte er sich noch einen Whiskey, den dritten, nein, den vierten, der erste war ein doppelter gewesen. Ein Typ namens Fitzpatrick, der in der Schule einen Jahrgang über ihm gewesen war, kam, setzte sich auf Sallys Barhocker, bestellte sich eine Flasche und bot ihm eine Players an.

»Na, Burke, wie gefällt dir die alte Leichenhalle heute?«

»Wie früher, nur noch schlimmer.«

»Tja«, sagte Fitzpatrick, »seit ich in die große weite Welt hinausgezogen bin, habe ich eines gelernt: Es gibt keinen schlimmeren Ort als die Schule. Als *diese* Schule. Ich bin übrigens zur Armee gegangen.«

»Warum trägst du dann keine Uniform?«

»Hab gedacht, das würde hier nicht so gern gesehen. Außerdem bin ich auf Urlaub. Nächste Woche fahre ich nach England, um mich zum Piloten ausbilden zu lassen. Zusammen mit Jimmy Gilroy.«

»Mensch, Gilroy? War der nicht bei der IRA?«

»Stimmt, aber er ist ein guter Rugbyspieler, weißt du. Das zählt beim Auswahlkomitee der Royal Air Force. Letztes Jahr waren wir beide Nachwuchsspieler bei den ›Ulster Seniors‹, und kaum war uns das rausgerutscht, hatten sie uns schon genommen.«

»Aber warum hast du dich freiwillig gemeldet, Fitz?«

»Weiß nicht. Ich hatte die Nase voll von zu Hause. Außerdem leiden die Frauen in England angeblich an Männermangel, die sollen scharf wie Chilisoße sein. Wenn Jimmy und ich erst Luftwaffenblau tragen, sind wir die größten Hengste im ganzen Land.«

»Also hast du dich gemeldet, weil du Geschlechtsverkehr haben willst?«

»Ist doch wenigstens eine klare Sache«, sagte Fitzpatrick. »Oder glaubst du, von den Engländern meldet sich auch nur einer aus patriotischen Gründen? Die kommen, weil sie von zu Hause wegwollen, um ein bißchen Spaß zu haben und es mit den Mädels zu treiben. Alle, ohne Ausnahme.«

»Und wenn du draufgehst? Was ist mit dieser Geschichte von der Schlacht um England?«

»Wenigstens«, sagte Fitzpatrick, »krepiere ich nicht bei dem Versuch, meinen Johannes zwischen die Schenkel irgendeiner unterkühlten irischen Jungfrau zu zwängen. Diese Uniform macht mich frei. Kein Mensch achtet mehr auf meine Akne oder meine schlechten Zähne, denn ich bin Leutnant Fitzpatrick, Offizier und Gentleman. Die Uniform vollbringt Wunder, glaub mir. Schau dir doch diesen Dreckskerl Moriarty an.«

»Was soll das heißen?«

»Genau, was soll das bitte heißen?« zischte der Schwarze Engel.

»Sieh dir an, wie die Uniform ihn verändert. Still, er kommt.«

»'tschuldigung. Das-s-iss uns-ser Platz.«

Fitzpatrick lächelte furchtsam, glitt vom Barhocker und wich zurück. John Henry ließ Sally Platz nehmen. »Wo ist dein Drink? Ach, wohl schon ausgetrunken.« Er gab dem Barkeeper ein Zeichen.

»Für mich nicht«, sagte Sally. »Und du, Gavin, du willst doch auch bestimmt keinen mehr, oder?«

»Die Runde geht auf mein Konto«, sagte Gavin, ignorierte Sally und sah John Henry an. Was glaubte sie denn, wer sie war, seine Amme?

»Dann laß uns zwei Ginger-ale bestellen«, schlug Sally vor.

»Drei Scotch«, sagte Gavin zum Kellner.

»Gavin, ich will keinen Scotch.«

»Ach, hör schon auf, benimm dich nicht wie eine von diesen verdammten Betschwestern.«

Eine Hand, schwer wie ein Hammer, fiel auf Gavins Schulter. Sie grub sich in den Stoff seiner Smokingjacke, und Gavin wurde herumgewirbelt, bis er John Henrys Gesicht mit den Schlafzimmeraugen, den rougeroten Wangen und dem Babymund in Großaufnahme vor sich sah. »Das-s-i-ss aber unhöflich«, sagte John Henry. »Wäre ich an deiner Sch-stelle, würde ich mich bei S-s-sally entschuldigen. Und zwar verdammt sch-schnell.«

Noch während er sprach, rückte er seine dicken Finger auf Gavins Schulter zurecht, schob sie in Position. Ein fester Griff, ein schrecklicher Schlag, und der Kopf des Rugbyhünen knallte gegen die Wand; der Schädel brach, und der Mann glitt bewußtlos zu Boden. Gavin blickte in die runden Puppenaugen, auf den kleinen, lächelnden Mund, und Angst, schamlose, zittrige Angst, ließ seine Knie weich werden. Er merkte, daß Sally seine Angst sah, denn sie schritt gleich ein. »Jetzt hör mal, John«, sagte sie. »Gavin hat das nicht so gemeint, ehrlich nicht. Außerdem wäre es nicht fair, er ist doch viel kleiner als du. *Bitte,* John.«

John Henry ließ Gavin los. Er ließ ihn los, dachte Gavin, wie ein Tiger von einer Ziege abläßt, wenn der Dompteur eine Platzpatrone ins Gesicht des Raubtieres feuert. Doch während er ihn losließ, gab John Henry Gavin einen kleinen Schubs. Der kleine Schubs ließ Gavin mit dem Rücken gegen die provisorische Theke krachen, so daß sämtliche Gläser auf der Theke klirrten und die Leute sich umdrehten und ihn anstarrten. Gesichter wandten sich zu Gavin um, man sah seine Angst.

Ein Priester, Monsignore O'Malley, der sich an der Bar

einen Drink genehmigte, ließ seinen Whiskey und seine Freunde stehen und kam zu ihnen. »Guten Abend«, sagte er in einem Ton, der sich der eigenen Autorität bewußt war. »Alles in Ordnung?«

»Aber klar, Father«, sagte John Henry und lächelte sein trügerisches Puppenlächeln.

»Guten Abend, Dr. Moriarty«, sagte der Monsignore. »Gefällt Ihnen der Ball?«

»Außerordentlich.« John Henry griff nach seinem Whiskey und kippte ihn sich ungerührt hinter die Binde. Er setzte das Glas ab, lächelte den Monsignore an und wandte sich dann wieder an Sally. »Wäre es allzu unverschämt«, sagte er, »wenn ich dich um einen weiteren Tanz bitte?«

»Aber nicht doch«, sagte sie, »ich liebe Rumba. Gavin, wir treffen uns an unserem Tisch.«

Da die Ordnung wiederhergestellt schien, nickte der Monsignore beruhigt und ging zurück zu seinen Freunden. John Henry geleitete Sally in den Tanzsaal. Fitzpatrick ging wieder zu Gavin und klopfte ihm auf die Schulter. »Was war los? Ich dachte, der würde dich kaltmachen.«

Sein Herz raste, ihm war schlecht. Er drehte sich zu Fitzpatrick um und hörte nur mit halbem Ohr zu. »Ich hatte keine Angst vor ihm«, hörte er sich lügen. »Ich hätte ihm eine gelangt, ganz bestimmt.«

»John Henry? Hättest du das getan, wäre das heute dein letzter Tanz gewesen. Was ist passiert, hast du irgendwas zu seinem Mädchen gesagt? Ich habe gehört, wie er von dir verlangt hat, daß du dich entschuldigen sollst.«

»Sie ist nicht sein Mädchen, sie gehört *mir.*« Er schrie jetzt, und die Leute starrten ihn an, aber das kümmerte ihn nicht, er würde jetzt schnurstracks in den Tanzsaal gehen und sie diesem fetten Schwein aus den Armen reißen.

»Psst«, sagte Fitzpatrick. »Ruhig Blut. Vergiß die Kleine. Keine Frau ist es wert, daß man sich für sie zum Krüppel schlagen läßt.«

»Sie schulden mir noch zehn Shilling«, sagte der Kellner.

»Geben Sie mir noch einen Whiskey.«

»Nichts für ungut, Sir, aber Sie haben genug gehabt.«

»Einen *Whiskey*, habe ich gesagt.«

»Tut mir leid, Sir. Father Redmond hat gerade angeordnet, daß Sie nicht mehr bedient werden sollen.«

»Wo ist Father Redmond? Was glaubt er denn, wer er ist?«

»Immer langsam, Burke, alter Junge«, sagte Fitzpatrick. »Verziehen wir uns lieber. Komm schon.«

»Wo ist Father Redmond?« Doch als er seine Herausforderung wiederholte, fühlte er sich plötzlich schwummerig. Es lag nicht nur am Alkohol, schuld war das Adrenalin der Angst, der Furcht und Selbstverachtung. Ihm fiel wieder ein, daß Sally versprochen hatte, ihn an ihrem Tisch zu treffen, also ließ er sich fortbringen, ehe es zu einer weiteren, diesmal mit Father Redmond geführten Auseinandersetzung kam.

»Feigling«, sagte der Schwarze Engel. »Zweifacher Feigling in knapp einer Viertelstunde. Gib's doch zu.«

Als er mit Fitzpatrick den Tanzsaal betrat, hörte die Band gerade zu spielen auf. Die Tänzer gingen auseinander, und er sah, wie das Ungeheuer Sally über die Tanzfläche begleitete, sah sie sich vom Ungeheuer verabschieden, sich umdrehen und allein zwischen den Tischen auf ihren Tisch zugehen, an dem Owen und Peggy Cooke saßen und Händchen hielten. »Entschuldige«, sagte er zu Fitzpatrick. »Da ist mein Mädchen.«

»Viel Glück«, meinte Fitzpatrick.

Er ging zwischen den Tischen hindurch, und das Schwindelgefühl ließ ihn sich ein wenig unsicher auf den Beinen fühlen. Owen sollte nicht wissen, daß er all die Whiskeys getrunken hatte, und ihm fiel ein, daß er sich besser beeilte und den Tisch erreichte, bevor Sally ihre Version des Vorgefallenen zum besten gab. Ihr Bericht würde bestimmt nicht besonders schmeichelhaft ausfallen. Dabei war das ganz allein ihre Schuld, aber Mädchen vergessen so was...

»Huch!«

Jemand hatte ihm zwei Finger in den Hintern gerammt, mit steifen Fingern zwischen seine Pobacken gezielt, so daß er vor Schreck wie eine dumme Nonne in die Luft gehüpft war. Als er sich umdrehte, kochte er vor Wut – war es der da gewesen? oder der? –, er drehte sich immer weiter, und da stand John Henry, lächelte aus großer Höhe auf ihn herab, und die bunten Lichter des Tanzsaalstroboskops huschten gelb und blau über das Gesicht des Ungeheuers. Die Schlafzimmeraugen blinzelten, und der Babymund verzog sich zu einem Lächeln, das ihn rasend machte, ein Lächeln, das sagte: Ja, ich war's, kleiner Dummerjan, und was, bitte schön, willst du dagegen tun? Der Rugbyhüne wurde provoziert, schlug zu und ging k.o.; der Türsteher wurde zur Tür rausgeworfen, krachte mit dem Schädel auf den Bürgersteig; der kleine Schubs war stark genug gewesen, alle Gläser an der Bar zum Klirren zu bringen, und jetzt wartete das lächelnde Puppengesicht, wartete darauf, herausgefordert zu werden, wartete darauf, zuschlagen zu können. Er starrte in das verhaßte Gesicht und fühlte im gleichen Augenblick, wie sein eigenes Gesicht schamrot anlief. Der Augenblick verging, das wußte er, John Henry wußte es, und alle, die zusahen, wußten es auch. Doch niemand sah zu. Die Lichter des Tanzsaals drehten sich, tauchten John Henrys Gesicht in Gelb, in Blau und dann in ein Teufelsrot. Der rote Teufel grinste verächtlich, als sich Gavin furchtsam zwischen den Tischen hindurch zu Owen, Peggy und Sally davonschlich. Er, der da kämpfte und fortlief. Ausrede eines Feiglings. Die Erwachsenenwelt unterschied sich nicht von der Schule, es war eine Welt, in der die Rüpel am besten dran waren, wo Ausreden keinen zufriedenstellten, am wenigsten einen selbst, wo Feigheit an der Seele fraß und krank machte. Ihm war schlecht, als er zu Sally ging. In seinem Innersten hatte er sie bereits verloren. Früher oder später würde ein stärkerer Mann sie ihm fortnehmen. Das wußte er, wie Yeats wußte, daß die wilden Ungeheuer, die John Henrys, immer unter uns weilen. Sie – und nicht wir – werden überdauern.

14

Tante Liz überbrachte die Neuigkeit. Sie hatte sie in den Frühnachrichten gehört und schaute deshalb auf ihrem Heimweg von der Siebenuhrmesse bei den Burkes vorbei. Natürlich stand es auch in der *Irish News*, doch von den Burkes war noch niemand unten gewesen, um die Zeitung zu holen, und als Tante Liz um halb acht klingelte und ihr von der alten Mary aufgemacht wurde, trugen die Familienmitglieder noch ihre Morgenmäntel und wechselten sich im Badezimmer ab. Es gab eine Regel in der Familie: Vor dem Frühstück wurde kein Wort gesprochen.

Doch da stand Tante Liz in ihrem schweren Regenmantel und dem Tweedhut, der aussah, als wäre er für Sherlock Holmes gemacht worden, und schrie die Treppe hinauf, so laut, daß man es noch am anderen Ende der Allee hätte hören können. »Schon jemand wach? James? Bist du da, James?«

»Verdammt«, sagte Mr. Burke. Er und Owen rasierten sich vor demselben Spiegel. Er ging zum Treppenabsatz, Schaum am Kinn, und sah zu seiner Schwester hinab. Wenn Blicke töten könnten, wäre Tante Liz jetzt leblos zusammengebrochen.

Doch Tante Liz ignorierte das wütende Funkeln in seinen Augen. »James, hast du Agnes schon angerufen?«

»Weshalb sollte ich denn Agnes anrufen? Ist sie etwa krank?«

Agnes war Mr. Burkes und Tante Liz' ältere Schwester.

»Na ja, nach diesem Luftangriff«, sagte Tante Liz. »Ich dachte, da solltest du besser mal nachfragen, wie es ihr geht.«

»Was für ein Luftangriff?«

Gavins Mutter und Kathy waren beide aus ihren Schlafzimmern gekommen und hörten zu. Gavins Mutter schlug die Hand vor den Mund. »Gütiger Himmel. Wovon redest du, Liz?«

»Dublin wurde letzte Nacht bombardiert. Ich habe es in den Sechsuhrnachrichten gehört.«

»Dublin? Red keinen Unsinn, gute Frau«, sagte Mr. Burke. »Dublin ist neutral.«

»Das ist kein Unsinn. Es heißt, es seien deutsche Flugzeuge gewesen.«

»Mary«, schrie Mr. Burke. »Mary.«

Die alte Mary tauchte aus der Spülküche am Fuße der Treppe auf. Mr. Burke beugte sich über das Geländer. »Bring mir die *Irish News* rauf«, brüllte er. Dann wandte er sich wieder an seine Familie. »Kompletter Unsinn. Irland ist neutral. Warum sollte man ein neutrales Land angreifen? Das macht doch keinen Sinn.«

Gavin bemerkte, daß die Stimme seines Vaters ganz anders klang als sonst. Sein Vater hatte Angst. »Natürlich«, sagte der Schwarze Engel. »Jetzt schlagen sie schon fast vor der eigenen Haustür ein.«

Die alte Mary kam über den Flur, hielt die Zeitungen mit gestrecktem Arm und versuchte, kurzsichtig, wie sie war, die Schlagzeile zu lesen.

»Nun mach schon«, fuhr Mr. Burke sie an.

»Ja, Sir.«

Die alte Mary begann, die Treppe hinaufzusteigen. Die Familie sah zu, Gestalten in einem Bild, wie erstarrt in einem Augenblick, den sie historisch fanden. Mr. Burke griff nach der Zeitung, schüttelte sie auf, las vereinzelte Satzfetzen und murmelte vor sich hin. »Unidentifizierte Flugzeuge, vermutlich deutscher Herkunft – was soll das heißen: ›vermutlich‹? –, warfen letzte Nacht zwei Bomben über Dublin ab. Die erste Bombe... hm, hm... die zweite... Gott sei Dank, alles in Ordnung, Liz. Sie sind nicht mal bis in die Nähe von Agnes' Haus gekommen.«

»Aber wir sollten sie trotzdem anrufen«, sagte Tante Liz. »Barmherziger Gott! *Bomben!*«

»Und was ist mit den vielen Bomben, die in den letzten Monaten auf England gefallen sind?« fragte der Schwarze Engel. »Waren das etwa keine *Bomben*?«

»Sind dem Flußlauf der Liffey gefolgt«, sagte sein Vater. »Aber wie zum Teufel können die eine hellerleuchtete neutrale Stadt für einen Teil von England halten?«

»Bestimmt haben sie Dublin mit Belfast verwechselt«, sagte Owen. »Sie sind nur hundert Meilen vom Kurs abgekommen, das ist alles.«

»Inzwischen werden sie ihr Versäumnis bemerkt haben«, meinte Kathy. »Wahrscheinlich kommen sie noch heute nacht zu uns.«

»Blödsinn, Mädchen«, sagte Mr. Burke.

»Habt ihr schon mal daran gedacht«, sagte Tante Liz, »daß dieser Angriff *nicht* auf das Konto der Deutschen gehen könnte? Vielleicht ist er das Werk von *agents provocateurs.* Denkt an die irischen Unruhen. Unter Umständen ist es ein Trick der Briten, um die irische Regierung zum Kriegsbeitritt zu zwingen.«

»Heiliger Georg, das stimmt«, sagte Mr. Burke. »Natürlich, ein verdammt schlauer Schachzug. Und zuzutrauen wär's denen.«

»Aber doch nicht, wenn Menschen dabei sterben«, sagte Gavins Mutter.

»Hat das die Briten in der Vergangenheit jemals aufgehalten?« wollte Tante Liz wissen.

»Diese Bomben haben niemanden getötet«, sagte Mr. Burke. »Das ist ja das Seltsame.«

»Also rufen wir nun Agnes an?«

»Nein, nicht nötig. Laßt uns frühstücken.«

Beim Frühstück wurde sich Tante Liz immer sicherer. »Ist doch klar wie Kloßbrühe. Die Briten wollen, daß die Yankees eingreifen und sie retten, genau wie 1917. Und welcher Vorwand wäre da besser als ein Angriff der Deutschen auf Irland? Ist doch allgemein bekannt, daß die Amerikaner für die Iren viel mehr übrig haben als für die Engländer.«

»Kann schon sein«, entgegnete Mr. Burke. »Aber wenn die glauben, sie könnten Irland damit zum Kriegsbeitritt zwingen, sind sie schiefgewickelt. Jede südirische Regierung, die dazu aufruft, auf seiten der Briten in den Krieg zu ziehen, kann ebensogut noch am gleichen Nachmittag abdanken.«

»Und zu Recht«, sagte Tante Liz. »Kann ein Volk denn in zwanzig Jahren die Brutalität seiner Schlächter vergessen?«

Sie pfeifen im Dunkeln, dachte Gavin. Mag sein, daß sie versuchen, den Briten diesen Angriff in die Schuhe zu schieben, aber insgeheim wissen sie, daß es die Deutschen waren. Zum ersten Mal würden nun die Grundsätze seines Vaters auf die Probe gestellt werden. Blieb Hitler so ein großartiger Kerl, wenn er sein Haus bombardierte?

An diesem Abend herrschte auf der Wache verhaltene Aufregung. Man sprach nur wenig über den Angriff auf Dublin, aber Gavin fiel auf, daß – obwohl er schon seit über einem Jahr auf dieser Wache stationiert war – zum ersten Mal niemand murrte, als eine Übung angesetzt wurde. Jedesmal, wenn im Büro das Telefon klingelte, sank das Strickzeug in den Schoß, stellte man das Dame- oder Pingpongspiel ein. Alle lauschten. Die Mienen waren ernst.

Doch es kam kein Angriff. Die Tagesschicht am nächsten Morgen war ähnlich erwartungsvoll, auch wenn man bis dahin noch nie von deutschen Angriffen bei hellem Tag gehört hatte. Und auch am Abend, als Gavins Mannschaft wieder zur Ablösung kam, war die Aufregung noch zu spüren. Doch wieder blieb der Angriff aus.

Am Morgen meldete die BBC, daß Dublin zum zweiten Mal bombardiert worden sei. Wieder hatten die Bomben nur wenig Schaden angerichtet. Diese Nachricht, die von der am Radio lauschenden Miss Albee verkündet wurde, löste eine Ungeduld aus, die fast an Wut grenzte.

»Du meine Güte«, sagte Hughie Shaw und warf seine Gasmaske ab, als wollte er sie zertreten, »was wollen die Deutschen denn? Denken die, daß wir die Lichter anknipsen und ihnen ein Empfangskomitee entgegenschicken?«

»Die Verdunklung ist schuld«, sagte Baby Bates. »Die finden uns nicht bei Nacht.«

»Die wissen genau, daß sie Dublin bombardieren«, sagte Mrs. Clapper. »Schließlich hat sich die irische Regierung über die deutsche Botschaft in Dublin bei Hitler beschwert.«

»Was haben die bloß, diese Idioten?« klagte Jimmy Lynan. »Warum kommen sie nicht rauf zu uns?«

»Gott bewahre«, sagte Big Frank Price.

Doch Big Frank blieb mit seiner Zurückhaltung allein.

Aus den Gesichtern um den Kamin sprachen Enttäuschung und Empörung. Mit der Stimme eines Menschen, der einen großen Verlust erlitten hat, teilte Miss Albee ihnen mit, daß ihrer Meinung nach die Deutschen einen geheimen Grund dafür hätten, Belfast zu meiden. »Politik vielleicht«, sagte sie düster. »Ist jedenfalls eindeutig, daß die *nie* herkommen werden.«

Wachoffizier Craig hatte bei Miss Albees Worten die Küche betreten. Er postierte sich in der Zimmermitte und starrte auf diese Ungläubigen, das Gesicht blaß vor unterdrückter Erregung. »Miss Albee ist auf dem Holzweg«, verkündete er. »Die Deutschen kennen diesen Ort. Die Hunnen können jeden Moment am Himmel auftauchen. Diese Angriffe auf Dublin, das ist bloß Zielschießen. Zielschießen, sag ich. Keine Angst, wenn die Hunnen kommen, dann bleibt's nicht bei zwei Bomben. Das wird ein zweites Coventry.«

»Tja, besser keinen Angriff als so'n Witz von einem Angriff«, sagte Hughie Shaw.

»Bei einem Angriff wie dem von Dublin rufen die uns gar nicht erst«, sagte Craig. »Dafür reicht der normale Sanitätsdienst. Nicht ein Verletzter.«

»Stimmt. Nicht ein Verletzter.«

Die alte Mrs. MacCartney, die selten das Wort ergriff, wenn Männer anwesend waren, da sie einer Generation irischer Frauen angehörte, die sich erst zum Essen niedersetzten, wenn die Männer satt waren, drohte mit dem Finger. »Ihr solltet euch was schämen«, sagte sie. »Auf den Knien solltet ihr liegen und Gott um Vergebung bitten. Der Allmächtige hat beschlossen, uns zu verschonen, doch ihr sitzt da und wünscht euch, daß der alte Hitler Bomben auf euch abwirft. Und warum? Aus Ruhmsucht, nur deshalb.«

»Halten Sie Ihre Zunge im Zaum«, rief Craig. »Ist doch kein Unrecht, wenn man seine Pflicht tun will …«

»Gar niemand wünscht sich einen Luftangriff«, sagte Miss Albee verstimmt. »Wie kommen Sie denn auf diese Schnapsidee?«

»Richtig, ganz recht, natürlich nicht«, erklärten die übrigen Stimmen im Chor.

»Ich will nur meine Pflicht tun«, sagte Craig. »Weitermachen.« Er drehte sich um und verließ die Küche.

»Zurück zu seiner Freundin«, sagte Soldat. »Schürzenjäger.«

»Eine Schande ist das«, sagte Miss Albee vieldeutig. »Würde es den Damen etwas ausmachen, mir zur Hand zu gehen und das obere Zimmer aufzuräumen?«

Die Frauen gingen hinaus. Die Gruppe der Männer am Kamin löste sich auf. Manche begannen, Darts zu spielen, andere gingen in die Spülküche, um sich einen Tee zu kochen. In der Spülküche drehte Jimmy Lynan sich um und zwinkerte Gavin zu. »Der *sehnt* sich nach einem Angriff.«

MacBride steckte sich seine Pfeife an, paffte, und eine schwere blaue Wolke stieg auf. »Tja«, sagte er. »Es gibt welche, die sehnen sich nach Dingen, die nicht gut für sie sind. Was, Jimmy?«

»Stimmt genau, Soldat«, sagte Jimmy, und beide gluckten vergnügt. »Was meinst du, Burke?«

»Wie geht der Witz? Erzählt!« rief Old Crutt, der Spitzel.

»Herr Ober«, prustete Soldat. »Herr Ober, ein Glas, der Witz ist steckengeblieben. Nicht, Jimmy Lynan?«

»Coventry«, brüllte Jimmy. »Craig hier will ein Coventry. Was sagst du dazu, Burke?«

»Ja, was *sagst* du dazu?« fragte der Weiße Engel. »Dublin wird bombardiert. Könnte sein, daß Belfast als nächstes drankommt. Craigs Tod ist kein bloßer Kneipentraum mehr. Schau dir Lynan an. Der typische Mörder.«

»So ein Quatsch«, sagte der Schwarze Engel. »Hör nicht auf ihn. Lynan beobachtet dich. Spiel nicht das verängstigte Kind. Lächle ihn an. Was ist schon dabei?«

Er lächelte Jimmy Lynan an. Das Lächeln gefror ihm auf den Lippen. »Ein Judaslächeln«, flüsterte der Weiße Engel. »Du bist dein eigener Judas.«

15

Es begann zu regnen, als Sally und Gavin aus einem Film mit Fred Astaire und Ginger Rogers heimkehrten und in die Windermere Street einbogen. Vor ihnen hastete ein junges Paar über die Straße und verschwand in einem Luftschutzbunker. Einen Augenblick später tauchten sie mit verlegenen Mienen wieder auf. Kichernd floh das Paar durch den Regen.

Sally, die gemächlich weiterging, da sie beide Regenmäntel trugen, beobachtete den Vorfall und sagte: »Da ist jemand drin.«

»Wo?«

»In dem Bunker. Mit Moira Casey ist mir letzte Woche genau dasselbe passiert. Es regnete, und wir wollten uns unterstellen, aber dann lag da dieses Pärchen auf einer Decke und war am Schmusen. Widerlich, was sich in den Bunkern so abspielt. Man sollte sie abreißen.«

»Vielleicht werden sie noch gebraucht.«

»Ach, komm schon, Gav. Meinst du wirklich?«

»Ich weiß nicht.«

Er wußte es nicht. Drei Monate waren seit jenem blinden Alarm nach den Angriffen auf Irland vergangen. In der Wachmannschaft hatte man alle Illusionen verloren. Die große Zahl der nach der Bombardierung Dublins im Januar herbeigeströmten Freiwilligen – Luftschutzwarte, Feuermelder und Sanitäter – war auf ein Häuflein einsamer Menschen zusammengeschrumpft, die sich mit allem zufriedengaben, solange sie nur die Abendstunden in Gesellschaft verbringen konnten. Die Bombenabwürfe über England dauerten an.

»Herrgott noch mal«, schimpfte Hughie Shaw, »dabei arbeiten die Werften hier doch Tag und Nacht, bauen Tanker und Kriegsschiffe. Überall stehen Fabriken und stellen Kriegsgüter her. Belfast ist ein erstklassiges Angriffsziel.«

»Aber zu weit weg«, sagte Soldat.

Daran mußte es liegen. Alle schienen dieser Meinung zu sein. Die Langeweile der Zwölfstundenschicht wurde unerträglich.

»Weißt du, was«, sagte Gavin zu Sally. »Ich hätte große Lust, mich freiwillig zu melden. Immer noch besser, als so rumzusitzen.«

»Meinst du? Findest du es besser, jetzt als einfacher Soldat fortzuziehen und nach Kriegsende ohne Arbeit und ohne Abschluß zurückzukommen? Sei vernünftig, Gav. Du mußt endlich zur Ruhe kommen und für die Londoner Uniprüfung lernen. Dies ist deine letzte Chance.«

Seine Mutter war mit Sally einer Meinung. »Schon die leiseste Andeutung, daß du mit dem Gedanken spielst, dich freiwillig zur britischen Armee zu melden, wäre für deinen Vater das Ende. Nach all dem, was die Briten seiner Familie angetan haben...«

»Himmel noch mal, ich *weiß*, Mutter. Aber ich habe keine Lust, mich noch länger zum Gespött zu machen.«

»Dann besteh im Frühjahr deine Prüfung.«

Was half's? Es war immer dasselbe, wenn er mit seiner Mutter reden wollte. Und eigentlich hörte sich Sally allmählich genauso an. Sicherheit geht den Frauen über alles. *Deine* Sicherheit, damit du eine bessere Partie bist, wenn *sie* beschließen, dich zu heiraten.

»Wer hat denn von Heirat gesprochen?« fragte Sally. »Dich heiraten? Um Gottes willen, du hast Jahre an der Uni vor dir. Dich heiraten? Da müßte ich ja völlig verrückt sein.«

»Aber angenommen, ich würde nicht zur Uni gehen. Angenommen, ich melde mich freiwillig und werde zum Offizier befördert?«

»Die Antwort lautet nein und noch mal nein. Warum sollte ich einen verrückten Halbstarken heiraten, der sich freiwillig meldet und loszieht, um sich abschlachten zu lassen, nur weil er sich langweilt?«

Sie verstand ihn nicht, das taten Frauen nie. Schließlich war er nicht der einzige, der die Nase voll hatte. Selbst Freddy sprach davon, aus dem Luftschutz auszutreten.

»Manchmal«, sagte Freddy, »frage ich mich, ob die Menschen überhaupt begreifen, auf was ich alles verzichte, um hierbleiben zu können. Die meisten Menschen kapieren gar nicht, daß das für mich eine politische Entscheidung ist. Stell dir zum Beispiel mal vor, du müßtest meinen Eltern erklären, daß dies ein imperialistischer Krieg ist und daß es das beste wäre, wenn beide, England und Deutschland untergehen, damit die UdSSR an die Macht kommen kann. Meine Eltern stehen auf seiten der Engländer. Für mich wäre es viel leichter, wenn ich zur Armee ginge. Verstehst du, was ich meine?«

Nein, eigentlich verstand er ihn nicht. Wahrscheinlich rationalisierte Freddy das Problem, weil er Angst vor der Armee hatte. Aber er, Gavin, hatte keine Angst. Er hatte die Nase voll. Es reichte ihm: ein Jahr und vier Monate herumlungern, und es würde ewig so weitergehen, mit Craig, mit den Übungen, mit dem Pingpong. Mein Gott, im Oktober wurde er neunzehn. *Neunzehn.* Wäre es da nicht doch besser, zur Armee zu gehen? Dann hätte er die Brust wenigstens voller Ordensbänder nach dem Krieg, wenn er an der Straßenecke stand, bettelte oder auf dem Bürgersteig lag, den leeren Jackenärmel an die Schulter geheftet, und ungeschickt Kreidebilder auf das Pflaster malte, wie jener Veteran aus dem Ersten Weltkrieg, der immer in der Donegall Street hockte, kindliche Landschaften ausmalte und darunter schrieb: KRIEGSVETERAN, GOTT SEGNE SIE. Oder das andere Lieblingsbild dieses Bettlers, ein Laib Brot, mit weißer und brauner Kreide gemalt, weiß für das Brot, braun für die Kruste, und dazu die Worte: LEICHT ZU MALEN, SCHWER ZU KRIEGEN.

»Was grinst du so?« fragte Sally und griff nach seinem Arm. »Komm schon, verrat mir den Witz!«

»Ich habe mich nur gerade gefragt, wie viele Pflastermaler dieser Krieg wohl produziert.«

»Was redest du da?«

»Nichts, es wäre viel zu kompliziert, dir das zu erklären.«

Sie hatten den Eingang zum Schwesternheim erreicht. Der Regenschauer war vorüber, und überall auf der Straße verteilt standen junge Männer, die Schwesternschülerinnen eine gute Nacht wünschten. Wenn er zur Armee ging, würde *er* derjenige sein, der in die Kaserne ging, eine Frau zum Abschied küßte und dann die Wache passierte. Stattdessen stand er hier und küßte Sally, die ihm nichts weiter erlaubte und zu denken schien, daß sich ein Mann ewig mit Küssen zufriedengeben konnte. Er dachte an die englischen Frauen, die an Männermangel litten und scharf wie Chilisoße waren, an Frauen aus einer Fabrik in Manchester, die er im Urlaub in Bangor getroffen hatte, Frauen, die lachten und denen es gefiel, wenn ihre Freunde mit der

Hand ihr Bein hinauffuhren. Der Gedanke allein erregte ihn. Sally wich zurück. »Ich bin spät dran. Schwester Oberin steht bestimmt schon im Flur und zählt die Minuten. Gute Nacht, Gav. Ruf mich an, ja?«

»Gute Nacht«, sagte er und drehte sich abrupt um, damit sie sah, wie enttäuscht er war. Diese verdammten Katholikinnen! Er ging hinaus in die feuchte Nacht. Frauen vom Land waren da anders: Er hatte sie in Dörfern mit ihren Freunden ins Feld gehen sehen. Aber Stadtfrauen, die einzigen Frauen, die er kannte, waren Nonnen in Zivil, allesamt, ohne Ausnahme. Drüben, in England, da waren Frauen scharf wie Chilisoße, nicht eine von denen eine katholische Jungfrau, Frauen wie diese Mrs. Luddin, die er letztes Jahr im Ballsaal vom Plaza getroffen hatte. England mußte voll mit Frauen wie diese Mrs. Luddin sein. Und wenn er *doch* zur Armee ging?

Abgedunkelt, in Regen und Dunkelheit fast unsichtbar, lag der Eingang zur Crown & Anchor Lounge vor ihm. Ein Mann brauchte einen Drink, wenn er bei einer Frau abgeblitzt war. Sich einen Drink genehmigen, das bedeutete, Sally zu trotzen, deshalb hatte der Gedanke an einen Drink im Augenblick etwas sehr Verlockendes. Nur einen. Man durfte ihm nichts anmerken, wenn er nach Hause kam.

Drinnen war es hell erleuchtet, lärmend laut und gedrängt voll mit Männern, die von einem Fußballspiel zu kommen schienen, und hier und dort eine Frau oder auch ein Mädchen. Er sah eine Frau, die ihm bekannt vorkam; sie stand an der Theke mit einem Mann, doch kehrten ihm beide den Rücken zu, als er auf sie zuging. Ihre Gesichter waren noch immer von ihm abgewandt, als er sich einen Whiskey bestellte. Erst als sich die Frau umdrehte, um sich eine Zigarette zu nehmen, eine große, gutaussehende Frau mit einem Turban, erkannte er sie wieder: die Jüdin, die Captain Lambert an jenem Abend angeschrien hatte, als sie dem Captain beim Umzug halfen. Lili Soundso. Sie sah ihn an, konnte sich aber nicht an ihn erinnern, also tat er, als würde er sie nicht kennen. Aber dann erkannte er ihren Begleiter und rief erstaunt: *»Gerald.«*

»Ach, hallo, Gavin.« Es *war* der Captain. Ein schäbiger Trenchcoat, flacher Filzhut, gelbe Lederhandschuhe neben den Zigaretten auf der Theke. Er lächelte betrunken. »Lili, eine Freundin, Gavin Burke. Mrs. Rosen.«

»Mrs. Rosen, wir haben uns schon einmal getroffen. Als wir Gerald beim Umzug geholfen haben, wissen Sie noch?«

»Seltsamer Zufall«, sagte der Captain. »Heute bin ich wieder zurückgezogen.«

Lili lächelte, beugte sich über die Theke und küßte den Captain auf die verquollene Wange. »Willkommen daheim, mein Lieber«, sagte sie.

»Ich bin übrigens«, sagte der Captain, »wieder im Dienst. Wache 268. Bin Wachoffizier.«

»*Wachoffizier?* Ich dachte, sie hätten dich entlassen.«

Der Captain nahm einen Schluck Whiskey und spitzte die Lippen. »Tja«, sagte er. »War ich auch. Aber es gab da ein kleines Problem. Offiziell hatte ich nämlich gar keinen Dienst, als ich mich beim Königshaus unbeliebt gemacht habe. Rein technisch gesehen hatte ich also dienstfrei, verstehst du. Also bin ich ins Hauptquartier und habe meinen Fall einem Mann dargelegt, den ich gut kenne. Er ist ein ziemlich hohes Tier in der Regierung, und er hat mich wieder eingestellt. Mit einer kleinen Beförderung, wie du siehst.«

»Warte, bis Craig das hört«, sagte Gavin begeistert.

»Ihr beide«, sagte Lili und beugte sich zu ihnen vor, »ihr

macht mich krank. Dieses Gerede vom Sieg, und dabei macht ihr nichts anderes, als euch vor diesem Krieg in euren Schlupflöchern zu verkriechen. Wenn ich ein Mann wäre, ich würde kämpfen.«

Ihre Augen blickten suchend zur Kneipendecke hinauf, als würde dort irgendeine Gottheit erscheinen, die ihr Geschlecht ändern konnte. Sie seufzte. »Du«, sagte sie und richtete ihre Aufmerksamkeit auf Gavin. »Du bist jung und gesund. Warum kämpfst du nicht gegen Hitler?«

»Ich habe daran gedacht«, sagte Gavin. »Ich meine, zur Armee zu gehen.«

»Da gibt's nichts nachzudenken. Es ist deine Pflicht.«

»Einen Augenblick mal«, sagte der Captain. »Vielleicht ist Gavin nicht danach, ich finde, er sollte sich frei entscheiden dürfen, Lili.«

»Du bist ein Feigling, Gerald. Du mit deinem pazifistischen Gewäsch.« Sie drehte sich wieder zu Gavin um und tippte mit dem Zeigefinger auf seine Brust. »Du. Glaubst du nicht, daß der Kampf gegen Hitler ein gerechter Krieg ist?«

»Gerecht, ungerecht«, sagte der Captain. »Verdammt, in jedem Krieg glauben beide Parteien stets, das Recht auf ihrer Seite zu haben. Das ist das Problem, verstehst du?«

»Das kannst du nur behaupten, weil du nicht leidest. Weil dein Volk nicht in Lager geführt und abgeschlachtet wird wie die Tiere.«

»Jetzt geht's wieder los«, warnte ihn der Schwarze Engel. »Gib es doch zu, mein liberaler, sozialistischer Freund. Diese Juden sind elende Jammerlappen.«

»Schäm dich«, sagte der Weiße Engel. »Sie weckt Schuldgefühle in dir, deshalb bis du sauer auf sie.«

»Stimmt, Lili, hast recht«, sagte der Captain. »Man

kann nicht sagen, was man fühlen würde, wenn man jemand anderes wäre. Deshalb meine ich, daß du meinem Freund Burke hier keine Vorschriften machen solltest. Ehrlich gesagt, Gavin, alter Kumpel, ich glaube übrigens nicht, daß der Luftschutz für einen Mann wie dich das Richtige ist.«

»Nicht das Richtige?« sagte Gavin, und seine blöde Stimme kippte wieder, wie immer, wenn er verwirrt war.

»Na ja, ein Mensch in deinem Alter sollte an seine Zukunft denken«, sagte der Captain und bedeutete dem Kellner, die Gläser wieder aufzufüllen. »Weißt du, Privatsekretär ist zum Beispiel eine Sache, die Zukunft hat. Was hältst du davon?«

»Privatsekretär?«

»Du weißt schon, den Eckermann für irgendeine wichtige Persönlichkeit spielen. Du bist jung und vorzeigbar. Du würdest dich bestimmt prima dafür eignen.«

»Was ist ein Eckermann?« fragte Lili, doch der Captain schüttelte den Kopf und ließ sich nicht unterbrechen. »Kein schlechter Job, weißt du«, sagte er. »Finde den passenden Mann, irgendein hohes Tier in der Wirtschaft oder Politik. Das wäre das Richtige für dich.«

»Willst du damit sagen, du könntest dir mich als *Privatsekretär* vorstellen?«

»Warum nicht?«

»Ja, warum nicht«, wollte der Schwarze Engel wissen. »Wäre jedenfalls besser als dein augenblicklicher Job. Selbst der Captain, der kaputte, versoffene, alte Captain sieht in dir den künftigen Versager. Selbst der *Captain*. Das sollte dir zu denken geben, Gavin, alter Junge.«

»Macht acht Shilling und einen Sixpence, Sir«, sagte der Kellner.

»Lili, hast du einen Zehner?«

»Gerald, ich habe dir doch gesagt, daß es mein letztes Geld war.«

»Sag mal, Gav, könntest du einem alten Freund vielleicht aushelfen?«

Der Kellner wartete. Er hatte kein freundliches Gesicht. Gavin gab ihm ein Pfund.

Er hörte Musik, ungewohnte und keineswegs einschläfernde Musik: Streicher, Trommeln und Flöten. Die Musik kam vom Grammophon, das hinter dem Mann in der Marineuniform stand, ein Mann, der ernst, gemessen und einsam auf dem Teppich tanzte. Der Matrose der Handelsmarine hatte olivfarbene Haut und trug einen schwarzen Schnäuzer, der sich an den Enden leicht aufwärts zwirbelte wie bei einem Stummfilmpiraten. Ein Glas Guinness in der Hand des Captains bewegte sich wie ein Metronom im Takt der Musik. Lili kam aus der Küche und trug ein Tablett mit noch mehr Guinnessgläsern und eine Flasche VAT 69, die der Matrose beigesteuert hatte, ein Grieche, wie Gavin nun wieder einfiel. Wenn Gavin allerdings das linke Auge nicht geschlossen hielt, wurden aus dem Matrosen zwei Griechen, deren Bewegungen beim Tanzen einander überlappten. Undeutlich und wirr hörte er wie aus weiter Ferne die Stimme des Weißen Engels, die ihn, zu spät, zur Mäßigkeit mahnte.

»Wie spät ist es?« Laut übertönte seine Stimme die Musik des Grammophons.

»Pssst«, murmelte der Captain. Der griechische Matrose kam nicht aus dem Takt, näherte sich aber in kleinen Kreisen, legte den Kopf zur Seite, lauschte auf die Musik und schuf sich seine eigene Choreographie. Gavin stellte sein

Glas Guinness auf den Boden. Die Ereignisse der letzten Stunden zogen zusammenhanglos an ihm vorüber: Fred Astaire, der *Smoke Gets in Your Eyes* sang; Sally, die ihm einen zweiten Kuß abschlug; Lili, die ihn durch den Qualm im Pub anschaute, als er ihr sagte, daß er sich bei dem Gedanken an Hitlers Konzentrationslager schuldig fühle, aber für die Generation seines Vaters seien die Engländer nun einmal ihr Hitler. Lili, die sagte, es sei in Ordnung, er solle sich keine Sorgen machen; und dann die Busfahrt durch die Stadt, als er neben Lili und dem griechischen Matrosen saß, der um Mykonos weinte; dann ein Mann vor der Kneipe, der sich mit dem Captain um den Preis für eine Flasche Scotch stritt; eine enge, düstere Treppe, auf der Gavin stolperte, Lili, die seinen Kopf hielt, ihm aufhalf und sagte, nein, Siggi sei *nicht* ihr Mann, sondern ihr Bruder, das sei also in Ordnung. Lili auf seinem Knie, die lachte, als er ihr sagte, daß er sie liebe. Der Captain am Grammophon. Guinness und Scotch.

»*Vater und Mutter*«, signalisierte der Weiße Engel.

»Diesmal, Jungchen«, warnte ihn der Schwarze Engel, »ist sonnenklar, daß du einen in der Krone hast, und zwar so mächtig wie noch nie. Kotzen hilft auch nicht mehr, du bist sternhagelbesoffen. Bittest Lili, sich auf dein Knie zu setzen, sagst ihr, daß du sie liebst...«

Aber ich liebe sie. Sie ist nett.

»Du bist betrunken. *Weißt du, wie spät es ist?* Was sagen deine Eltern, wenn du in dem Zustand nach Hause kommst?«

»Du kannst immer noch behaupten, daß es auf der Wache einen Alarm gegeben hätte«, meinte der Schwarze Engel. »Sag deinen Eltern, daß du die Nacht auf der Wache verbracht hast.«

Und wenn sie schon in der Wache angerufen haben?

Die Platte war abgelaufen, die Nadel kratzte monoton, und der Grieche kam mit einer letzten halben Drehung zum Stehen. Der Captain und Lili hoben die Hände, um zu klatschen, doch der Grieche starrte sie mißbilligend an. Sein Tanz war seine persönliche Angelegenheit. Der Captain beugte sich diesem Wunsch, stand auf und schenkte sich einen Whiskey ein.

»Wie spät ist es?« fragte Gavin.

Aus der Küche rief eine tiefe, betrübte Stimme: »Drei Uhr.«

»Ach, Siggi, schläfst du immer noch nicht?« fragte der Captain.

»Wer kann schon schlafen?«

Der Captain nickte, als kenne er die Symptome, stand erneut auf und ging zur Küche, ein Wasserglas, halb voll mit Scotch, in der ausgestreckten Hand. »Hier, alter Junge, nimm einen Schluck.«

»*Danke*, nein. Bitte, Gerald, es ist sehr spät.«

»Ja, natürlich.«

Becken und Trommeln dröhnten. Der griechische Matrose hatte die Platte umgedreht. Ein Streichinstrument gab einen hohen, wimmernden Laut von sich. Der Matrose stand da, den Kopf zur Seite geneigt, und wartete auf seinen Einsatz. »Armer Kerl«, sagte der Captain zu Siggie. »War seit über einem Jahr nicht zu Hause. Vermißt Mykonos.«

Der Grieche begann zu tanzen. Siggie seufzte verzweifelt, ging zur Küchentür und sah dem Griechen zu, seine gestopfte Wollstrickjacke hatte er sich wie eine Decke über die Schultern gelegt. Drei Uhr. Der Schwarze Engel schlug vor, über die Hinterhofmauer zu klettern, das Spülküchenfenster zu öffnen und ohne Schuhe auf Zehenspitzen am Elternzimmer vorbeizuschleichen. Der Vorschlag schien vernünftig.

»Aber es fahren schon seit Stunden keine Busse mehr«, warnte der Captain. »Und du hast einen ziemlich weiten Weg.«

Der griechische Matrose wollte zu seinem Schiff zurück. Lili kannte einen Mann, dem ein Taxi gehörte. Er wohnte in derselben Straße. Der Mann, ein verärgerter Schotte, war nicht sonderlich erfreut, um diese Stunde geweckt zu werden. »Fast vier Uhr morgens, vier Uhr morgens! Was glaubt ihr, was ich bin, eine verdammte Eule?«

Der Grieche bot ihm zwei Pfund. Während das Taxi, ein 35er Austin, aus der Garage geholt wurde, küßte der Grieche Lilis Hand. Sie bat ihn, ein deutsches Schiff zu versenken. Er sagte, das wolle er tun. Sie riet Gavin, zur Armee zu gehen. Er nickte, sagte aber weder ja noch nein. Ihr Taxi war das einzige Auto auf den nächtlichen Straßen. Am Donegall Square wurden sie von einem Polizisten angehalten. Der Polizist fragte, ob sie einen Soldaten mitnehmen könnten. Der Grieche war einverstanden, aber der Taxifahrer wollte für den neuen Fahrgast fünf weitere Shilling haben. Der Soldat bot an, ihm das Maul zu stopfen, ganz umsonst. Sie fuhren zur Allee, in der Gavin wohnte.

»Gute Nacht«, sagte Gavin zum Griechen. »Versenk einen Deutschen.«

»Der und einen Deutschen versenken?« sagte der Soldat. »Ist doch bloß einer von diesen blöden Morseheinis.«

»Jawoll, ein blöder Morseheini«, pflichtete ihm der Grieche bei.

»Was ist ein Morseheini?« fragte Gavin, und man erzählte ihm, das sei der Funker auf einem Schiff. »Elende

Matrosen«, sagte der Soldat. »Werden verdammt gut bezahlt, kriegen verdammt guten Fraß, während wir uns beim Barras den Arsch aufreißen.«

»Genau, ich bin bloß ein blöder Morseheini!« brüllte der Grieche plötzlich hinaus in die Nacht.

»Pssst, du weckst meine Eltern auf.«

»Ein blöder Morseheini!«

Herrgott, der weckte noch die ganze Allee auf. Fluchtartig suchte Gavin das Weite, stürzte in den Gang zwischen den Häusern und erreichte die Hintertür zum Hof. Sein Vater, der jeden Abend abschloß, hatte nicht vergessen, die Tür zu verriegeln. Er würde über die Mauer klettern müssen.

Die Mauer. Oben auf der Mauer kam ihm plötzlich die Idee, sich hinzustellen, freihändig, ohne Angst. Also stand er oben auf der Mauer, die Arme ausgestreckt wie ein Seiltänzer. Und wenn er den Kopf in den Nacken warf und den Mond anbellte? Doch auf einmal wurde ihm übel, er schwankte, wäre fast gefallen, kauerte sich auf den Mauerkranz und ließ sich dann in den Hof hinab. Etwa einen Meter tief mußte er springen. Er fiel, kam falsch auf und rollte ab. Erstaunlich, wie locker einen der Alkohol machte.

»Gavin?«

»Psst.«

»Was zum Teufel treibst du da?«

»Psst.«

Owen blickte aus dem Schlafzimmerfenster. Sein Kopf verschwand. Die Küchentür wurde aufgeschlossen, und Owen lief barfuß in den Hof. »Steh auf. Was zum Teufel ist los mit dir? Hast du dich verletzt?«

»Nein, nein. Ich bin okay. Psst.«

»Himmel, du bist *blau*.«

»Bin nur ein blöder Morseheini, Kumpel.«

»Du bist naß und dreckig. Steh auf.«

»Psst.«

»Mach schon, du weckst noch die ganze Straße auf.«

Owen faßte ihn unter, führte ihn. Owen schloß die Küchentür. Zappenduster in der Küche.

»Mach das Licht an.«

»Nein«, sagte Owen.

Owen legte ihm den Arm um die Schulter. Ihre Gesichter berührten einander, als sie in die Flurschatten eintauchten. »Herrgott, Gav, reiß dich zusammen. Der Alte hat erst vor einer Stunde das Licht ausgemacht. Psst. Immer langsam.«

Langsam, immer langsam und sei vorsichtig beim Treppenabsatz. Erstaunlich, wie locker einen der Alkohol macht. Zum zweiten Stock, am Schlafzimmer der Eltern vorbei, Mutters Schnarchen. Erstaunlich, wie...

»Wirklich erstaunlich, Owen, wie locker man durch ein paar Drinks wird.«

»Verdammt, *sei still!* Vorsicht, Stufe.«

Welche Stufe? Und dann, gütiger Himmel, das ganze Haus brach zusammen. Owens Arm entglitt ihm, und kopfüber ging es abwärts. Dann lag er auf dem Rücken und starrte hinauf in die Dunkelheit, wohl mit Blindheit geschlagen für den Rest seines Lebens, erstaunlich, wie locker man nach ein paar Drinks ist, kein Knochen gebrochen, das wußte er genau. Licht an. Also doch nicht blind. Wie der Herrgott stand sein Vater in seinem karierten Morgenrock am oberen Treppenende. »Ist er verletzt?«

Owens Stimme: »Ich weiß nicht, Daddy.«

Sie hoben ihn auf. Er sah Kathy in ihrem Nachthemd, verdammt durchsichtig, das sollte man ihr mal sagen.

»Was ist? Hat er eine Gehirnerschütterung?« Sein Vater war verwirrt. Sein Vater hatte ihn noch nie betrunken erlebt, für seinen Vater war er immer noch ein Kind, der kleine Gavin, der auf Daddys Knie ritt. Sein Vater hatte keine Ahnung, daß der kleine Gavin heute abend die dreißigjährige Lili auf seinem eigenen Knie hatte reiten lassen. Man sollte den Eltern ihre Illusionen lassen. Schauspieler Garrick Gavin Burke erhob sich und gab vor, an einer schweren Gehirnerschütterung zu leiden. »Hab mir den Kopf angestoßen. Mir ist schwindlig.«

»Er sieht grün aus«, sagte Kathy. »Sollten wir nicht lieber den Arzt rufen?«

»Wo *bist* du gewesen?« fragte sein Vater. »Es ist – meine Güte – es ist fast vier Uhr früh.«

»Jetzt laßt ihn«, sagte Owen sanft. »Er wird schon wieder. Ich bring ihn nach oben.«

»*Einen* Augenblick, mein Herr«, sagte sein Vater. »Was ist los mit dir, Gavin? Bist du *betrunken*? Hast du Alkohol getrunken?«

»Nein, nein. Hab mir nur den Kopf angestoßen, das ist alles.«

Das Gesicht seines Vaters rückte näher, aus dem herrischen Graukopf seines Vaters wurden zwei Köpfe, sie überlappten einander. »Mein Gott, er *stinkt* nach Whiskey. Wie kannst du es wagen, du Milchbart?«

Sein Vater schlug ihn. Der Alkohol dämpfte den Schmerz, erstaunlich, wie locker einen die paar Drinks machten. Doch in Kathys beobachtendem Blick, in Owens abgewandtem Gesicht erkannte er die brennende Beschämung wieder –, wie ein Kind behandelt und von Daddy geohrfeigt zu werden.

»Laß mich in Ruhe.«

»Dich in Ruhe lassen? Ich hätte große Lust, dich übers Knie zu legen und dich zu versohlen, du Rotzlöffel, du dreckiger, elender Galgenstrick. Mit wem warst du unterwegs? Von wem hast du das? Von diesen Luftschutz-Kanaillen, möchte ich wetten. Schön, laß dir eins gesagt sein, junger Mann, das war das letzte Mal, daß du in solch einem Zustand dieses Haus betrittst, hörst du mich, junger Mann? Ich war viel zu nachsichtig mit dir, viel zu nachsichtig. Aber glaub mir, damit ist jetzt Schluß.«

Typisch Erwachsene, was dachten die, wer sie waren – der liebe Gott? Bloß weil sie dich mit ›junger Mann‹ anredeten, glaubten sie, ein römischer Pater familias mit der Macht über Leben und Tod zu sein, ach, scheiß drauf, wie Freddy sagen würde, ja, scheiß drauf. Ich kann auch abhauen. Vergeßt das nicht.

»Deine arme Mutter«, sagte sein Vater. »Danke Gott, daß sie schläft. Das würde sie umbringen, sie würde nie darüber hinwegkommen.«

»Kein Grund, so ein Drama daraus zu machen.«

»Was hast du gesagt? *Was* hast du gesagt? Komm mir bloß nicht damit, du Spund. Wie kannst du es wagen?«

»Gavin.« Owens flehende Stimme. »Komm schon, Gavin. Ich bring ihn zu Bett, Daddy, er weiß nicht, was er sagt.«

»O doch, das weiß er wohl.«

»Ja, das weiß ich.«

»Eben«, sagte sein Vater. »Er weiß, was er sagt, ganz recht. *In vino veritas,* ja, so ist das. Nun, ich denke, jede Familie hat ihr schwarzes Schaf, selbst diese.«

Kathy weinte. Sie stand am Treppenabsatz und weinte. Sie glaubte ihrem Vater, natürlich tat sie das. Schwarzes Schaf. Stimmt schon, dafür hielten sie ihn.

»Na los, geh mir aus den Augen«, sagte sein Vater.

»Komm, Gav«, sagte Owen. Sie gingen die Treppe hinauf.

»Das kommt davon, wenn man nicht studiert.« Die Stimme seines Vaters folgte ihnen. »Wer rumgammelt und sich treiben läßt, der strauchelt schnell, das sag ich dir. Ich weiß nicht, was aus dem Jungen noch werden soll, aber ich kann euch verraten, mir schwant nichts Gutes. Mir schwant nichts Gutes.«

»Daddy, bitte geh ins Bett«, sagte Kathy.

»Deine arme Mutter, wie soll sie nur damit fertig werden?«

Im Schlafzimmer saß Owen vor ihm auf dem zweiten Bett und half ihm, die Schuhe auszuziehen. »Komm schon, zieh die Hose aus. Mußt du dich übergeben?«

»Nein.«

»Hinterher fühlst du dich besser.«

»Ich kann nicht.«

»Also schön, dann ab ins Bett. Morgen geht's dir wieder gut.«

Tatsächlich? Er zitterte in den kalten Laken seines Bettes, starrte in die Dunkelheit und fühlte das unsichtbare Zimmer kreisen, bis es endlich stillstand. Seit er die Schule verlassen hatte, war sein Leben wie eine Wippe, hinauf in die Höhen der Erwachsenenwelt, eine Welt, in der Lili auf seinem Knie saß und niemand daran Anstoß nahm, dann mit einem Plumps hinab in die Kindheit, wo Daddy ihn ohrfeigte, über Examen belehrte und zur Strafe ins Bett schickte. Doch beide Welten folgten denselben moralischen Leitlinien: Obwohl er Gott im verstaubten Gestern von Kapelle, Beichtstuhl und Klassenzimmer zurückgelassen hatte, blieben die Katechismusregeln gültig. In beiden Welten waren Ziellosigkeit und Ungläubigkeit Todsünden. Wurde man ertappt, sorgten die Herren beider Welten für die entsprechende Strafe. Alle Wettläufe des Lebens sind von vorneherein entschieden, ein falsches Spiel. Du stehst an der Startlinie, weißt, daß du so gut wie die anderen laufen kannst, aber die Schiedsrichter, diese feindseligen Herren, haben beschlossen, daß du vom Startblock nicht loskommst. Sie wissen, diese Herren, daß dein Platz bei den Verlierern ist, daß deine Zukunft leer und nichtig ist.

Es dämmerte; auf dem Kaminsims stand die Statue des gnadenereichen Jesuleins von Prag. Wie immer mühte sich das Jesulein, Gavins Blick aufzufangen. Nun, sagte das Jesulein, du kannst nicht gerade behaupten, daß ich dich nicht gewarnt hätte. Es war ja schon seit langem abzusehen. Jetzt ist es soweit, siehst du: Mit dir ist es aus. Schluß, Ende, vorbei. Hörst du mich, Gavin?

Gavin drehte sich mit dem Gesicht zur Wand.

16

Mit übergestülpten Kopfhörern saß Mr. Burke vor dem Radio am Kamin im Wohnzimmer und lauschte sichtlich erregt den Sechsuhrnachrichten der BBC. Die alte Mary hatte gerade einen vollen Kohleeimer hereingetragen, und Gavins Mutter versuchte mit der Feuerzange, das glimmende Feuer wieder anzufachen. Kathy war von der Arbeit zurück und damit beschäftigt, den Saum eines Tanzkleides umzunähen, so daß Gavin, als er den Kopf durch die Wohnzimmertür steckte, zunächst unbemerkt blieb. Er war den ganzen Tag im Bett geblieben, um seinen Kater auszukurieren und um dem Streit aus dem Weg zu gehen, der ihn gewiß erwartete. In einer halben Stunde mußte er zur Nachtschicht.

Sein Vater sah ihn als erster, aber sein Vater saß vor dem Radio und schien die Vorfälle der letzten Nacht vergessen zu haben. »Wartet, bis ihr das gehört habt«, sagte sein Vater und nahm den Kopfhörer ab, lauschte aber noch immer auf die Stimme des Nachrichtensprechers. »Die Deutschen sind gerade in Griechenland einmarschiert. Haben am ersten Tag fünfzig Meilen geschafft. Und die Briten verschanzen sich auf dem Olymp – ist das nicht köstlich? –, bereiten sich bestimmt wieder auf einen ihrer ›taktischen Rückzüge‹ vor. Aber eins sag ich euch, was haben wir heute – Dienstag? –, also, bis spätestens Ende der Woche flüchten die sich auf ihre Schiffe und lassen mal wieder einen ihrer Alliierten im Stich. Gott helfe den armen Griechen.«

Der Grieche von letzter Nacht tanzte ernst, gemessen und einsam in Gavins Gedanken. Der Grieche hatte auf der Fahrt zu Lili geweint. Offenbar hatte er schon Bescheid gewußt.

Sein Vater hörte wieder Radio. »Aha, die Jugoslawen«, sagte er.

Mrs. Burke ließ von ihrem Versuch ab, das Feuer zu entfachen, und drehte sich nach Gavin um, der noch immer in der Tür stand. Tränen stiegen ihr in die Augen. »Ich hol mir nur meine Brote«, sagte Gavin rasch. »Gute Nacht allerseits.«

»Willst du kein Abendessen?« fragte seine Mutter.

»Ich bin nicht hungrig.«

»Du siehst aus wie der Tod.«

»Ich fühl mich gut.«

Er floh, lief vor Erklärungen und Vorwürfen davon, wußte, daß sie nur aufgeschoben waren, spürte aber, daß er sie in seiner momentanen Verfassung nicht ertragen konnte, ohne in abscheuliche, kindliche Tränen auszubrechen. Draußen in der verregneten Allee, im zur Neige gehenden Tageslicht, lief er am alten Wasserwerk vorbei, in dem er als Kind lange Stunden damit zugebracht hatte, sein Spielzeugboot segeln zu lassen. Erwachsene, die die Knechtschaft der Kinderzeit vergessen hatten, behaupteten gern, daß die Schuljahre die glücklichsten Jahre ihres Lebens gewesen seien, eine Behauptung, der kein Kind Glauben schenkte. Doch offenbar *wurde* er jetzt schon wie sie, denn wenn er an die trostlosen Tage von St. Michan zurückdachte, sah er sie im warmen, milden Licht der Erinnerung. Das Leben eines Erwachsenen konnte schrecklicher sein, als Schuljungen es sich vorzustellen vermochten. Der Grieche von letzter Nacht tanzte in seine

Gedanken, der weinende Grieche, dessen Mutter, Schwestern, Brüder vielleicht in ebendiesem Augenblick den Gewehren der Nazis zum Opfer fielen. Er empfand Mitleid mit dem Griechen, und doch war es ein Trost, wenn auch beschämend und mit Schuldgefühlen verbunden, daß er, Gavin Burke, zwar einer verhängnisvollen Zukunft entgegensah, jedoch damit nicht alleine war, da die übrige Welt, ganze Länder gar, im selben Boot saßen.

Auf der Wache sorgte die Nachricht von Captain Lamberts Rückkehr für einigen Wirbel.

»Herrgott noch mal«, sagte Soldat MacBride. »Das beweist doch nur, wie recht ich mit dem hatte, was ich immer schon gesagt habe. Eine Krähe hackt der anderen kein Auge aus. Wartet nur, bis Craig davon erfährt. Was für ein herrlicher Arschtritt für ihn.«

»Auf welcher Wache ist der Captain?« fragte Freddy. »Herrje, wenn ich nur eine Versetzung durchbringen könnte.«

»Tja, der Herrgott gibt's den Seinen. Das muß man sich mal vorstellen«, meinte die alte Mrs. MacCartney, »er selbst sturzbesoffen in seinem Büro, und die Männer und Frauen der Wache pennen auf ihren Tragen.«

Der Gedanke an den Captain als Vorgesetzten war zu verführerisch. In einer Welt, in der nichts geschah, in der die einzige Schlacht gegen den Schlaf und Craigs Drill geschlagen wurde, glich die Beförderung des Captains einem Triumph über all die hohen Tiere, die Wachoffiziere, Verwaltungsinspektoren und Wichtigtuer vom Kontrollzentrum und Hauptquartier, die den Wachmannschaften bis heute so regelmäßig überlegen gewesen waren wie Hitler den Alliierten. Vor dem Zehnuhrdrill herrschte helle Aufregung. Wartet nur, bis der alte Craig das erfährt.

»Die Binden sind schlampig aufgerollt. Ich sagte, die Binden sind eine Schande. Mister Bob Greenwood war heute abend hier und hat Stunk gemacht. Ich sagte, er hat Stunk gemacht. Er meinte, seine Leute würden die Binden vorschriftsmäßig aufrollen, aber wenn sie morgens zum Dienst kommen, hätten meine Leute die Binden nicht anständig aufgeräumt.

Ich will damit keineswegs behaupten, daß Mister Bob Greenwood recht hat, nein, ganz und gar nicht. Aber – und dies gilt insbesondere für die Damen – ich will die Binden in perfektem Zustand sehen. Perfekt habe ich gesagt. Die Damen sind heute nacht von allen Übungen befreit, und ich möchte, daß meine Lieben nach oben gehen und Binden aufrollen. Ich erwarte, daß die Binden um elf Uhr ordnungsgemäß und inspektionsbereit aufgeräumt sind. Um elf, habe ich gesagt. Die Damen können jetzt abtreten. Männer: Stillgestanden.«

Er blies auf seiner Trillerpfeife. MacBride am Kopf der Reihe nahm Haltung an und richtete die Reihe mit der Routine des eingefleischten Soldaten aus.

»Heute abend gehen wir noch mal die Regeln für den Transport von Verletzten durch.«

»Jetzt sag's ihm«, flüsterte MacBride Gavin zu.

»Hargreaves, ich frage Sie, was Sie machen, wenn Sie einen Verletzten vor sich haben, dessen linkes Handgelenk gebrochen ist und der 38,9 Fieber hat.«

»Entschuldigen Sie, Sir«, sagte MacBride. »Ich dachte nur, es würde Sie interessieren. Haben Sie schon das Neuste von Captain Lambert gehört?«

»MacBride, ich habe Hargreaves eine Frage gestellt.«

»Tut mir leid, Sir. Aber ist schon seltsam, daß der wieder eine Stelle hat.«

»Was für eine Stelle?«

»Tja, das werden Sie nicht glauben, Sir. Aber man hat den Captain zum Wachoffizier gemacht, genau wie Sie, Sir.«

»Bei Ihnen piept's wohl, MacBride.«

»Nein, Sir, das stimmt. Wache 268. Burke hier hat ihn gestern abend getroffen.«

»Er hat doch gar keinen Fortgeschrittenenkurs absolviert«, sagte Craig, dessen Stimme plötzlich versagte. »Ohne Fortgeschrittenenkurs kann man eine solche Stelle gar nicht antreten.«

Doch er klang nicht recht überzeugt. Sie beobachteten ihn und freuten sich, es ihm ein wenig heimzahlen zu können.

»Na ja«, meinte MacBride, »für die Herren Gentlemen gelten andere Regeln. Schließlich kennt er eins von den hohen Tieren.«

Maggie Kerr stand mit fahlem Gesicht an der Küchentür. »Roter Alarm, Mister Craig.«

»Roter Alarm«, schrie Craig. Er blies auf seiner Trillerpfeife.

»Kommt davon, wenn man aufmuckt«, brummte Soldat MacBride. »Geben die denn nie Ruhe?«

»Roter Alarm, auf eure Posten.«

Craig stürzte in sein Büro. »Die Übung sind wir los«, sagte Jimmy Lynan und steckte sich seine Pfeife an, »aber trotzdem, irgendwie versaut uns das den Spaß.«

»Hast du sein Gesicht gesehen?« fragte Baby Bates.

»Hat er *Roter Alarm* gesagt?« fragte Big Frank Price. »Warum wurde denn vorher keine Alarmstufe gelb ausgerufen?«

»Rot oder gelb«, sagte Freddy. »Was soll's? Die haben bloß vergessen, den gelben Alarm durchzugeben. Kein

Wunder. Die haben diese Sperenzchen langsam selbst satt.«

Im Büro am anderen Ende des Flurs klingelte laut das Telefon.

»Die Luft ist rein«, sagte MacBride und nahm den Stahlhelm ab.

»Na prima«, sagte Hughie Shaw.

Craigs Stimme, schreiend: »Burke und Hargreaves! Hierher, im Laufschritt!«

»Na, das ist doch mal was Neues«, sagte Freddy, als er mit Gavin aus der Küche stürzte.

Im Büro ging Craig auf und ab. »Das Schwesternheim wird evakuiert. Dem diensthabenden Arzt fehlt es an Feuerwachen, und das Hauptquartier hat angeordnet, daß wir aushelfen, bis Verstärkung kommt. Ihr beide zieht los und geht aufs Dach. Es wird mit Brandbomben gerechnet.«

»Wie nett, kriegen wir wenigstens ein bißchen frische Luft«, sagte Freddy.

»*Einen* Moment mal«, ein irres Glimmen lag in Craigs Augen. »Dies ist kein Witz. Deutsche Bomber sind über der Irischen See, sie können jede Minute hier sein.«

»Sind Sie sicher?«

»Ich hab's direkt vom Hauptquartier.«

»Da brat mir einer 'nen Storch«, sagte Freddy, als er mit Gavin auf die verdunkelte Straße trat.

Suchscheinwerfer tasteten den Himmel ab. »Sieh mal«, sagte Gavin. »Ich hätte nie gedacht, daß die so viele davon haben.«

»Vielleicht passiert ja *doch* was.«

In der Verdunklung stießen sie mit Schwesternschülerinnen zusammen, die aus dem Schwesternheim evakuiert und ins Hauptkrankenhaus verlegt wurden. Angetrieben von ältlichen Oberschwestern liefen die Schwestern lachend über die Straße, manche im Nachtzeug, manche mit einem Koffer und Paketen in der Hand, und riefen einander Scherzworte zu wie Schulmädchen bei einem Picknick. Gavin hastete mitten zwischen ihnen hindurch und hoffte, Sally zu finden, doch in der Dunkelheit und angesichts der großen Zahl von Frauen konnte er keine einzelnen Gesichter unterscheiden.

»Mach schon«, sagte Freddy. »Vielleicht schläft da oben noch ein Rock.«

Der Gedanke, Freddy könnte Sally im Nachthemd sehen, brachte ihn auf der Stelle in Wut. Laß deine Pfoten von Sally, kapiert? Er ertappte sich dabei, wie er Freddy halb im Laufschritt hinterhereilte, um den alten Plaza-Ballsaal-Gigolo nicht aus den Augen zu verlieren.

»Wir sind die Feuerwachen«, sagte Freddy der Oberschwester am Haupteingang.

»Nehmen Sie die Hintertreppe zum Dach. Und denken Sie dran, daß Sie in den Schlafsälen nichts verloren haben. Ich muß noch mehr Mädchen rausholen.«

»Wetten, daß wir die ersten Männer sind, die nachts in dieses Haus dürfen«, sagte Freddy, als sie – immer zwei Stufen auf einmal – die Treppen hinaufeilten. »Würde zu gern wissen, in welchem Stock die Schlafsäle liegen.«

»Ach, hör schon auf.«

»Was ist los mit dir? Es wird schon keinen verdammten Luftangriff geben. Aber wir könnten wenigstens ein bißchen Rumpussieren.«

»Himmel!« Gavin blieb auf dem Treppenabsatz stehen. »Was war das?«

Über dem Lärm ihrer Schritte und dem Kichern einiger Mädchen hörten sie plötzlich ein bellendes Geknatter.

»Bomben?«

»Geschütze«, sagte Freddy. »Tack-tack, hinter Cave Hill.«

»Gehen wir aufs Dach und sehen uns um.«

Als sie durch die Luke aufs Flachdach stiegen, fühlten sie sich einen Augenblick lang wie blinde Mäuse, die ihre Orientierung verloren haben. Als erstes konnten sie zwei Suchscheinwerfer ausmachen, deren Strahlen am Halbrund des Himmels kreisten, sich kreuzten und dann, große weiße Säulen, hinter dem Horizont verschwanden. Gleich darauf erschienen winzige Lichtblitze auf den fernen Hügeln, gefolgt vom Gestammel der Geschütze, die, wie Knallfrösche, überall entlang der Stadtgrenze losballerten. Danach Stille.

»Hör mal«, sagte Freddy. »Was ist das? Hörst du das?«

Hörte er etwas? Anfangs war sich Gavin nicht sicher, doch als er mit Freddy an der Dachbrüstung stand, vernahm er es wieder, ein fernes Brummen wie das Grollen eines Löwen, ein Grollen, das zu lautem, knurrendem Gebrüll anschwoll: der Lärm riesiger Maschinen.

»Wo sind sie?«

»Sie kommen vom Lough.«

»Die wollen bestimmt zu den Werften.«

Die erste Bombe fiel. Auf die Explosion, die so ganz anders klang als das heisere Husten der Geschütze, folgte ein fahler roter Schimmer, der am Ort des Einschlags den Himmel verfärbte, dann verblaßte und auf der Netzhaut einen Augenblick das Nachbild von Dächern und Kirchtürmen hinterließ. Die Geschütze schnatterten wie Küken.

»Das war eine Bombe«, sagte Freddy überflüssigerweise.

Donnernd schlugen zwei weitere Bomben am anderen Ende der Stadt ein. Die Geschütze schwiegen. Dann explodierte mit leisem Plop am Himmel über ihnen eine Leuchtrakete, wunderschön, trieb dahin in der Stille und tauchte die Dächer in gespenstisches Weiß. Freddy wurde sichtbar, wenige Schritte neben Gavin, den Kopf im Nacken, die Brille undurchsichtig silbern, suchte er den Himmel ab. Und in dieser Sekunde überkam Gavin plötzlich ein seltsames Hochgefühl, ein Freudenrausch. Am liebsten hätte er den Kriegstanz der Cherokees am Rande der Dachbrüstung aufgeführt. Endlich kamen die Welt und der Krieg zu ihm. Heute standen die Generäle in der Reichskanzlei in Berlin über beleuchteten Karten und planten Belfasts Vernichtung. Hitler selbst lächelte vergnügt und folgte mit den Blicken der Flugbahn der Bomber. Heute nacht brachte die Geschichte das Drama des Krieges in seine trostlose, sterbenslangweilige Geburtsstadt.

»Und was ist mit deinen Eltern?« fragte der Weiße Engel. »Was ist mit Kathy und Owen dort unten in der Dunkelheit? Und mit dir? Du könntest in tausend Stücke zerrissen werden.«

Aber da war diese Freude. Er hatte keine Angst, ihm war alles egal. Er lächelte sogar, war unempfindlich für die Gefahr, genoß das Bombardement, als sei es Teil einer Militärshow, die ihm zuliebe aufgeführt wurde.

»Wir sollten lieber einige Sandsäcke suchen«, sagte Freddy. »Sieht aus, als würden sie Brandbomben werfen.«

Auf einem Dach der anderen Straßenseite breiteten sich die Flammen mit überraschender Heftigkeit aus, leckten über die Schindeln, schossen aus einem Fenster im Obergeschoß hervor. Im Licht der Flammen sah Gavin, daß Freddy nervös zu sein schien.

»He, sieh doch, da drüben.« Seiner Stimme war die Begeisterung anzuhören. »Schau nur. Das ist bestimmt in der Ormeau Road.«

»Vielleicht Reverend Batshaws Haus«, sagte Freddy. »Macht schon. Jagt den alten Glatzkopf Batshaw in die Luft.«

Reverend Batshaw, ein Erzfeind Freddys, hatte einmal damit gedroht, Freddy die Polizei auf den Hals zu hetzen, weil der mit seiner minderjährigen Tochter ausgegangen war.

»Hörst du mich, Batshaw?« rief Freddy. »Dies ist eine verdammte Revolution, Batshaw, du Gottesanbeter, du. Jetzt naht das Ende deiner ganzen verfluchten Welt. Mach schon, Hitler. Jag seine blöde Kirche in die Luft.«

»Ja, und St. Michan auch«, rief Gavin und tanzte stampfend seinen Kriegstanz auf dem Dach.

»Jag das Rathaus in die Luft.«

»Und das Queen's College.«

»Und die Werft *Harland and Wolff.*«

»Jag die *Orange-Hall* in die Luft.«

»Und die Kathedrale samt Dekan.«

»Himmel, was für ein Anblick.«

Doch die nächste Bombe schlug in ihrer Nähe ein. Das Dach bebte. Gavin wurde zu Boden geworfen.

»Alles in Ordnung, Gav?«

»Alles okay.«

»Laß uns die Sandsäcke suchen.«

»Hinter dir habe ich welche gesehen.«

Ein hoher, seltsam wirbelnder Laut über ihnen, und sie – gerade noch Helden – duckten sich instinktiv, Hände schützend im Nacken gefaltet. Eine zweite Explosion erschütterte die Straße, und kontrapunktisch hörten sie das

Krachen und Klirren zerplatzender Scheiben in ihrem Gebäude. Sie standen auf, rannten zur Brüstung und sahen nach unten. »Hat alle verdammten Fenster rausgepustet«, verkündete Freddy triumphierend. »Das war knapp, das kann ich dir sagen.«

»Hoffentlich sind die Schwestern alle draußen.«

»Vielleicht sollten wir lieber nachschauen.«

Zum Stakkato der knatternden Geschütze kletterten sie schleunigst wieder durch die Luke. Das Licht im Gebäude war erloschen, und statt Kichern und Schritten wie noch vor zehn Minuten erwartete sie nur das schwarze Schweigen eines leeren Dachbodens.

»Heda, Schwesterlein«, rief Freddy die Treppe hinunter. »Schwesterlein«, hallte das Echo. Eine Bombe schlug ein. Die Treppe bebte.

»Gehen wir wieder nach oben«, meinte Gavin. Irgendwie schien es auf dem Dach sicherer als hier in dieser schwarzen Leere, wo Steine und Marmor und Beton auf ihn herabstürzen und ihn beerdigen konnten.

Oben auf dem Dach hatten sie eine freie, brandhelle Sicht auf die Stadt. »Mein Gott, überall Flammen«, wie Freddy sich ausdrückte. »Nur hier und in der Antrim Road nicht.«

Gavins Haus stand in der Antrim Road.

»Jag ein paar Kapitalisten in die Luft«, schrie Freddy plötzlich.

»Und den Bischof von Down und Connor«, gellte Gavin.

»Und Schloß Stormont, Lord Carsons Statue und die verdammten Parlamentsgebäude.«

Mit einem Knall, nicht mit einem Gewinsel, wie Eliot sagt.

Einen Augenblick standen sie stumm, trunken von der Macht der Bomber. »Sag, Gavin, riecht das nicht komisch?«

Rauch trieb über die Dachbrüstung. »Vielleicht brennt das Krankenhaus. Laß uns nachschauen.« Zaghaft näherten sie sich der Brüstung. Das Krankenhaus war in der Verdunklung nicht zu erkennen. Aber zwei Straßen weiter stand ein Haus in Flammen und beleuchtete kleinere Brände in einer Reihe von Arbeiterhäusern. Doch der Rauch kam nicht von dort. Sie mußten husten und würgen und gingen zur anderen Dachseite. »He, Freddy?«

»Was ist?« Mit kurzsichtigen, tränenden Augen blinzelte Freddy auf die Stadt hinab.

»Da unten. Siehst du das?«

Zwei Stockwerke unter ihnen schlugen Flammen und Rauch aus einem Fenster des Heims.

»Himmel, bei uns brennt's.«

»Hol ein paar Sandsäcke.«

Mit zwei Sandsäcken stiegen sie durch die Luke in die Dunkelheit des Gebäudes. Gavin ging voran, die Hand auf dem Treppengeländer. Das Feuer war im fünften Stock ausgebrochen, in einem Zimmer am Ende des langen Korridors. Durch dichte Qualmwolken tasteten sie sich vor, und als Freddy die Tür öffnete, blickte er in den Schlafsaal der Schwesternschülerinnen, dessen Fensterrahmen, Betten, Stühle und Teppiche lange Flammenbänder säumten. Gavin und Freddy wichen zurück und zogen die Tür hinter sich zu.

»Bestimmt ist eine Brandbombe durch das Fenster geflogen«, sagte Freddy. Er ließ seinen Sandsack fallen.

»Wahrscheinlich sollten wir lieber die Feuerwehr rufen.«

»In Ordnung.«

Freddy fiel ein, daß in der Eingangshalle Telefonzellen standen. Außerdem sehnten sie sich nach festem Boden unter den Füßen. Um ihr Gewissen zu beruhigen, blieben sie auf dem Weg nach unten auf jedem Treppenabsatz stehen und riefen: »Schwester? Schwester? Ist da wer?« Glücklicherweise antwortete ihnen niemand. Sie erreichten die Eingangshalle und zündeten ein Streichholz an, um die Telefonzellen ausfindig zu machen.

Die Telefone blieben stumm.

»Und was jetzt?«

»Am besten, wir sagen im Krankenhaus Bescheid. Hat keinen Sinn, hier noch länger rumzuhängen.«

»Außerdem sind wahrscheinlich sowieso alle Feuerwehren dieser Stadt unterwegs.«

»Also gut. Auf zum Krankenhaus.«

Sie gingen hinaus und ließen die Eingangstür weit offen. »Ist einfacher für die Feuerwehr«, sagte Freddy, doch während er das sagte, fühlten sie beide ihr Versagen und mieden den Blick des anderen. Sie standen im Hof des Schwesternheims und blickten hinauf. Der ganze fünfte Stock stand in Flammen. Über ihnen hörten sie am wolkenverhangenen Nachthimmel wieder das dumpfe Dröhnen der Bomber. Es klang unheilvoll.

»Tja«, sagte der Weiße Engel. »Du weißt, was ich denke, nicht wahr? Sprich ein Bußgebet, und zwar rasch. Ist vielleicht deine letzte Gelegenheit.«

»Komm schon.« Freddy hatte das Hoftor entdeckt und aufgestoßen. Ein Magnesiumleuchtspurgeschoß zerplatzte am Himmel und erhellte die Straße. Ein Polizist mit Stahlhelm kam auf sie zu und half einer alten Frau mit schwarzem Schal. Die alte Frau blutete im Gesicht. »He, ihr da«, rief der Polizist. »Gehört ihr zur Ersten Hilfe?«

»Richtig.«

»Diese Frau muß ins Krankenhaus.«

»Kommen Sie, gute Frau«, sagte Freddy und legte einen Arm um die Taille der Alten. Der Polizist ließ die Frau los, drehte sich um und hastete die Straße wieder hinauf. »Unsere erste Aufgabe«, sagte Freddy. »Gav, geh du auf die andere Seite.«

Halb schleppten, halb trugen sie die alte Frau. Wieder begannen die Flugabwehrgeschütze zu schnattern.

»Diese Hurensöhne«, stöhnte die alte Frau. »Diese Dreckskerle machen das mit Absicht. Die haben die Deutschen angelockt.«

»Wer?« fragte Gavin, starrte auf ihre blutende Stirn und mußte an eine Schmerzensmadonna von Dürer denken.

»Diese brutalen Fenier, die IRA, die haben das getan. Aufhängen sollte man die, jeden einzelnen, sag ich, und ein Feuer drunter machen.«

»Nun mal langsam, gute Frau«, sagte Freddy. »Halten Sie lieber die Luft an.«

»Ein Feuer drunter, sollen sie in der Hölle schmoren.«

»Bringen wir sie in die Ambulanz.«

»Ich kann die Hand nicht vor den Augen erkennen«, sagte Gavin. Das Licht der Leuchtkugel war erloschen. Zwei Autos fuhren vorbei, ihre abgedunkelten Scheinwerfer blieben in der Verdunklung beinahe unsichtbar.

»Wahrscheinlich versuchen sie alle, aus der Stadt rauszukommen.«

»Würdest du das nicht, wenn du könntest?«

Die alte Frau mit schleppenden Füßen und rasselndem Atem raffte sich auf und begann zu singen:

Denkt ihr gar, ein dreckiger Fenier
dürft sich erkühnen, die
Königliche Lilie der Orangisten zu verhöhnen?

»Halt's Maul, Mütterchen«, sagte Freddy. »Mach schon, wir sind fast da.«

»Fast da? Wollt ihr mich in dieses papistische Krankenhaus schleppen?«

»Ja, Mutter.«

»Da könnt ihr mich gleich auf der Straße krepieren lassen, das könnt ihr. Wenn ihr glaubt, daß ich in so'n Fenierkrankenhaus geh, wo einen die Nonnen vergiften und abmurksen, dann tickt ihr nicht richtig. Bringt mich ins Royal Victoria, Jungs.«

»Aber das liegt am anderen Ende der Stadt. Jetzt kommen Sie, geben Sie sich einen Ruck.«

»Laßt mich los! Seid ihr Fenier?«

»Komm, Gav«, sagte Freddy. »Faß mit an.«

Wie zwei Polizisten einen Verbrecher, so trugen sie die um sich tretende, alte Frau durch den Eingang zur Ambulanz. Das Wartezimmer war überfüllt, zumeist mit Leuten, die vor den Bomben Zuflucht gesucht hatten. Ein junges Mädchen mit schmutzigem Gesicht löste sich aus einer Gruppe am Eingang und stürzte auf sie zu. »Meine Großmutter! Ach, Oma, bist du verletzt?«

»Feniertrottel«, brummte die alte Frau und schlang weinend die Arme um ihre Enkelin. Freddy und Gavin waren froh, die Alte los zu sein, und gingen ins Sprechzimmer, um den Brand zu melden. Eine Bombe – eine große Bombe – schlug ganz in der Nähe ein. Beim Geräusch der Explosion kauerte sich die Menge im Wartesaal mit gesenkten Köpfen zusammen. Manch einer bekreuzigte sich. Ärzte und Schwestern hielten im Vernähen und Verbinden inne, als hingen sie unvermutet ihren Gedanken nach. Fast schien es, als warteten alle auf die nächste Bombe, auf jene, die sie nicht hören würden, jene, die sie begraben würde. Gelassen gingen Gavin und Freddy weiter, Offiziere, die einen Schützengraben abschritten. Sie entdeckten den alten Dr. MacLanahan, den Chefarzt, der in Begleitung einer Stationsschwester den Flur vom Hauptkrankenhaus herüberkam. Er trug Pantoffeln, eine Tweedhose und einen weißen Kittel über seiner gestreiften Schlafanzugjacke. Ein Stethoskop baumelte an seinem Hals. »Was, was?« fauchte er, als Freddy sich ihm in den Weg stellte.

»Entschuldigung, Sir. Das Schwesternheim brennt. Wir konnten die Feuerwehr nicht alarmieren.«

»Sind noch Schwestern da?«

»Nein, Sir.«

»In Ordnung. Helft bei den Krankentragen, Männer.«

»Tut mir leid, Sir, aber meinen Sie nicht, daß wir uns in unserer Wache zurückmelden sollten? Eigentlich haben wir Krankenwagenbereitschaft.«

»Es gibt hier genug für euch zu tun.«

Die Stationsschwester flüsterte Dr. MacLanahan etwas ins Ohr. »Hmhmhm«, brummte er ungeduldig. »Also gut.«

»Ihr beide kommt mit mir«, sagte die Stationsschwester. »Nehmt euch dort drüben eine Trage. Ich habe eine Aufgabe für euch.«

Sie hoben die Trage auf und gingen in einen kleinen Ruheraum hinter den Sprechzimmern. Ein alter Mann saß in einem Stuhl mit senkrechter Rückenlehne, sein Kopf lehnte haltlos an der Wand. Er war dunkelrot angelaufen, die Augen standen weit offen.

»Herzanfall«, sagte die Schwester. »Deckt ihn zu und bringt ihn hintenrum zur Leichenhalle.«

Ungeschickt hoben sie den Leichnam an und betteten ihn auf die Trage. Als sie den Kopf des alten Mannes ablegten, öffnete sich der Mund, und sein Gebiß fiel heraus. Freddy steckte es dem alten Mann in die Jackentasche, dann deckten sie ihn zu und trugen ihn durch die Menge nach draußen. Am Hintereingang hielt ihnen ein Polizist die Tür auf. »Wo geht's zur Leichenhalle?« flüsterte Freddy.

»Über den Hof, Kumpel.«

Am Eingang zur Leichenhalle brannte trotz Verdunklung ein Licht. Ein Mann mit langer Gummischürze öffnete ihnen. »'ne Leiche?« fragte er.

»Ja.«

»Bringt sie hier rein.«

Drinnen standen mehrere Leichentische, aber nur auf einem lag ein bedeckter Körper. Der Leichenbestatter winkte sie tiefer in den Raum, der so schmucklos wie eine Garage eingerichtet war. Dort, auf dem Betonboden, lagen eine Frau mittleren Alters, ein junges Mädchen, ein Baby und ein Seemann in den entspannten Stellungen des Todes. »Legt ihn am Ende der Reihe ab«, sagte der Leichenbestatter. »Habt ihr Name und Adresse?«

»Nein. Er starb in der Ambulanz.«

»Ist in Ordnung. Dann wurde er aufgenommen.«

Der Leichenbestatter steckte sich eine Zigarette an. »Schon gemerkt?« sagte er. »Keine Bomben mehr.«

»Tatsächlich?«

»Hört doch.«

Ein Krankenwagen draußen auf dem Hof hatte eine Fehlzündung. Irgendwo jammerte ein Kind. Dann war es still, die Stille des Todes. Der Leichenbestatter paffte an seiner Zigarette. »Hoffentlich ist's vorbei«, sagte er. »Wir haben hier nur Platz für fünfzehn Leichen. Aber bis morgen früh sind es bestimmt fünfzig.«

Draußen, im Hauptraum der Leichenhalle, bellte eine vertraute Stimme: »Luftschutz-Kommando mit einem Toten.«

Freddy stieß die Pendeltür auf. Craig, in verstaubter Uniform, hatte zwischen den Leichentischen Haltung angenommen. Hinter ihm setzten Baby Bates und Jimmy Lynan eine Trage ab. Freddy berichtete vom Brand im Schwesternheim.

»Und? Habt ihr ihn gelöscht?«

»Wir haben's nicht geschafft.«

»Na schön, müßt ihr eben einen Bericht schreiben. Zurück zur Wache, im Laufschritt, marsch!«

»Einen Bericht. Jetzt? Dr. MacLanahan hat gesagt, wir sollen bei den Krankentragen aushelfen.«

»Dr. MacLanahan hat euch keine Befehle zu erteilen. Ich habe hier das Kommando. Was glaubt der, wer er ist?«

»Regen Sie sich ab«, sagte Freddy.

Die Leichenhalle bebte. »Denkste«, sagte der Leichenbestatter. »Die machen doch noch weiter. Also gut. Bringt die Leichen nach hinten.«

Als Bates und Jimmy Lynan ihre Last ins Hinterzimmer trugen, zwinkerte Jimmy ihnen bedeutungsvoll zu und wies mit dem Kopf auf Craig. Gavin, den die Aufregungen der Nacht etwas mitgenommen hatten, mußte einen Moment überlegen, ehe ihm einfiel, was das Blinzeln zu bedeuten hatte. Dann sah er in einer grauenhaften Vision Craig auf dem Betonboden des Hinterzimmers liegen, geronnenes Blut auf der Stirn. Nein, das war Unsinn, auch ohne seine Schuljungenphantasien gab es genügend Tote. Aber Lynan meinte es offensichtlich ernst. »Du mußt Lynan heute abend von Craig fernhalten«, warnte ihn der Weiße Engel. »Sonst…«

»Bewegung, aber ein bißchen plötzlich«, rief ein Krankenwagenfahrer durch den Haupteingang. »Ich muß rauf zur Antrim Road.«

Die Antrim Road. »Was ist, sollen Freddy und ich mitfahren?« sagte Gavin.

Craig, den der Ruf des Fahrers eingeschüchtert hatte, nickte zustimmend. »Also schön, verschwindet.«

Als sie nach draußen auf den Hof traten, hatten sich die Wolken verzogen, und ein unheimlicher Mond schien auf die Stadt. »Antrim Road«, sagte Freddy. »Wohnen da nicht deine Leute?«

»Ja.«

Der Krankenwagen raste durch das Tor und bog in eine verlassene Straße ein. Mondlicht brach sich in Glasscherben, die wie Straß auf dem Bürgersteig schimmerten. Bis auf das Geräusch des Motors war kein Laut zu hören. »Der Angriff ist vorbei«, sagte Freddy.

»Ihr hättet die Bombe sehen sollen, die ich gesehen habe«, sagte der Fahrer. »Die Soldaten haben sie für eine Landmine gehalten. Kommt die an diesem Fallschirm runtergesegelt und fegt mit einem Schlag eine ganze Häuserreihe weg.«

»Wo denn?«

»Drüben in der Shankill Road.«

»Wo sind Sie heute noch gewesen?«

»Nirgendwo. Ist erst meine zweite Fahrt.«

Der Krankenwagen fuhr in den Kreisverkehr Carlisle Circus, vorbei an der von Tauben verdreckten Statue eines protestantischen Geistlichen. Als sie in die Antrim Road einbogen, sah Gavin drei Jungen aus Mullens Süßwarenladen kommen. Die Schaufensterscheiben waren zu Bruch gegangen, und die Jungen trugen Tafeln Schokolade, die sie in gefräßiger Gier in sich hineinstopften. Kaum sahen sie den Krankenwagen, wichen sie zurück in den Türschatten.

»Zu welchem Haus in der Antrim Road müssen Sie?«

Dem Fahrer blieb keine Zeit, auf Gavins Frage zu antworten. Der Wagen schwankte gefährlich und befand sich plötzlich, ohne daß sie genau wußten, wie ihnen geschah, am anderen Ende der Straße, fuhr aber immer noch.

»Gütiger Himmel.«

»Eine Bombe?«

Und dann, hinter ihnen, ein jähes, ohrenbetäubendes Getöse. Sie drehten sich um und sahen eine riesige Staubwolke hinter der Häuserzeile einer nahen Seitenstraße aufsteigen. Geröll und Glassplitter regneten auf das Dach des Krankenwagens.

»Habt ihr das gesehen? Die Bombe hat uns glatt ans andere Straßenende geschleudert.«

»Und wir fahren immer noch.«

»Donnerwetter«, sagte der Fahrer. »Das glaubt mir keiner, wenn ich das erzähle.«

»Die Deutschen hören nicht so schnell auf.«

»Was du nicht sagst. Noch sind wir nicht in Sicherheit.«

Trotzig ratterten die Geschütze auf Cave Hill. Gavin saß zwischen Freddy und dem Fahrer und schaute prüfend in ihre Gesichter. Ob Freddy Angst hatte? Die Angst des Fahrers war jedenfalls nicht zu übersehen. »Laßt uns einen Augenblick anhalten, sonst pusten die uns noch von der Straße«, sagte der Fahrer.

»Fahren Sie weiter«, sagte Gavin. Freddy sah ihn seltsam an.

»Warum die Eile, Gav? Ist verdammt gefährlich, mitten in diesem Bombenhagel weiterzufahren.«

»Dafür werden wir bezahlt.«

»Klar doch, bezahlte Helden«, brummte der Fahrer. »Und tote Helden.« Aber er fuhr weiter.

Der Fahrer hatte Angst. Freddy hatte Angst. Warum also hatte er keine Angst? Warum war er so aufgeregt, warum glaubte er, daß ihn heute nacht nichts umbringen konnte, daß er, wie ein Ritter in alten Romanen, ein Schild vor sich hertrug, das ihn vor allem Unglück bewahrte? Er wußte es nicht, er wußte nur: Wenn sich ihm die Gelegenheit bot, dann war er fähig, in ein brennendes Gebäude zu stürzen, ein Mädchen vor berstendem Gemäuer zu retten, zwischen Explosionen hindurchzulaufen, alles.

Als sie am Kino *Lyceum* vorbeifuhren, tauchten Menschen aus den Straßenmündungen auf, Menschen, die winkten, um den Krankenwagen anzuhalten, die riefen: »He, eine Sekunde. Wir haben hier eine Kranke.«

»Fahren Sie aus der Stadt? Bitte nehmen Sie uns mit.«

»He, Mister. Nehmen Sie die Kinder und mich bis Glengormley mit.«

»Bitte, Mister.«

Der Fahrer hieb mit der Hand auf die Hupe und steuerte den Krankenwagen durch die Menge. Dann beschleunigte er wieder und bog in die Cliftonville Road ein. An der Straßenecke stand eine presbyterianische Kirche, an der Gavin Tag für Tag auf seinem Schulweg vorbeigegangen war. Doch heute war alles anders. Die Kirche hatte keinen Kirchturm mehr. Steine und Geröll lagen auf dem Rasen vor dem angrenzenden Pfarrhaus. Wie ein großer

Baum lag der Turm zwischen den Grabsteinen des alten Kirchfriedhofs.

Licht fiel aus den Fenstern eines Pubs namens ›The Swan‹. Es gab ein Geräusch wie von einem Schuß. Das Licht ging aus. Ein Polizist trat aus dem Pub auf die mondbeschienene Straße und steckte seinen Dienstrevolver ins Halfter. Er winkte dem Krankenwagen zu. Er lächelte.

Kurz darauf fuhr der Krankenwagen an der Allee vorbei, in der Gavin wohnte. Alles schien ruhig. Hatte sich seine Familie in den Bunker oben an der Straße geflüchtet, oder hockten sie im Kohlenkeller unter der Treppe? War sein Vater noch immer von Hitlers Taten begeistert?

Und als sie zwei Straßen weiter in eine Allee einbogen, wurde der Krankenwagen von einem alten untersetzten Luftschutzwart angehalten, der sie mitten auf der Straße erwartete. »Zwei Verletzte am Hintereingang«, sagte er, als Gavin und Freddy mit der aufgerollten Trage aus dem Wagen sprangen. Die Taschenlampe des Luftschutzwartes wies ihnen den Weg. Mit schmerzenden Armen hoben sie einen sehr schweren Mann auf die Trage. Die Lampe leuchtete auf das linke Bein des Dicken, das unterhalb des Knies gebrochen schien und in unnatürlichem Winkel abstand, fast, als hätte der Mann seinen Schuh verkehrt herum angezogen. Mit müden Armen stolperten sie über das Geröll, trugen den Dicken zum Wagen und wurden gleich darauf zu einem verletzten Kind geführt. Gavin legte den ersten echten Druckverband seines Lebens an, um die Blutung des übel zugerichteten Unterarms zu stillen. Beklommen dachte er daran, wie unaufmerksam er in all den Monaten des Unterrichts in Erster Hilfe gewesen war.

Zwei alte Damen waren in den Krankenwagen eingestiegen in der Annahme, daß er sie aus der Stadt hinausfahren würde. Sie weinten, als Freddy und der Luftschutzwart sie zwangen, den Wagen wieder zu verlassen. Auf dem Rückweg durch die Cliftonville Road fiel zwei Straßen weiter eine Bombe. Die Explosion war so heftig, daß das Fahrzeug ins Schleudern geriet und mit der Kühlerhaube einen Laternenpfahl rammte. Der Motor verstummte. Der Fahrer stampfte auf das Gaspedal, zog den Choke und hämmerte vor Wut mit der Faust aufs Armaturenbrett. »Verdammte Scheiße!«

Gavin und Freddy stiegen aus und schoben den Krankenwagen vom Laternenpfahl weg. »Wenn ich's bis auf den Hügel schaffe«, sagte der Fahrer, »geht's bergab. Vielleicht springt er dann an. Aber ihr müßt schieben.«

Im selben Moment tauchten zwei Sergeanten der britischen Luftwaffe aus einem Hauseingang auf. Sie waren auf einem Tanz gewesen und hatten dort Zuflucht gesucht. Wenn sie mitfahren durften, wollten sie gern helfen. Also stellten sie sich mit Gavin und Freddy hinter den Krankenwagen, und mit vereinten Kräften gelang es den vieren, den Wagen zurück auf die Straße und den Hügel hinaufzuschieben. Der Fahrer rief: »Jetzt alle! Schiebt!«

Sie schoben. Der Krankenwagen rollte immer schneller, doch der Motor gab keinen Laut von sich. Plötzlich ein Knattern, und im selben Augenblick sprangen Freddy und die beiden Sergeanten aufs Trittbrett. Der Motor lief, der Krankenwagen fuhr davon, und Gavin blieb allein auf der Straße zurück. Er lief hinterher, da er annahm, daß der Fahrer bremsen und ihn einsteigen lassen würde, sobald der Motor warmgelaufen war. Doch der Krankenwagen hielt nicht an. Er wurde schneller, schoß die Cliftonville Road hinauf, bog um eine Ecke und war verschwunden. Gavin blieb allein seinem Schicksal überlassen.

17

Heilige Maria, voll der Gnaden, betete Mrs. Burke, sprach die Worte aber nicht laut, sondern dachte sie nur, während sie unter dem Eßtisch kauerte, die Knie bis unters Kinn hochgezogen. Warum beeilte sich James nicht, was war mit Gavin, würden sie an seiner Wache vorbeifahren und ihn abholen? Ob der Wagen ansprang? *Der Herr ist mit dir, Du bist gebenedeit unter den Weibern* – wie viele *Gegrüßest seist du, Maria* habe ich gebetet, seit dies hier angefangen hat? Dutzende, sie wußte es nicht mehr, der Wind war schneidend kalt, sind alle Fenster im Haus zerbrochen, wenn wir in Dublin sind, regnet es rein und verdirbt die Teppiche, und wenn Diebe kommen und das Silber stehlen, ich sollte es forträumen, in die Speisekammer einschließen, ach, was soll's, ich habe keine Kraft mehr, vielleicht sind wir alle tot, noch ehe die Nacht um ist. *Und gebenedeit sei die Frucht deines Leibes, Jesu.* Und wenn Gavin sich weigert, mit uns zu kommen, er war schon immer ein halsstarriger kleiner Kerl, der hört nicht auf James. James hat nie gewußt, wie man mit Kindern umgeht. Gnädiger Gott, hast du das gehört? Das war nah. Ich möchte nur wissen, wie viele wohl schon gestorben sind. *Heilige Maria, Mutter Gottes, bitte für uns, jetzt und in der Stunde unseres Todes. Amen.*

Heilige Maria, voll der Gnaden. Ich habe ein ganzes Roastbeef im Fleischfach auf dem Hof, ob's sich lohnt, das mitzunehmen, wird doch nur schlecht, außerdem gibt's genug Fleisch in Dublin, die haben keine Rationierung. Agnes will uns alle aufnehmen, hat Platz genug, aber was ist mit James, der muß irgendwann zurück, kann das Büro doch nicht einfach verlottern lassen, und Owen, vielleicht kann er zur National University wechseln, was ist mit Kathy, ach, was schon, wenn wir nur unser Leben retten, ist doch die Hauptsache. Hörst du das, James hat gesagt, das sind Geschütze, oder sind das irgendwelche Bomben? *Heilige Maria, Mutter Gottes, bitte für uns, jetzt und* – wer ist da? James?

»James? Bist du das?«

»Nein, Mutter, ich bin's. Gavin. Wo bist du?«

»Hier. Unterm Tisch. Komm rein, um Gottes willen, da geht überall Glas kaputt.«

»Wo sind Daddy und die anderen?«

»Draußen in der Garage. Sie packen das Auto. Alles in Ordnung?«

»Natürlich.«

»Ist es schlimm draußen? Können wir fahren?«

»Fahren? Wohin?«

»Wir fahren nach Dublin, zu Tante Agnes. Wir wollten bei deiner Wache vorbeikommen und dich abholen.« Jetzt konnte sie ihn erkennen. Sie sah sein Gesicht im Mondlicht; er war doch noch ein Kind, ein Verbrechen, ihm diesen Stahlhelm aufzusetzen, als wäre er ein Soldat, dabei war er doch noch ein kleiner Junge, gerade ein Jahr aus der Schule. Ach, dieser Krieg.

»Die haben mich drüben in der Cliftonville Road vergessen. Der Krankenwagen ist ohne mich weitergefahren.«

»Wenn das kein Akt der Vorsehung war«, sagte sie, »daß man dich so nahe bei uns rausgelassen hat. Jetzt können wir alle zusammen fahren.«

»Ich seh mal nach Daddy.«

»Sag ihm, er soll sich beeilen.«

Gavin ging in die Küche. Die Fensterscheiben waren zerbrochen. Er ging durch die Hintertür hinaus auf den Hof, zum Schuppen, in dem sein Vater den Familienwagen, einen Austin, unterstellte. Der Wagen, alt und reparaturanfällig, wurde jeden Winter aufgebockt, da sein Vater äußerst ungern fuhr und ihn nur für die Ferien nutzte. Trotz Verdunklung brannte im Schuppen eine Öllampe. Drinnen hielt Kathy einen Autoreifen, während ihr Vater die Schrauben anzog. Mit einer Handpumpe pumpte Owen atemlos den nächsten Reifen auf. Sein Vater schien erfreut, ihn zu sehen. »Aha, da bist du ja, Gavin. Prima. Dann brauchen wir keinen Umweg zu fahren. Wie sieht's in der Stadt aus?«

»Ziemlich wüst.«

»Sind die Straßen frei? Ist viel Verkehr?«

»Nein, nicht viel. Weiß nicht, ob die Straßen frei sind.«

»Hilf mir mal beim Pumpen, Gav«, sagte Owen. »Ich bin völlig erledigt.«

»Daddy«, sagte Kathy, »soll ich schon mal den Motor anlassen, wenn du den letzten Reifen aufziehst?«

»Ist der Tank voll? Reicht das bis nach Dublin?«

»Wir können hinter der Grenze tanken«, sagte Owen. »Los, Gav, mach du mal weiter.«

Kaum war der Reifen aufgepumpt, rollte Gavin das Rad durch den Schuppen und hielt es fest, während sein Vater die Schrauben anzog. Bei der letzten Schraube erzitterte und bebte der Schuppen. »Wieder eine Bombe«, sagte sein Vater. »Bestimmt drüben am Hafen. Die Werften liegen sicher schon in Schutt und Asche. Na ja, ich habe es ja immer gesagt. Der deutsche Schaftstiefel ist viel grausamer als der Absatz vom alten John Bull.«

»Wann hast du das gesagt?« wollte Gavin wissen. »So was hast du noch nie behauptet.«

Doch sein Vater zog es vor, ihn nicht zu beachten, und drehte sich zu Kathy um, die am Steuer saß. »Prima, Mädchen, wirklich, sehr gut.«

Nach einigen Fehlzündungen bebte der Motor des alten Austins und sprang dann plötzlich an.

»Owen, geh und hol deine Mutter. Sag ihr, sie soll meinen dicken Mantel mitbringen. Und du, Gavin, bist du fertig? Hast du deinen Pyjama und was du sonst noch brauchst?«

»Ich fahre nicht mit nach Dublin. Ihr könnt mich an der Wache rauslassen.«

»Ach, Gavin, sei doch vernünftig«, sagte Kathy. »Wir können dich doch nicht hierlassen.«

»Mein Platz ist hier. Da draußen sind Verletzte. Es werden Krankenträger gebraucht.«

»Sollen die Briten sie tragen«, sagte sein Vater. »Komm schon, Gav. Ich habe genug von diesem Unsinn. Hol deinen Pyjama.«

»Nein.«

»Gavin«, sagte Kathy. »Denk an Mama. Das überlebt sie nicht, wenn wir dich hierlassen.«

»Es ist schon schwer genug, bis Dublin durchzukommen«, sagte sein Vater. »Außerdem brauch ich euch Jungs vielleicht, falls man den Wagen beschlagnahmen will.«

»Gut möglich«, sagte Gavin verdrossen. »Heute abend sind eine Menge Ratten unterwegs.«

»Ach, hör doch auf, den billigen Helden zu markieren«, sagte sein Vater. »Steig endlich ein.«

Wieder bebte der Schuppen. Sein Vater setzte sich ans Steuer und legte versuchsweise einen Gang ein. Kathy hatte recht: Seine Mutter würde ein Drama daraus machen, wenn er bei der Wache aussteigen wollte. Aber so wie er seinen Vater kannte, würde der gar nicht erst in die Nähe der Wache fahren. Also hatte es keinen Sinn, auf eine Mitfahrgelegenheit zu hoffen. Er konnte ebensogut zu Fuß gehen.

Ein Suchlicht tastete den Himmel ab, als er aus dem Schuppen lief. Er hielt auf die Schrebergärten zu und hörte Kathys Stimme, die das Motorengeräusch übertönte. »Gavin, warte!« Er rannte bergauf, seine Füße versanken in einem frisch umgegrabenen Salatbeet. Wenn er quer durch die Schrebergärten lief, würde er am Ende der Allee rauskommen. Bis zur Wache war es ein Marsch von gut zwanzig Minuten.

Ich habe mich nicht mal von ihnen verabschiedet, von keinem, mit denen bin ich fertig, sollen sie doch nach Dublin fahren, ich kann hier auch ohne sie leben. Wenn der Angriff vorbei ist, geh ich zum Haus zurück, vernagel die Fenster und wohn allein. Ich brauch die nicht, ich will keinen von denen wiedersehen.

»Gavin.«

Daddys Stimme.

»Gavin, warte auf mich. Ich will mit dir reden, junger Mann.«

Ich bin schneller als er, ich kann ihn im Schrebergarten abhängen. Wie er keucht, fällt ihm schwer, so zu rennen, und das mit seinem Herzen. Er warf einen Blick über die Schulter und sah seinen Vater im Mondlicht bergauf hinter ihm herlaufen. »Warte doch«, rief sein Vater. »Nur einen Augenblick, mein Sohn.«

Sohn. So hatte ihn sein Vater noch nie genannt. Sein Vater nannte die Kinder junger Mann und junge Dame, du da oder Gavin. *Sohn* zu sagen, das bedeutete für seinen Vater soviel wie ein *Ich liebe dich* für andere Väter. Danach konnte man einfach nicht mehr weiterlaufen.

»Bitte«, sagte sein Vater. Er kam näher, sein Atem ging heftig und stoßweise, das graue Haar war zerzaust, eine schüttere Locke fiel ihm in die Stirn. Die Hand seines Vaters mit dem vertrauten, schweren Siegelring aus Gold, faßte ihn am Ärmel, doch eher bittend als gebieterisch. »Warte, mein Sohn«, sagte sein Vater noch einmal. »Bitte, hör mich an.«

»Ich muß zurück.«

»Ich weiß, ich weiß, du glaubst, du – mußt das tun, ich versteh schon; das ist natürlich lobenswert, aber deine Mutter und ich, wir haben dich schließlich gern, und wir wollen nicht, daß dir irgendwas zustößt, verstehst du?«

»Ja, Daddy.«

»Dann komm mit. Wir sind alle fertig. Laß uns zusammenbleiben. Wir sind doch eine Familie.«

»Ich muß zurück. Ich ruf euch bei Tante Agnes an. Keine Sorge, ich komm zurecht.«

»Und wenn du stirbst?« sagte sein Vater. »Begreifst du nicht, wir könnten *alle* heute nacht sterben. Das hier ist noch nicht vorbei, die machen die Stadt dem Erdboden gleich, genau wie Liverpool oder Coventry. Ich weiß das. Mein Gott, habe ich denn nicht schon genug Schwierigkeiten? Muß ich hier auch noch rumstehen und mich mit einem dummen jungen Spund abplagen, der so aufgebläht von seiner eigenen Wichtigtuerei ist, daß er es nicht mal merkt, wenn er seinen Eltern das Herz bricht?«

»Gute Nacht, Daddy. Viel Glück in Dublin.«

Er riß sich los, machte sich so heftig von der Hand seines Vaters frei, daß dieser ins Taumeln geriet, als wäre er geschlagen worden. Gavin rannte durch den Schrebergarten, rannte, so schnell ihn seine Beine trugen. Im Norden schnatterten wieder die Geschütze. Eine neue Welle von Flugzeugen flog heran.

Die ganze Stadt schien in Flammen zu stehen. Überall am nächtlichen Himmelsgewölbe von Cave Hill bis zum Lough, von Antrim bis nach Down leuchtete ein rotes Glühen und verlosch wieder, war der Widerschein Hunderter brennender Häuser, Läden, Fabriken und Kaufhäuser zu erkennen. Doch die Straßen wirkten seltsam verlassen. Während Gavin halb gehend, halb laufend seinem Ziel entgegeneilte, sah er manchmal Leute zu zweit oder zu dritt aus irgendeiner Nebenstraße auftauchen, zu ihrem unbekannten Bestimmungsort hasten und dabei zum Himmel hinaufschauen. Zweimal traf er auf Grüppchen von Männern und Frauen, die verdreckt und wie betäubt durch den Krater ihrer einstigen Häuser irrten. Man konnte Menschen nach Verwandten rufen hören, als versuchten sie, Tote zu erwecken. Polizisten waren kaum zu sehen, und bislang fehlte auch noch jede Spur von der Feuerwehr. Immer wieder trieb das polternde Krachen einer neuen Explosion diese verzweifelten Opfer zurück in den Schutz der Hauseingänge, ließ sie über geplatzte Wasserrohre, über Ziegel und Bohlen stolpern wie Gestalten in einer biblischen Szene, die vor schrecklicher Rache flüchteten.

Er hastete weiter. In einer Nebenstraße nicht weit vom Krankenhaus war ein alter Lastwagen mit etwa zwanzig Leuten an der Straßenecke liegengeblieben. Der Fahrer fluchte entsetzlich und versuchte, die Last auf der Ladefläche zu verringern. Männer und Frauen beschimpften sich, teilten Schläge aus, und als Gavin vorbeiging, wurden eine alte Frau und ein Mädchen von der Ladeklappe gestoßen, wobei die alte Frau einen unbarmherzigen Tritt von einem kräftigen Mann mit Schlägermütze und weißem Wollschal erhielt. Die angrenzende Straße war kaum auszumachen. Eine Bombe oder Landmine war dort eingeschlagen und hatte zwölf nebeneinander stehende Häuser in die Luft gesprengt. Brände ließen Staub- und Rauchwolken aufsteigen. Stimmen waren zu hören, Weinen, Flüche, tröstende Worte. Gavin mied diese Straße, machte einen längeren Umweg und ging durch eine stille Allee, vorbei an Reihen ängstlich verschlossener Türen, er hielt sich in der Mitte der Straße, falls Steine oder Dachziegel herunterfielen. Er vergaß seinen Vater, vergaß seine Wut, seine Trauer. Er ging weiter, wie von kaltblütiger Erregung gepackt, und fühlte sich als Zeuge der Geschichte, der Zerstörung der Stadt, in der er sein Leben lang gewohnt hatte.

Zwei Männer, abgebrühte Ganoven mit Schlägermützen und Halstüchern, traten aus einer Ladentür ins Mondlicht. Der eine trug die Ladenkasse, der andere einen Sack mit gestohlenen Waren. Sie warfen einen prüfenden Blick auf die Straße und erstarrten, als sie Gavin sahen, den sie – im Gegenlicht, mit Stahlhelm – für einen Polizisten hielten. Sie warteten, ließen ihn nicht aus den Augen und waren sich unsicher, ob er einschreiten würde oder nicht. Doch kaum war er an ihnen vorüber, machten sie sich – nun wieder unbekümmert – in entgegengesetzter Richtung davon.

Er fiel zu Boden, hatte die Bombe nicht gehört, spürte keinen Schmerz. Er lag auf der Straße, den Helm hatte es ihm vom Kopf gerissen, die Augen brannten, in die Nase drang ätzender Qualmgestank. Es regnete winzige Trümmerstückchen. Mit hämmerndem Herzen richtete er sich auf und stellte erstaunt fest, daß er unverletzt geblieben war. Die Bombe mußte irgendwo hinter ihm in die Straße eingeschlagen haben. Er schaute nicht zurück. Er fühlte sich nicht länger distanziert und unverwundbar. Er begann zu laufen und blieb erst wieder stehen, als er die Tür zur Wache in der Crummick Street erreicht hatte.

Die dicke Mrs. Cullen saß mit der Telefonistin Maggie Kerr im Büro. Die Wache wirkte still und verlassen.

»Das Telefon spinnt«, sagte Maggie Kerr. »Das Netz ist zusammengebrochen. Das Kontrollzentrum hat allem Personal befohlen, sich beim Krankenhaus zu melden.«

»Da sind jetzt auch die meisten«, bestätigte Mrs. Cullen.

»Was ist mit den Krankenwagen?«

»Die fahren direkt vom Krankenhaus ab. Mister Craig wurde mitgeteilt, daß er sich dem Befehl der Krankenhausärzte zu unterstellen hat.«

»Das wird ihm gefallen«, sagte Gavin.

»Ach, war doch sowieso nur'n Witz«, sagte Mrs. Cullen. »Allein der Gedanke, in dieser Puppenstube Verletzte behandeln zu wollen. Sieh lieber zu, daß du zum Krankenhaus kommst.«

Ehe er die Wache verließ, ging er nach oben ins Bad und entdeckte Soldat MacBride, der auf einer Trage im Vorderzimmer lag. »Alles vorbei?« fragte er Gavin. Seine Stimme war nur noch ein Flüstern.

»Nein, sie sind immer noch zugange.«

»Die Pest über sie.«

»Wie geht's dir, Soldat? Du siehst nicht gut aus.«

»Das liegt an den Tragen«, sagte Soldat MacBride. »Ich hab mich gerade auf der Treppe im Krankenhaus überhoben.«

»Hast du was von Jimmy Lynan und Craig gehört, Soldat? Du weißt schon.«

Doch MacBride schien ihn nicht zu hören. »Ich hätte mich mit meiner Rente zufriedengeben sollen«, sagte er. »Ich war zu gierig. Hast du gewußt, daß ich zweiundsiebzig bin, Junge?«

»Ich habe mal deine Enkelin getroffen. Schon vergessen?«

»Richtig, stimmt, du warst das. Bist ein guter Junge, Burke. Ein guter Junge.«

»Was ist mit Lynan? Du hast mir keine Antwort gegeben.«

»Tja«, sagte Soldat. »Bei einem Mann wie Jimmy Lynan läßt sich das schwer sagen. Ein paar von diesen Oranje-Bündlern sind ganz schön sauer. Mächtig sauer sogar.«

»Also glaubst du, er macht's?«

»Zuzutrauen wär's ihm.«

»Soll ich Craig warnen? Es hat doch auch ohne diese Geschichte heute nacht schon genug Ärger gegeben.«

»Ich würde mir da an deiner Stelle keine Probleme einhandeln, Junge. Verräter mag keiner.«

Gavin ging hinaus. Als er aus dem Bad kam, hörte er ein Geräusch auf der Treppe zum Dachboden. Dein Kumpel Mick Gallagher spähte über das Geländer. »Wer ist da?«

»Ich. Burke.«

»Ich wollte gerade ein paar Binden holen«, sagte Dein Kumpel und verschwand.

Oder du hältst dich da versteckt, dachte Gavin. Komisch, wer sich letztlich als Feigling erwies. Vielleicht war Lynan auch ein Feigling, vielleicht war es reine Angeberei, wenn er damit aufschnitt, Craig umzubringen. Gott, welch eine Ironie, da konnte seine Mutter, Sally oder sonst ein geliebter Mensch in ebendiesem Augenblick getötet werden, und er sorgte sich um Craig.

Doch Craigs Anblick in der Ambulanz reichte, um ihm

seine Sorgen auszutreiben. Diese Stimme. »Wo haben Sie sich herumgetrieben? Wo?« schrie er Gavin an.

»Sie haben mich in der Cliftonville Road nicht mitgenommen, und ich mußte zu Fuß herkommen.«

»Nicht mitgenommen, manch einer von euch würde noch seinen Kopf vergessen, wenn er nicht fest auf dem Hals sitzen würde. Geh schon, mach dich nützlich. Wir sind knapp dran mit Krankenträgern.«

Der Wartesaal der Ambulanz erinnerte Gavin an Feldlazarette, die er in Filmen über den Ersten Weltkrieg gesehen hatte. Überall lagen Tragen zwischen den Wartesaalbänken, und zwischen den Liegenden gingen Männer, Frauen und Kinder, fast alle schmutzstarrend und wie geistesabwesend auf das Geräusch der fernen Explosionen lauschend. Ärzte und Schwestern hetzten durch den Saal, beugten sich über Patienten und riefen nach den Krankenträgern, die taumelnd unter ihrer Last die Schwerverwundeten aus der Ambulanz ins Hauptgebäude des Krankenhauses trugen und auf dem Weg zu den Stationen viele Treppen steigen mußten, denn der Fahrstuhl war außer Betrieb. Geistliche befanden sich in der Menge und versuchten, die Hinterbliebenen zu trösten. Manchmal bebte das Gebäude, und alles erstarrte. War die Gefahr vorüber, begann der Tumult aufs neue.

Gavin half Freddy Hargreaves, eine alte Frau zur Wöchnerinnenstation zu tragen, die für Bombenopfer geräumt worden war. Sie trugen ihre Last, stiegen steile Treppen hinauf, bugsierten die Trage um Treppenabsätze, warteten wie geduldige Maultiere darauf, daß die Schwestern ihnen sagten, wo sie ihre Last abladen konnten, und wechselten kaum ein Wort. Als sie die alte Frau abgeliefert hatten, wurde ihnen aufgetragen, eine Schwangere in den Operationssaal hinunterzubringen. Dann wieder zurück zur Ambulanz, um einen weiteren Patienten zu holen. Minuten wurden zur Stunde, und die dehnte sich zu zwei, dann zu dreien aus – Stunden, in denen ihnen schmerzlich bewußt wurde, daß die deutschen Bomber noch immer Geschwaderweise die Stadt anflogen, Stunden, in denen sie kaum eine Zigarette rauchen konnten, kaum zu Atem kamen, bis sie über den Hauptflur des Krankenhauses eine Stimme mit britischem Akzent rufen hörten: »Langsam, Jungs, immer langsam. Muß mit den Burschen hier ein paar Worte reden. Freddy? Gavin? Wie geht's euch?«

Der Captain mit weißem Stahlhelm, dem Symbol seiner neuen Machtbefugnis, befand sich an der Spitze einer Schar von Krankenträgern, die Patienten aus einem Krankenwagen am Haupteingang ausluden. Mit geschwärztem Gesicht, als wäre er Offizier eines Kommandotrupps, der strohgelbe Schnäuzer rußgefleckt, kam er mit trunkenem, leutseligem Grinsen auf sie zu. Über seiner Schulter hing ein grüner Proviantbeutel, den er bedeutungsvoll tätschelte. Er schlug die Klappe zurück. »Wollt ihr mal einen Blick riskieren?«

Der Proviantbeutel enthielt ungefähr zwanzig Viertelliterflaschen mit irischem Whiskey, Marke Powers.

»Baby Powers«, sagte der Captain. »Herrliche kleine Dinger.« Er zog zwei heraus und steckte Gavin und Freddy je eine ins Uniformhemd. »Jetzt seht ihr aus wie zwei große Bernhardiner.«

»Wo hast du die denn her?«

»Glück gehabt. Es gibt da ein Pub nicht weit von meiner neuen Wache. Gerade als wir mit dem Krankenwagen vorbeifuhren, fiel eine Bombe in den Hinterhof. Ich dachte, das ist *die* Gelegenheit für eine Runde Freibier, und führte meine Männer ins Haus. Die Frau des Besitzers, die Arme, lag mit gebrochenem Bein am Boden, also haben wir sie auf eine Trage gepackt und hergebracht. Der Besitzer wußte das zu schätzen, hat mir die hier richtig aufgedrängt.«

»Tja, vielen Dank jedenfalls«, sagte Freddy.

»Nichts zu danken.« Der Captain drehte sich zu seinen Leuten um. »Also gut, Jungs. Ins Bett mit ihr.«

»Gott segne Sie, mein Herr«, sagte die Frau des Kneipiers, als die Männer des Captains sie auf die Station trugen. Mit der Zärtlichkeit eines Betrunkenen griff der Captain nach ihrer Hand und ging neben der Trage her. Und bei diesem Anblick brachen Gavin und Freddy in ihr erstes Lachen seit vier Stunden aus, ein Lachen, das vom schrecklichen Knirschen eines Bombentreffers abgeschnitten wurde, der so nah lag, daß der Terrazzoboden unter ihnen zu beben schien. Die Menschen im Flur kauerten sich nieder. Die Bombe mußte einen Teil des Gebäudes getroffen haben.

Ein Priester erhob sich unter den kauernden Gestalten. »Es ist alles in Ordnung«, sagte er nervös. »Es ist alles in Ordnung. Ich weiß nicht, welcher Religion ihr alle angehört, aber ich denke, wir sollten unserem Herrn für unsere Rettung danken.«

Es folgte ein undeutliches Gemurmel, fast wie das Raunen bei feierlichen Anlässen, wenn der Redner einem unstrittig patriotischen Gefühl Ausdruck gegeben hatte. Der Priester schien durch diese Reaktion ermutigt. »Also dann«, sagte er. »Wenn ihr euch einen Augenblick hinkniet, dann spreche ich das Vaterunser.«

Er ging im Flur auf die Knie, und die Ärzte, Schwestern und Krankenpfleger folgten seinem Beispiel. Krankenträger setzten ihre Lasten ab und knieten sich neben sie. Als er sich umsah, merkte Gavin plötzlich, daß er und Freddy die letzten waren, die noch aufrecht standen. »Vater unser«, begann der Priester, »der du bist im Himmel, geheiligt werde dein Name.«

»Vater unser«, sprach ihm die Menge mit pflichtschuldiger Inbrunst nach, »der du bist im Himmel, geheiligt werde dein Name.«

Gavin sah zu Freddy hinüber, der drauf und dran war, sich ebenfalls hinzuknien, ihm aber verschwörerisch zuzwinkerte, als er seinen Blick bemerkte. Gottlose Hüter rationalen Denkens, so blieben sie aufrecht stehen, zwei Meuterer, die spürten, wie sehr die knienden Menschen ihre Haltung mißbilligten. Einer der Knienden, der vorbetende Priester, funkelte Gavin wütend an und trug sein Flehen dem Allmächtigen vor, als sei es ein Strom von Verwünschungen gegen diesen rebellischen, eine Todsünde begehenden Jungen.

»Knie dich hin«, bettelte der Weiße Engel. »Vielleicht fliegst du in der nächsten halben Stunde in die Luft.«

»Prinzip«, sagte der Schwarze Engel, »ist Prinzip. Du hältst dich prima. Fürchtest weder Bomben noch Priester, noch Vaterunser, unseren Vater oder sonstwen. Hast dich verändert, Gavin.«

Völlig verändert. Er lächelte Freddy an, der sein Lächeln erwiderte. Und erinnerte sich: sein Vater, der ihm im Schrebergarten hinterherrief; erinnerte sich: seine Furchtlosigkeit auf dem Dach des Schwesternheims. *Und vergib uns unsere Schuld, wie auch wir vergeben unsern Schuldigern.* Er konnte ihnen vergeben, seinem Vater, diesen Menschen, dieser Stadt, denn nach der heutigen Nacht konnten sie ihn mit keinem Wort, keiner Tat mehr verletzen. Hier und jetzt, während der Priester monoton sein *sondern erlöse uns von dem Übel* herunterleierte, schwor er, sich selbst von aller Heuchelei jeglichen Kirchenbesuchs zu erlösen, von allem seinen Eltern zuliebe vorgetäuschten Glauben, von den Verstellungen und Kompromissen, die dafür gesorgt hatten, daß er reglos und unentschlossen zwischen seiner Jugend und dem Leben eines Erwachsenen verharrt hatte. Heute nacht, das fühlte er, war er endlich erwachsen geworden, endlich freigekommen ...

Doch in diesem Augenblick war das Gebet zu Ende, und alle standen wieder auf. Er und Freddy bückten sich, um ihre Trage aufzuheben, und als sie weitergingen, sah er, wie sich auf einer Treppenstufe über ihm eine Gruppe Schwestern von den Knien erhob. Und dann *ihr* Gesicht. Wie sie ihn anstarrte. Er sah sie die Treppe herunterlaufen, ihm entgegenrennen, immer zwei Stufen auf einmal.

»Du!« sagte sie. »Ich habe dich gesehen. Was glaubst du denn, wer du bist, du Riesenbaby? Stehst da rum und gibst an, und das in einem solchen Augenblick! Ach, ich habe dich satt.«

»Hallo«, sagte Freddy. »Deine geheimnisvolle Freundin?«

»Freundin?« rief sie. »*Seine* Freundin? Nicht mehr.«

Und lief den Flur hinunter, verschwand zwischen den Nonnen, Patienten, Assistenzärzten, rannte davon – vielleicht für immer. »Und jetzt?« fragten die Engel einstimmig. »War es das wirklich wert? Oder bist du nun auch von ihr freigekommen?«

18

Die Luftabwehrgeschütze unten am Lough klangen wie zuschlagende Türen, schienen sich aber unsicher, als zielten sie ins Leere. Binnen sieben Stunden waren, Geschwader um Geschwader, mehr als einhundert deutsche Bomber über den Cave Hill und das Lough angeflogen gekommen und hatten Brandsätze und schwere Fliegerbomben abgeworfen. Die Stadt stand in Flammen, das rote, feurige Glühen am Himmel war meilenweit zu sehen. Doch das schreckliche Krachen der explodierenden Bomben war verstummt. Und als in der ersten Morgendämmerung die Sirenen ihre kleinlaute, erschöpfte Entwarnung ertönen ließen, bestätigten sie nur, was die Geschütze schon eine Stunde zuvor verkündet hatten. Die Deutschen waren endlich fort.

Für Gavin, Freddy und die übrigen Krankenträger änderte das Ende des Angriffs nichts an der Routine. Immer noch brachten Krankenwagenfahrer Bombenopfer herein und berichteten, daß ganze Stadtbezirke dem Erdboden gleichgemacht worden waren. Ein Verletzter vom Bergungstrupp erzählte ihnen, er hätte die Wagen der Dubliner Feuerbrigaden gesehen, wie sie in der Gegend der York Street mit strahlend hellen Friedensscheinwerfern drauflosgepumpt hätten. Seine Geschichte wurde von anderen bestätigt, und bald erzählten die von dieser Neuigkeit äußerst erfreuten Krankenhausnonnen ihren Patienten, daß die Dubliner Feuerbrigade, Gott segne sie, mit strahlend hellen Scheinwerfern einhundertdreißig Meilen aus dem neutralen Südirland hergefahren sei, über die Grenze nach Nordirland, um gegen diese Feuersbrunst zu helfen. Ein loyaler, mit den Briten sympathisierender Patient gab daraufhin die Nachricht zum besten, daß die Engländer in Liverpool Löschzüge auf Schiffe verladen hätten und daß diese Schiffe bereits auf der Irischen See unterwegs seien. Eine andere Patientin meinte, sie habe einen kanadischen Flugzeugträger gesehen, der zur Neuausrüstung im Dock gelegen und auf den Feind gefeuert hätte, bis sämtliche Munition verschossen war. Es kursierten auch noch andere Geschichten: Geschichten von Feigheit und Plünderungen. Ein englischer Matrose, der starb, nachdem Gavin und Freddy ihn in den Operationssaal getragen hatten, erzählte, er habe gehört, wie zwei Männer in Jubel ausgebrochen seien, als Lord Haw-Haw, der englische Radiokommentator der Nazis, auf einem deutschen Sender berichtete, daß man Belfast ausradieren wolle.

Berichte und Gerüchte machten auch noch am Morgen die Runde, aber da waren Gavin und Freddy schon zu erschöpft, um noch länger hinzuhören. An ihren Händen hatten sie Blasen, ihre Füße waren schweißnaß, die Glieder schmerzten, und sowie sie sich einen Augenblick hinsetzten, glaubten sie, keine Kraft mehr zu haben, um jemals wieder aufstehen zu können. Craig, der nur selten eine Trage trug, aber überall auftauchte, Befehle schrie und seine Mannschaft rumhetzte, benahm sich wie ein Verrückter, wenn er sah, daß einer seiner Leute sich eine Pause gönnte. »Euer Platz ist hier. Angetreten!« Sein blasses Gesicht leuchtete vor Aufregung, und trotz des grausigen Anblicks, der sich ihm überall bot, waren seine schiefen Zähne zu einem starren, zufriedenen Grinsen entblößt. Einmal ging er neben einer Trage her und verkündete mit lauter Stimme, ohne dabei jemanden direkt anzusprechen: »Jetzt gibt's nichts mehr zu lachen. Manch einem wird das Lachen im Hals steckenbleiben.« Manchmal runzelte er die Stirn und erklärte: »Das finde ich nicht in Ordnung, daß meine Männer dem Befehl der Ärzte unterstellt sind. Wir werden sehen, jawoll, wir werden sehen. Beim nächsten Mal läuft das anders. Das könnt ihr mir glauben.«

Am Vormittag gegen zehn Uhr kochte eine der diensthabenden Schwestern Tee und brachte allen Männern eine Tasse. Gavin ließ sich das süße, starke Gebräu auf der Zunge zergehen. Er steckte sich seine erste Zigarette seit vielen Stunden an und nickte plötzlich ein, sank zu Boden, verschüttete den Tee und verbrühte sich.

»Gott, bin ich müde.«

»Heda, aufgestanden.« Es war Craig, der über den Flur lief und mit schriller Stimme schrie. »Ab in das Zimmer da, der Chefarzt will ein Wörtchen mit euch reden.«

Big Frank Price lehnte mit aschfahlem Gesicht an der Zimmerwand. Old Crutt, der Spitzel, saß neben ihm, ebenfalls völlig erschöpft. Jimmy Lynan kam einige Augenblicke später mit seinem Partner Baby Bates herein. Von den übrigen Männern ließ sich niemand auftreiben. Craig schloß die Tür und blies wichtigtuerisch auf seiner Trillerpfeife.

»Die Tagesmannschaft hat uns abgelöst, ihr könnt euch also ein wenig Schlaf gönnen. Heute nacht kommen sie wieder, wurde im Radio gemeldet. Ich sagte, die Deutschen kommen heute nacht wieder. Aber bevor ihr geht, will der Chefarzt noch mit euch reden. Ich sagte, der Chefarzt will mit euch reden. Stillgestanden!«

Zusammen mit dem Rest der Mannschaft gaben sich Gavin und Freddy den Anschein von Männern, die Haltung annahmen. Craig ging, und sie hörten ihn über den Flur brüllen: »In Ordnung, Doktor. Meine Männer sind hier.«

Der alte Dr. MacLanahan trat ein. Sein weißer Kittel war blutverschmiert, der Kragen seines Pyjamas gleichfalls voller Flecken. »Guten Morgen«, sagte er in seinem üblichen, forschen Ton. »Ich weiß, ihr Jungs habt Dienstschluß. Und ich weiß auch, daß ihr euren Schlaf verdient habt. Trotzdem frag ich euch, ob sich zwei Freiwillige für eine unangenehme Aufgabe melden.« Er sah bei diesen Worten in die Runde, und sein Blick blieb auf Freddy Hargreaves ruhen.

»Was für eine Aufgabe, Sir?« fragte Freddy, als hätte man ihm das Stichwort gegeben.

»Die Toten. Da hinten ist alles rappelvoll, überhaupt kein Platz mehr. Ich habe mich mit den städtischen Behörden abgesprochen, und wir planen, alle Toten in Särge zu legen und in einen großen Saal in der Stadt zu bringen, sie dort zu sammeln. Dann kann die Identifizierung an zentraler Stelle erfolgen. Können Sie mir folgen?«

Unsicher nickende Köpfe.

»Gut, also müssen wir unsere Leichen heute nacht einsargen und hier rausbringen. Ich habe drei Medizinstudenten als Unterstützung für den Leichenbestatter aufgetrieben. Aber ich brauche mindestens noch zwei Mann. Kann uns jemand von Ihnen helfen?«

Niemand meldete sich.

»Wie wäre es mit Ihnen, Mister Craig?«

Craigs Adamsapfel tanzte auf und ab. »Tja, Doktor, ich würde Ihnen gerne den Gefallen tun, aber wissen Sie, ich habe hier das Kommando, ich muß heute nacht wieder Dienst machen.«

Dr. MacLanahan zog seine buschigen Augenbrauen vielsagend in die Höhe, so daß Craig nervös von einem auf den anderen Fuß trat und verlegen hüstelte.

»Ich mach's«, erklärte Freddy.

»Ich auch«, hörte Gavin sich sagen.

»Sehr gut, Jungs«, sagte Dr. MacLanahan. »Kommt mit.« Ohne Craig weiter zu beachten, führte er sie aus dem Zimmer und durch den Wartesaal auf den Hof. Am anderen Hofende war von Mauer zu Mauer eine Segeltuchplane gespannt, die den Eingang zur Leichenhalle abschirmte. Ein Polizist mit schwerer, schwarzer Pelerine salutierte vor Dr. MacLanahan. »Mit Ausnahme der Männer, die da drinnen arbeiten«, sagte der Arzt, »darf hier niemand rein. Haben Sie mich verstanden?«

»Jawohl, Sir.«

Der Polizist hob einen Zipfel der Plane an, und alle drei gingen gebückt darunter hindurch. Im Eingang der Leichenhalle standen zwei junge Männer in Tweedjacken und Flanellhosen und rauchten Zigaretten. Da sie Medizinstudenten waren, nahmen sie beim Herannahen des Chefarztes respektvoll Haltung an. »Guten Morgen, Sir.«

»Morgen, MacReady. Und Sie, verzeihen Sie bitte, wie heißen Sie?«

»Geary, Sir.«

»Ach ja, Geary. Wo ist der dritte?«

MacReady, ein hochgewachsener junger Mann mit breitem Clownsmund und dichtem, schwarzem Lockenhaar, das ihm in die Stirn fiel, sagte mit Dubliner Akzent: »Ihm ist schlecht geworden, Sir. Er läßt sich entschuldigen.«

»Hm. Tja, dann bleibt es wohl bei euch vieren, ihr beide und diese Jungs vom Luftschutz. Ich schätze, ihr habt genug zu tun. Wo ist Willie?«

Einer der Studenten öffnete die Tür zur Leichenhalle und brüllte: »Willie?« Der Leichenbestatter erschien. Es war derselbe Mann, den Gavin schon am Abend zuvor gesehen hatte, klein, unablässig rauchend, die lange Gummischürze blutverschmiert. »Morgen, Sir. Ach, ein schreckliches Durcheinander, schrecklich.«

»Hat die Schwester Ihnen den Whiskey geschickt?«

»Ja, Doktor.«

»Gut. Und die Särge?«

»Gerade angekommen. Sie stehen draußen vor dem Hintereingang.«

»Dann müßt ihr draußen arbeiten«, sagte Dr. MacLanahan. »Ich will nicht, daß euch jemand sieht, und der Hinterhof ist ziemlich geschützt. Gegen den Regen kann ich leider nichts machen, aber es ist einfacher für euch, wenn ihr an der frischen Luft seid. Willie, hast du die Schutzanzüge?«

»Ja, Doktor.«

»Gut. Gib diesen Burschen für den Anfang einen kräftigen Schluck Whiskey. Denkt dran, wir wollen die Leute – wenn möglich – identifizieren. Vielen Dank, meine Herren. Ich schau später noch einmal vorbei, um zu sehen, wie ihr vorankommt.«

»Okay, Jungs«, sagte Willie, sobald der Doktor hinter der Plane aus Segeltuch verschwunden war. »Ihr wartet hier, und ich hol die Klamotten. Muß ja nicht sein, daß ihr euch auch noch schmutzig macht.«

Er ging zurück in die Leichenhalle und kam mit einem Armvoll Stiefel und dem gelben Ölzeug zurück, das Gavin und Freddy schon so oft bei Craigs Dekontaminationsübungen getragen hatten. Nachdem sie und die Medizinstudenten sich diese Sachen übergezogen hatten, ließ

Willie sie hereinkommen. »Haltet euch die Riecher zu«, sagte er.

Gavin hatte seine erste Leiche mit elf Jahren gesehen. Leichen waren ältliche Verwandte, die manchmal braune Leichenhemden, meistens aber ihre besten Sonntagskleider trugen. Sie lagen im unteren Schlafzimmer auf weißen Laken, Hände über der Brust gefaltet, Rosenkranz oder Kruzifix zwischen die Finger gesteckt, ihnen zu Ehren überall verstreut schwarz umrandete Trauerkarten. Leute knieten, sprachen Gebete oder blickten stumm auf das wächserne, tote Gesicht, um sich dann ins Wohnzimmer zu Tee, Whiskey und zum Lobe des lieben Verschiedenen zu begeben. Der Tote, den er letzte Nacht gesehen hatte, war noch nicht im *Rigor mortis* erstarrt gewesen und schien wie ein Schauspieler den Tod nur zu mimen. Doch hier, in diesem Gestank menschlicher Exkremente, im beißenden Geruch der Desinfektionsmittel stapelten sich die Toten, Leiche über Leiche, Arme ausgebreitet, Füße verdreht, mit offenen Mündern, starrenden Augen, alte Männer auf jungen Frauen, ein Kind auf dem Rücken eines Polizisten, die Hand eines Soldaten auf dem Schenkel einer Frau, und ein Fuhrmann auf einem Stapel von Armen und Beinen, den Kohlesack noch in der Hand, hielt den Arm ausgestreckt und wies mit dem Finger auf sie, als wolle er vor ungesehenem Schrecken warnen. Grausig und unbeholfen lagen die Toten in der Leichenhalle vom Boden bis zur Decke aufgehäuft und schienen jene Lebenden anzuklagen, die im Eingang standen und sie anschauten.

»Um Gottes willen«, sagte der hochgewachsene Medizinstudent. »Wie viele sind das?«

»Als ich zuletzt in meinem Buch nachgesehen habe, waren es siebenundachtzig«, sagte Willie. »Aber manchmal haben die Krankenwagenfahrer sie reingeschoben, wenn ich hinten war. Im Hof liegen noch mehr. Hier, wie wär's mit einem Tröpfchen?«

Er ließ eine Flasche Whiskey rumgehen. »Laßt es euch schmecken«, riet er ihnen. »Ist umsonst, und wo das herkommt, da gibt's noch mehr.«

Gavin wartete darauf, daß der Whiskey die Runde machte, schaute auf die Toten und bemerkte die nackten, schwieligen Füße einer alten Frau, die unten aus dem Leichenstapel herausragten.

Wenn ihre schwieligen Füße vorstaken, kommt,
Und schaut, wie kalt sie ist, wie stumm.
Richtet darauf der Lampe Schein,
Der Eiscremekönig ist Herrscher allein.

»Hier«, sagte Freddy und reichte ihm den Whiskey. »Nimm einen Schluck.«

Der Whiskey war stark und brannte in der Kehle. Er erfrischte nicht so wie der Tee. Gavin schluckte, sein Magen rebellierte, und er erbrach sich, der Tee kam auch mit hoch. Geary, der Medizinstudent, mußte sich gleichfalls übergeben. »Ihr werdet euch schon noch dran gewöhnen«, meinte Willie. »Und jetzt zeig ich euch eure Arbeit.«

Sie sollten paarweise arbeiten. Zu zweit würden sie eine Leiche aus der Leichenhalle in den Hof schleppen. Der eine sollte dann mit einem altmodischen Rasiermesser die Kleider öffnen oder aufschneiden, während der andere die Taschen nach Hinweisen auf einen Namen, nach Geld und anderen Wertgegenständen durchsuchte. Was sie fanden, wurde in einen kleinen Leinenbeutel gesteckt und der Leiche um den Hals gehängt. War der Leichnam mit Exkrementen beschmutzt, wurden die Kleider entfernt. Dann legten sie die Leiche in einen Sarg und deckten sie, wenn sie nackt war, mit einem Leichentuch zu. Der Kopf wurde, falls unverletzt, freigelassen. Ein Deckel sollte auf den Sarg gelegt, aber nicht vernagelt werden. Dann wurde der Sarg in den Vorhof getragen, um von dort zur zentralen Halle in der Stadt gebracht zu werden, wo die Bombenopfer zu Identifikationszwecken aufgebahrt wurden.

Die erste Leiche, nach der Gavin und Freddy griffen, weil sie gleich neben dem Eingang lag, war die einer Fabrikarbeiterin Anfang Zwanzig. Gavin umschloß die kalte, starre Hand und zog die Leiche hinter sich her durch die Tür in den nebligen, dichten Sprühregen und über den kalten, nassen Betonboden in den Hof. Im Tod hatte sich ihr Darm entleert, und so schnitt er mit dem Rasiermesser Rock, Pullover und Unterwäsche auf und entblößte den ersten nackten Körper einer erwachsenen Frau, den er in seinem Leben je gesehen hatte. Natürlich hatte er zuvor schon weibliche Blöße gesehen, doch eher flüchtig, ein kurzer Blick auf seine Schwester, auf Frauen am Strand, die sich ungeschickt umzogen. Doch hier sah er ohne alle Eile die im Tode erstarrten Brustwarzen der Frau, die wie blinde, braune Augen auf ihrer Haut saßen, und so übel ihm auch war, starrte er doch fasziniert auf den dunklen Haarbusch unter ihrem Bauch. Er blickte zu Freddy hinüber, doch Freddy nahm nur ihren Rock und warf ihn auf den wachsenden Haufen in der Ecke. Freddys Brille war von Schweiß und Regen beschlagen. Er steckte sich eine Zigarette an. Nackt lag die Frau auf dem kalten, nassen Beton, und nackt sackte sie in Gavins Armen zusammen, als er sie zum Sarg zog. Freddy half ihm, sie hineinzulegen, und deckte den Leichnam zu. »Verflucht sei Genosse MacLarnon«, sagte er plötzlich. »Und all die anderen Arschlöcher. Die halten das für eine gute Idee? Daß die Kapitalisten sich gegenseitig umbringen? Guck dir dieses arme Gör an, geboren und aufgewachsen mit den Fragebögen der Fürsorge. Jeden verdammten Tag nichts als Brot und Bratenfett. Schöne Kapitalistin.«

Gavin legte den Deckel auf den Sarg.

Die beiden Medizinstudenten taumelten mit ihrer ersten Leiche vorbei. MacReady, der größere, rief: »Platz da!« und meinte dann: »Scheiße, Männer, man darf die Hoffnung nicht aufgeben. Wenigstens könnt ihr euch zum erstenmal in eurem Leben hemmungslos besaufen, ohne daß man euch einen Vorwurf draus macht.«

Dem anderen Studenten war offenbar immer noch schlecht.

»Recht hat er«, sagte Freddy. »Kippen wir uns einen hinter die Binde.«

Doch der Gestank in der Leichenhalle verleidete ihnen den Whiskey und ließ ihn wie Medizin schmecken. Sie setzten die Flasche ab, nahmen sich ihre zweite Leiche und zogen sie hinaus in den Regen. Es war der Leichnam eines alten Mannes, und als Gavin ihn auszog, verschlug ihm die Häßlichkeit des nackten Körpers die Sprache, die lose Haut des Alters, die mit Krampfadern überzogenen Waden, das schlaffe, irgendwie mitleiderregende Genital. Doch der Whiskey zeigte langsam Wirkung, und als er seine fünfte Leiche eingesargt und zwei weitere Schluck Whiskey getrunken hatte, war er, wie die anderen, in einer seltsam angeheiterten Verfassung, die den ganzen Vormittag anhielt. Galgenhumor, ein trotziger Leichenhallenhumor, wurde für sie zum Schutzschild gegen ihr grauenhaftes Tun, und bald erzählten sie sich die gräßlichsten Witze.

»He, Sie da! Mitkommen!« rief der hochgewachsene Student, als er mit seinem Partner einen kräftigen Polizisten vom Leichenstapel hob. »Herrgott, Jungs, ich vergehe mich an einem Hüter des Gesetzes.«

»Sag mal, ist ein Revolver eine ›Wertsache‹?«

»Drück ihm den ruhig in die Hand. Und vergiß die Mütze nicht. Nein, nicht auf den Kopf, Geary, auf die Brust, habe ich gesagt. Laßt mich enden wie ein Polizist. Na, ist das kein herrlicher Anblick?«

»He, Leute, hört auf, hier rumzualbern«, rief Willie aus der Leichenhalle. »Könnte sein, daß euch jemand hört.«

»Sollen sie uns doch hören«, rief der hochgewachsene Student.

»Langsam«, sagte Gavin. »Nicht so laut. Da steht ein Polizist vor der Plane.«

»Ach, stimmt.« Schweigend arbeiteten sie einige Minuten weiter. Dann sagte Freddy: »Moment mal. Wir schuften wie die Blöden, und was macht Willie? Trinkt der den ganzen Whiskey aus?«

Der hochgewachsene Student zog ein Gesicht. »Kümmere dich nicht um den alten Willie«, sagte er. »Wenn du neugierig bist, geh ins Hinterzimmer und sieh nach. Aber ich würd's dir nicht raten.«

»Warum nicht?«

»Er kümmert sich um die Leichenteile.«

»Die Leichenteile. Denk nicht drüber nach«, warnte ihn der Schwarze Engel. »Denk überhaupt nicht nach. Du bist der jüngste hier, die Studenten sind fünf Jahre älter, außerdem hast du die ganze letzte Nacht gearbeitet, keiner würde dir einen Vorwurf machen, wenn du jetzt aufhörst.«

Aber er wußte, Schwarzer Engel hin oder her, daß er, Freddy und die Studenten dies zusammen durchstehen mußten. Aufhören galt nicht. Seltsam, aber er ahnte, daß es die erste wirklich erwachsene Tat seines Lebens gewesen war, sich freiwillig für diese Arbeit zu melden. Wenn Sally erst hörte, was er hier machte. Der würde es noch leid tun, daß sie ihn letzte Nacht so angefahren hatte. Von wegen Riesenbaby.

Plötzlich tauchten zwei Krankenträger mit einer Leiche vor der Plane auf. Sie blieben stehen, als sie Gavin mit dem Rasiermesser in der Hand Kleidungsstücke von einer Leiche schneiden sahen, als sie die Sargstapel entdeckten, die Leichen im Regen. Freddy ging ihnen über den Hof entgegen, auf dem Rücken trug er einen leeren Sarg, als wäre es ein Kanu. »Gehört ihr zur Ersten Hilfe?« fragte einer der Krankenträger.

»Ja.«

»Der Kleine auch?«

»Ja.«

»Himmel, ich hoffe nicht, die verdonnern uns auch zu so einer Arbeit«, sagte der zweite Krankenträger.

»Keine Angst, Kumpel. Wir haben uns freiwillig gemeldet.«

»Ach? Na ja, jedenfalls viel Glück, Jungs.«

Die Krankenträger setzten ihre Last ab und flohen vom Hof. Doch zehn Minuten später wurden ihnen weitere Leichen geliefert. Freddy und der hochgewachsene Student begannen die Wirkung des Whiskeys zu spüren und trieben ein grausiges Spiel. Kaum sahen sie, wie die Neuankömmlinge sich furchtsam einen Weg durch die Toten bahnten, rief der Student Freddy zu: »He, was ist mit dem Bein da?«

»Heb's auf. Wir finden noch das passende Gegenstück.«

»Reißt euch zusammen, Jungs, Schluß damit.« Willie,

der Leichenbestatter, war aus seinem Hinterzimmer gekommen. »Wenn ihr Beine wollt, könnt ihr jede Menge haben. Aber hört mit der Alberei auf, ihr bringt das Krankenhaus in Verruf.«

Am Nachmittag kam der Polizist unter der Plane durch und sagte: »Ihr sollt jetzt zum Mittagessen ins Krankenhaus kommen. Die Nonne sagt, es sei fertig.«

Die Nonne, eine ältliche Frau, wartete zusammengekauert unter einem großen schwarzen Regenschirm im Vorhof. Nachdem sie sich an einem Wasserhahn gewaschen hatten, führte die Nonne sie durch einen Seiteneingang in den Studententrakt. »Rein mit euch, Jungs«, sagte sie. »Dr. MacLanahan hat mich gebeten, euch ordentlich was aufzutischen. Wir haben unser Bestes getan.«

Im Speisesaal wartete eine Nonne mit Tellern voller Roastbeef, Bratkartoffeln, Yorkshirepudding und Kohl. Außerdem gab es Schüsseln mit dicker Fleischbrühe und einige Flaschen Bier. »Hinterher gibt es noch Schokoladenpudding«, verkündete die Nonne, zog sich zurück und ließ sie mit den überbordenden Tellern allein.

»Iß«, sagte der Schwarze Engel. »Die anderen essen doch auch. Es ist genau wie in der Schule. Wenn du zeigst, wie du dich fühlst, machen sie sich lustig über dich.«

Warum zitterst du? Die Toten, fahl und dreckig, auf den Lippen getrocknetes Blut, die Gedärme entleert in den letzten Zuckungen, er sah sie vor seinem inneren Auge. Er konnte das Essen nicht anrühren. Vor einem Jahr saß ich im Prüfungssaal, mir war übel, weil ich keine Mathe konnte, übel bei dem Gedanken, durch die Prüfung zu fallen. Nicht zu bestehen, schien mir das Schlimmste, was mir passieren konnte. Was hatte jene Übelkeit mit dieser hier gemein? Und doch ist mir genauso schlecht wie damals:

ich habe ebensolche Angst. Nach dem Essen gehen wir zurück auf den Hof, zurück zu den Särgen. Die Leichenteile müssen auch noch eingesargt werden. Heute nacht kommen die Bomber zurück. Wieder werden Menschen sterben. Er dachte an seine Eltern, an Kathy und Owen. O Gott, betete er, hoffentlich sind sie heil in Dublin angekommen. »Feigling«, sagte der Schwarze Engel. »Jetzt hast du doch wieder gebetet.«

Ein Arzt in weißem Kittel kam in den Speisesaal und nickte den beiden Medizinstudenten vertraulich zu. »Hallo, ihr beiden. Na, wie geht's?«

»Sezieren ist dagegen ein Kinderspiel«, sagte MacReady.

»Wir haben noch zwei Mediziner im Abschlußsemester für euch aufgetrieben«, sagte der Arzt. »Ich will euch ja keinen Druck machen, aber wir müssen die Halle bis heute abend leer haben.«

»Alles schön und gut«, sagte MacReady. »Aber kann ich jetzt den Schokoladenpudding haben?«

Geary, der andere Student, stand auf und rannte aus dem Saal. »Der kotzt schon den ganzen Morgen«, sagte MacReady und wies mit dem Daumen auf seinen davoneilenden Freund. »Da frag ich mich doch, wie aus dem jemals ein richtiger Chirurg werden soll. Selbst der Kleine hier kann mehr vertragen.«

Alle schauten auf Gavin. Und ihm, dem robusten Brocken, dem eisenharten Kerl, der mehr vertrug als alle Medizinstudenten, was blieb ihm unter diesen Umständen anderes übrig, als über sein Essen herzufallen? Unbekümmert, ein Schauspieler auf der Bühne, schnitt er sein Roastbeef an.

Es regnete den ganzen Nachmittag. Mit der Zeit betäubt die Müdigkeit jedes Gefühl, Schmerz, Angst, Ekel. Die Toten waren schwer. Sie schienen sich in aller Unbeholfenheit gegen die letzte Respektlosigkeit des Einsargens zu wehren. Ihre Glieder ragten über den Sargrand, verkeilten sich mit anderen Gliedern, steife Arme erschwerten die Durchsuchung der Taschen. Und da die Männer das Ende ihrer Arbeit nicht absehen konnten, wurden sie allmählich unnötig brutal im Umgang mit den Leichen. Gavin ertappte sich, wie er selbst grausige kindische Witze zu machen begann. Er verlor nicht mal im widerlichsten Augenblick des Tages die Fassung, als er mit Freddy die Leiche eines Royal-Air-Force-Offiziers anhob und feststellen mußte, daß durch einen seltsamen Zufall der Leichnam von einer Explosion der Länge nach, vom Hals bis zum Genital, gespalten worden war. Freddy, dem bislang kein Anblick etwas ausgemacht zu haben schien, ließ abrupt seine Last fallen und wandte sich mit schweißüberströmtem Gesicht ab. Gavin drehte sich nicht um: Er war es, der die Arbeit zu Ende brachte und die Leiche in den Sarg legte.

Es wurde dunkel. Der Polizist brachte Petroleumlampen und hängte sie reihum im Hof auf. Man brachte ihnen Tee im Kochgeschirr. Sie trugen ihn in die Leichenhalle, die inzwischen zur Hälfte geleert und deren Boden mit ungelöschtem Kalk bestreut war, setzten sich auf einen Leichentisch, rauchten, tranken Tee und waren zum Reden zu müde. Das Telefon klingelte. Willie, der Leichenbestatter, nahm den Hörer ab.

»Es ist für dich«, sagte er zu Gavin.

»Gavin? Ich bin's, Sally. Geht's dir gut?«

»Woher weißt du, daß ich hier bin?«

»Eine Schwesternschülerin hat mit Dr. Thompson geredet. Er hat es ihr gesagt, und sie hat es mir weitererzählt. Ach, Gavin, du dämlicher Held. Ist es schlimm?«

»Es geht«, sagte er, und kaum hatte er das gesagt, verhöhnte ihn der Schwarze Engel.

»Sei heldenhaft«, sagte der Engel. »Tja, da gehst du über Leichen und wirst ein Held.« Doch er war zu erschöpft, um dem Engel noch länger zuzuhören.

»Du mußt todmüde sein«, sagte Sally am Telefon.

Er lachte. »Bin ich nicht«, sagte er. »Ich werde hier ständig daran erinnert, daß ich noch sehr lebendig bin.«

»Ich meine, du mußt doch ganz erschlagen sein. Wir konnten heute nachmittag immerhin ein Nickerchen machen. Das Heim ist abgebrannt. Hast du das gewußt? Weiß Gott, wo wir jetzt schlafen sollen.«

Heim. Er sah das Haus seiner Eltern, leer, die Fensterscheiben zerbrochen, er selbst dort endlich Herr und Meister. »Du kannst bei mir wohnen«, sagte er. »Die anderen sind alle weg.«

Da mußte sie lachen. »Ich frag mich nur, was die Nonnen davon halten würden. Hör mal, Gav, ich muß wieder los. Wenn du kannst, komm einen Augenblick vorbei, sobald dein Dienst zu Ende ist.«

»In Ordnung.«

»Und, Gav? Tut mir leid wegen gestern abend.«

»Ist schon okay.«

Er ging zurück auf den Hof. Müde arbeiteten Freddy und die anderen in der regnerischen Nacht und warfen große Schatten im Licht der Petroleumlampen. Er mußte an einen alten Film denken. Vielleicht aßen in diesem Augenblick lächelnde deutsche Piloten ein herzhaftes Mahl mit Würstchen und Bier in ihrer Offiziersmesse, während draußen auf der Landebahn deutsche Mechaniker die großen Bomber für ihren langen Flug über den Kontinent und die Irische See auftankten. In *The Dawn Patrol* hatte er gesehen, wie sich die deutschen Piloten galant über den Tisch in der Offiziersmesse hinweg zuprosteten. Doch dies war kein Film. In Filmen gab es keine häßlichen Leichen.

Der Polizist kam unter der Plane hervor. »Draußen steht einer, der sagt, er wäre ein Kumpel von euch. Er will reinkommen. Heißt Gallagher, sagt er.«

»Ist gut«, sagte Freddy.

Dein Kumpel Mick Gallagher trat in lehmbespritzter Luftschutzuniform, Gesicht und Hals regennaß, aus dem Dunkeln, in der Hand eine große Taschenlampe. »Schafft mir den Polypen vom Hals«, flüsterte er Freddy zu. Der Polizist hörte ihn und zog sich diskret zurück.

»Wo sind die Leichen?«

»Warum? Willst du uns helfen?«

»Wie meinst du das?« Gallagher schien kurz davor, in Tränen auszubrechen. »Sie haben die Falls Road bombardiert«, sagte er heiser. »Habt ihr gewußt, daß sie die Falls Road in die Luft gejagt haben?«

»Sie haben sämtliche Stadtteile bombardiert«, sagte Gavin. »Oder glaubst du, die haben sich zurückgehalten, bloß weil die Falls Road katholisch ist?« lachte Freddy.

»Halt den Schnabel«, fuhr Gallagher ihn wütend an. »Ich wohne in der Falls Road. Unser Haus ist futsch. Ich kann meine Frau und meine Kinder nirgendwo finden. Ich war heute schon in vier Krankenhäusern. Ich kann sie einfach nicht finden.«

»Tut mir leid für dich«, sagte Freddy.

»Vielleicht sind sie zu den Nachbarn gegangen«, meinte Gavin.

»Nein. Nach der Bombe hat sie keiner gesehen. Ein paar Polypen und welche vom Luftschutz waren da und haben einige Leichen fortgeschafft.«

»Warst du schon in der Stadt?«

Gallagher nickte. »Die Leichen sind noch nicht alle in der großen Halle angekommen. Deshalb bin ich hier.«

»Warum wartest du nicht bis morgen?« fragte Freddy. »Im Dunkeln kannst du sie doch nicht finden.«

»Ich hab die hier«, sagte Gallagher, blickte auf seine Taschenlampe und knipste sie an. Ein mächtiger Strahl flammte auf und warf einen Lichtpunkt auf die gegenüberliegende Wand. »Die hier«, wiederholte er. »Verflucht sei der Tag, an dem ich sie gekauft habe.«

Er ging und leuchtete mit der Taschenlampe in die Särge. Gavin sah Freddy an. Letzte Nacht war Gallagher allein auf dem Dachboden geblieben. Hatte sich versteckt. Er hatte sich ständig oben auf dem Dachboden aufgehalten. *Mein Gott.* »Freddy?«

»Was ist?« sagte Freddy. Seine Brille war beschlagen und verbarg seine Augen. Sein müdes, verdrecktes Gesicht wirkte wie eine Maske, es gab seine Gedanken nicht preis. Freddy war kein Katholik: klar, daß er keine besonders freundlichen Empfindungen für IRA-Sympathisanten hegte, die mit Taschenlampen in den Himmel blinkten und hofften, die deutschen Bomber anzulocken. Das war Verrat: Verräter wurden gehenkt.

»Was hast du gesagt?« Freddy wandte sich von Gavin ab und sah Gallagher nach, der zwischen den Särgen umherlief.

»Nichts.«

»Komm«, sagte Freddy. »Machen wir den noch fertig, und dann rauchen wir eine.«

Schweigend hoben sie den Leichnam eines Jungen auf und legten ihn in seinen Sarg.

Sie hockten an der Mauer, rauchten und folgten mit ihren Blicken dem Schein der Taschenlampe, wenn sie zwischen den Sargreihen aufblitzte. Kein Wort war gefallen. Freddy schnippte die Asche seiner Zigarette ab, Funken zerstoben auf dem Betonboden. »Himmel«, sagte er. Er wußte Bescheid. Gavin warf ihm einen kurzen Blick zu.

»Scheiß drauf«, sagte Freddy. »Wir haben hier auch so schon genug Schwierigkeiten.«

Ihre Zigarettenstummel glühten in der Dunkelheit. »Himmel«, sagte Freddy noch einmal. »Ich könnte im Stehen schlafen.«

»Ich auch.«

Sie waren niemals bessere Freunde gewesen.

Um halb sechs kam Dr. MacLanahan, um sich ihre Arbeit anzusehen. Er brachte vier Freiwillige mit, Medizinstudenten, die sie ablösen sollten. Als er Gavin und Freddy sah, blieb er stehen und sagte: »Seid ihr beide den ganzen Tag hiergewesen?«

»Ja, Sir.«

»Und letzte Nacht habt ihr Krankentragen geschleppt. Habt ihr überhaupt geschlafen?«

»Nein, Sir.«

»Na, dann geht lieber nach Hause. Ich sag dem Kerl vom Luftschutz, daß ich euch nach Hause geschickt habe.«

»Vielen Dank, Sir.«

»*Ich* muß mich bedanken«, sagte Dr. MacLanahan. »Ich hoffe nur, ihr kommt noch zu eurem Schönheitsschlaf. Wie waren noch mal eure Namen?«

Sie sagten es ihm.

»Gut. Ich werde dafür sorgen, daß ihr Jungs eine Art Bonus oder so was bekommt. Jetzt aber marsch ins Bett.«

Sie übergaben ihr dreckiges Ölzeug an zwei der Neulinge, wuschen sich mit eiskaltem Wasser und schlüpften unter der Plane hindurch in die Freiheit. »Ich freu mich auf zu Hause«, sagte Freddy. »Meine Eltern sind uralt. Hoffentlich geht's ihnen gut. Bis morgen, Gav.«

»Tschau, Freddy.«

Er sollte kurz bei Sally vorbeisehen. Wenn es heute nacht einen weiteren Angriff gab, sahen sie sich schließlich vielleicht nie wieder. Er ging ins Krankenhaus, und eine Nonne sagte ihm, Schwester Shannon sei auf Station sechs. Er ging die Treppe hinauf, seine Beine waren so müde, daß sie ihm nicht länger gehorchten. Er schwankte wie ein Betrunkener, taumelte gegen das Geländer.

Auf Station sechs saßen vier Schwesternschülerinnen in der Stationsküche und tranken Tee. Sie hatten ihre gestärkten weißen Schürzen und Kragen abgelegt und saßen in ihren blauen Schwesternkitteln wie Schulmädchen beieinander, die sich unbeobachtet fühlten. Als Sally Gavin in der Tür stehen sah, sprang sie auf und ging zu ihm. »Gavin, komm rein. Josie, gib ihm eine Tasse Tee.«

Josie, ein pummeliges Mädchen mit heller Haut und rotem Haar, das sich in wirren Locken um ihren Nacken ringelte, nahm eine Zigarette aus dem Mundwinkel und langte nach der Teekanne. Sie häufte zwei Löffel Zucker in eine große Tasse Tee und sagte: »Herrgott, du bist aber verdammt jung für diese Plackerei in der Leichenhalle. Du warst doch dort, oder nicht?«

»Stimmt schon, er war dort«, sagte Sally und lächelte Gavin an. Sie wandte sich an die anderen. »Habt ihr gewußt, daß die meisten Studenten diese Arbeit abgelehnt haben? Dr. MacLanahan wäre vor Wut beinahe geplatzt.«

Die Schwestern nickten schläfrig. Sie hatten es sich auf den Küchenstühlen bequem gemacht, die Beine von sich gestreckt, eine Tasse Tee in der Hand.

»Dein Clooney war da keine Ausnahme«, sagte die dritte, eine vernünftige, etwas ältere Schwester. »Ich habe sowieso nie verstanden, was du an dem gefunden hast.«

Sally wurde rot. Sie wandte sich an Gavin. »Wie geht's deiner Familie, Gav? Hast du schon von ihr gehört?«

Er verbrannte sich den Mund an dem heißen Tee, schluckte ihn aber hinunter. »Sie ist nach Dublin gefahren«, erklärte er.

»Gut so«, sagte Josie. »Ich habe gehört, der halbe Norden versucht nach Südirland abzuhauen. Sag, Gavin, werden wir heute nacht noch mal angegriffen?«

»Laut Lord Haw-Haw kommen sie wieder. Er hat's im Radio gesagt.«

»Meinst du das ernst?« Sie starrten ihn an, vier verängstigte Mädchen. »Du machst keine Witze? Hat er das gesagt?«

»Das hat er.«

»Verdammt, warum schicken uns die Briten nicht ein paar Kampfflugzeuge?«

»Sie haben keine«, sagte Gavin. Er spürte, daß ihm die Uniform in den Augen dieser Mädchen einige Autorität gab. Es war angenehm, ein Held zu sein, wenn er doch nur die Augen offenhalten könnte. Außerdem gefiel ihm der Gedanke, daß Sally endlich stolz auf ihn war und vor ihren Freundinnen mit ihm angab. Wie schön, daß sich Clooney in dieser Leichensache als Feigling erwiesen hatte. Kein Wunder, aber trotzdem irgendwie erhebend...

»Seht euch das an.« Josies Stimme drang wie durch einen Nebel an sein Ohr. »Der arme Junge ist völlig erledigt.«

Er war eingenickt und vom Stuhl gerutscht. Sally hielt ihn fest, hatte den Arm um ihn gelegt. Er ließ seinen Kopf an ihre warme, weiche Brust sinken. »Gav braucht ein Bett, das ist alles«, sagte Sally. »Er ist seit der ersten Bombe auf den Beinen. Vielleicht können wir ihn im Studententrakt unterbringen?«

»Nein.« Er richtete sich erschöpft auf, versuchte sich an sein Vorhaben zu erinnern. »Nein, ich geh nach Haus.«

»Zu dir nach Haus?« fragte Sally. »Aber da bist du doch ganz allein. Was ist mit dem Angriff heute nacht? Ich hätte fürchterliche Angst, so ganz allein in einem leeren Haus.«

»Mir macht das nichts aus.«

»Aber wie willst du nach Hause kommen? Nimmt dich jemand mit?«

»Ich nehm den Bus.«

Seine Augenlider wurden ihm schwer, er hörte sie lachen. »Habt ihr das gehört?« sagte Josie. »Glaub mir, es fährt kein Bus mehr. Die Stadt liegt in Schutt und Asche.«

»Du solltest mal sehen, wie's draußen aussieht. Nichts als Steine, Trümmer und geplatzte Wasserrohre auf der Royal Avenue.«

»Und Gasrohre. Ratten laufen überall auf den Straßen herum.«

»Ratten, igitt!« kreischte Josie.

»Schluß jetzt, Mädchen.« Die dienstliche, feste Stimme einer Nonne. »Es müssen noch ein paar Betten gemacht werden. An die Arbeit.«

Er sah die Nonne in der Tür stehen und Sally vorwurfsvoll anstarren, die daraufhin den Arm von seiner Schulter nahm. »Schwester«, sagte Sally. »Dies ist ein Freund von mir. Er hat den ganzen Tag in der Leichenhalle gearbeitet. Meinen Sie, ich könnte mit ihm nach unten gehen und ihm helfen, jemanden zu finden, der ihn nach Hause bringen kann?«

»Ach, der arme Junge«, sagte die Nonne. »Jetzt geh schon, aber bleib nicht die ganze Nacht. Und leg Schürze und Kragen an, ehe du gehst. Ich will nicht, daß dieses Krankenhaus zum Irrenhaus wird. Es ist jetzt schon schlimm genug.«

In Schürze und Kragen begleitete Sally ihn über den Flur. Er wünschte sich, daß sie mit ihm nach Hause käme. *Nach Hause*. Das Haus, in dem er geboren worden war, in dessen Zimmern er als Kind gespielt hatte, sein Zuhause war der einzige Ort, an dem er jetzt sein wollte. Fort von diesem Krankenhaus, von den toten Gesichtern, dem Blut, den Gedärmen, dem Geruch nach Äther und Löschkalk. Nach Hause. Und schlafen.

Auf dem Treppenabsatz begegneten sie einem Arzt, einem kleinen Mann, der in der Brusttasche seines weißen Arztkittels eine Pfeife trug. Sally ließ rasch Gavins Arm los. Sie sprach mit dem Arzt, flüsterte ihm etwas zu. Der Arzt sah Gavin an und lächelte. »Natürlich«, sagte er.

»Prima«, hörte er Sally sagen. »Ja, in der Antrim Road. Es ist doch kein Umweg für Sie? Vielen Dank auch, Doktor Dancey.«

»Nichts zu danken«, sagte der Arzt.

»Dann also auf Wiedersehen, Gavin«, sagte Sally. »Doktor Dancey bringt dich nach Hause.«

»Sally?«

»Was?«

»Küß mich«, flüsterte er und faßte nach ihrer Hand. Sie drückte seine Hand. »Sei nicht blöd. Bis morgen.« Sie drehte sich um und rannte die Treppe wieder hinauf. Der kleine Arzt grinste. Sie konnte ihn nicht vor den Augen dieses Arztes küssen, das war's. Die ganze verdammte Welt flog in die Luft, aber Sally Shannon konnte ihn nicht vor einem Arzt küssen. Sally Shannon würde sich niemals ändern. So müde er auch war, das hatte er nun begriffen. Es war sinnlos, davon zu träumen, daß sie eines Abends mit ihm ins leere Haus seiner Eltern heimkommen würde. Sinnlos... Er war zu müde, um zu denken, aber als er sie die Treppen hinaufstürmen sah, diese schwarz bestrumpften Beine, die so oft seine Lust geweckt hatten, fühlte er nur noch Leere in sich. Eine Stimme, nicht die Stimme seiner Engel, sondern eine neue, eine erwachsene Stimme, sagte: Weißt du, da bist du drüber weg. Mit ihr bist du fertig. Stimmt. Man wird mit manchem fertig.

Dr. Dancey ließ ihm keine Zeit, über die Warnung dieser Stimme nachzudenken, nahm ihn beim Arm und führte ihn die Treppe hinunter. »Mein Wagen steht vor dem Haupteingang, der zweite links. Geh schon vor, ich komm gleich nach.«

Draußen war es ziemlich dunkel. Er fand den Wagen und setzte sich hinein. Waren die deutschen Piloten bereits in der Luft, flogen sie über Holland und Belgien, die Kompaßnadel auf Ulster gerichtet? Er durfte nicht einschlafen. Er hörte, wie die Fahrertür geöffnet wurde, und drehte sich zu Dr. Dancey um, der sich neben ihn setzte, die Pfeife im Mund.

Der Motor sprang an. Die abgedeckten Scheinwerfer warfen ihre winzigen Strahlen voraus. Sie fuhren über eine Straße, die er sein Leben lang gekannt hatte, eine Straße, die ihm einst vertraut gewesen war, nun aber wie ein schlechtes Gebiß seltsame Löcher aufwies. Sie fuhren am Schwesternheim vorbei, eine geschwärzte, fensterlose Ruine. Als der Wagen auf dem Weg zur Cliftonville Road in die Antrim Road einbog, war ›The Swan‹, der Pub, an dem er gestern abend vorbeigegangen war, nicht mehr da. Träge überlegte er, ob Whiskeyflaschen unter den Trümmern lagen und Bier aus zerbrochenen Flaschen in Schlamm und Staub rann. Oder hatte Captain Lambert den Alkohol gerettet? Dr. Dancey sagte etwas zu ihm. Er versuchte, sich zu konzentrieren.

»Und die York Street sieht noch schlimmer aus. Ausradiert, völlig ausradiert.«

»Oh.«

»Steht euer Haus noch?« fragte Dr. Dancey.

»Ich weiß nicht.«

Er sah sich noch einmal um, als der Wagen durch die Cliftonville Road fuhr. Heute schien der Mond, ein Bombermond. In seiner Schulzeit war er jeden Morgen am ›Swan‹ vorbeigegangen. Ihm fiel ein, daß er im Eingang zum Restaurant mit den anderen Jungen Verstecken gespielt hatte. Jetzt gab es ›The Swan‹ nicht mehr.

»Ich laß dich an der Ecke raus«, sagte Dr. Dancey. Der Wagen blieb stehen. »Viel Glück. Hoffentlich ist bei dir zu Haus alles in Ordnung.«

»Danke.«

Er stand allein in der Allee und dachte an den gestrigen Abend, als er auf dem Bürgersteig zu dem Haus ging, in dem er geboren worden war. Im Mondlicht bildeten die Dächer der Häuser beidseits der Allee eine geschlossene, ununterbrochene Fassade. Und dann, als er näher kam, entdeckte er die Lücke. Er blieb stehen, von Panik übermannt, aber nein, es war nicht sein Haus, es war das Haus von Miss Dempster, vier Türen weiter. Wie ›The Swan‹ war es nicht mehr da. Er begann zu laufen.

Das Eisengeländer vor dem Haus seiner Eltern war letztes Jahr abgetragen worden, um es in Kanonen umschmelzen zu lassen. Ihm fiel ein, wie sehr sich sein Vater damals darüber beschwert hatte. Er sprang über den niedrigen Steinsockel, in dem das Geländer verankert gewesen war, und rannte über den schmalen Grasstreifen, der als Vorgarten diente. Er sah, daß die Eingangstür nur angelehnt war, drückte sie auf und griff wie gewohnt nach dem Lichtschalter. Das Licht funktionierte nicht. Er zündete ein Streichholz an, ging durch den Flur und fand den Schalter neben der Eßzimmertür. Auch hier funktionierte das Licht nicht. Dann fiel ihm ein, daß seine Mutter in einem Regal über der Küchentür Kerzen aufbewahrte. Er strich sein zweitletztes Zündholz an, aber der Wind blies es aus.

Es war eiskalt im Haus. Mondlicht drang durch die zerbrochenen Fensterscheiben im Eßzimmer, fiel auf den Tisch und beschien die Glassplitter und Staubflocken auf seiner Oberfläche. Er ging zurück in den dunklen Flur und stolperte, weil er die Stufe zur Küche vergessen hatte. Die Küche war mondhell erleuchtet, und als er durch das zertrümmerte Fenster in den stillen, leeren Hinterhof blickte, fragte er sich, ob in den übrigen Häusern der Allee noch jemand wohnte. Waren alle fort? Es schien unwahrscheinlich, daß Mr. Hamilton, der Zahnarzt von nebenan und ein treuer Anhänger Churchills, einfach fortgelaufen war. Trotzdem lag eine gespenstische, einsame Stille über der Straße. Er drehte sich um, fand den Schrank und zündete behutsam sein letztes Streichholz an.

Er ließ heißes Wachs vom Kerzenende auf den Küchentisch tropfen und drückte die Kerze hinein. Die Flamme flackerte im kalten Wind, der durch das Fenster hereinstrich. Gavin zündete zwei weitere Kerzen an, verließ die Küche und ging nach oben. Vaters Lieblingsdruck, ein gerahmter Kupferstich vom Parthenon, war von der Wand am Treppenabsatz gefallen und lag auf dem Boden, Bildseite nach unten, das Glas zersplittert. Heißes Wachs tropfte ihm auf die Finger. Er mußte an Bücher denken, die er gelesen hatte: ein Junge allein, eine Kerze in jeder Hand, geht die Treppe in einem gespenstischen Haus hinauf. Doch in diesem Haus drohten keine Gespenster. Seine Gefahren waren real. Gavin hatte noch keine Sirenen gehört, doch Lord Haw-Haw hatte gesprochen. Irgendwo über den Wolken donnerten die Bomber heran, um dieser Stadt den Garaus zu machen.

Das Fenster im Frühstückszimmer war heil, Dicky Bird samt Käfig fort. Seine Familie hatte selbst den Kanarienvogel nicht vergessen auf ihrer Flucht ins neutrale Südirland. Er dachte daran, wie sein Vater – war es erst sieben Monate her? – hier, unter Dicky Birds Käfig, gesessen hatte, dachte an die müden, blauen Augen seines Vaters, die vergaben und doch nicht verziehen, sein Vater, der verkündet hatte, daß er, Gavin, der dumme Junge, sich nur für eine Nebenrolle in dieser Welt der Erwachsenen eigne. Und Dicky Bird hatte beifällig dazu gesungen. Gavin wandte sich ab.

Er ging hinauf in den zweiten Stock. Auf dem Läufer lagen einige Brocken Mörtel, und als er aufsah, entdeckte er einen langen, gezackten Riß im Deckenputz. Er blieb auf dem Treppenabsatz stehen und ging dann ins Wohnzimmer. Von der Kommode gleich hinter der Tür nahm er einen silbernen Taufbecher, den Owen von Tante Agnes erhalten hatte. Er steckte eine Kerze in den Becher und stellte ihn auf den Sheratontisch ans Fenster. Fast unmittelbar darauf hörte er unten auf der Straße eine Trillerpfeife. Eine Stimme rief: »He, Sie da. Machen Sie das Licht aus.«

Er blickte durch die Fensterscherben und sah auf der Allee einen Luftschutzwart stehen, ein alter, untersetzter Mann, derselbe, der gestern abend bei den Bombenopfern geholfen hatte. »Was machen Sie da oben?« rief der Wart. »Das Haus ist abbruchreif.«

Abbruchreif? »Ich wohne hier«, rief er hinunter.

»Tun Sie nicht. Es ist nicht sicher. Machen Sie das Licht aus und verschwinden Sie.«

Er ließ die Verdunklungsjalousien herunter und lauschte auf die sich entfernenden Schritte des Luftschutzwartes. Das Zimmer war voller Schatten, stellenweise vom fahlen, flackernden Licht der Kerzen erhellt. Dieses Haus war abbruchreif.

Er ging an den Kamin, hielt eine Kerze hoch und sah sich im runden Spiegel, schmutzig und fremd, den Stahlhelm schief auf dem Kopf. In jener vom Spiegel umrahmten Welt hatte er gelebt und gelitten, hatte seine Spuren hinterlassen und hatte spuren müssen. Seine bloßen Knie hatten den alten Orientteppich abgewetzt, dieses Schlachtfeld tausend kindlicher Fangspiele. Auf diesem Grammophon dort hatte er seine erste Platte gehört. Über dem Schreibtisch seiner Mutter spähte noch immer der grimmige Hirsch aus düsterer Waldlichtung hervor. Doch das Bild, das daneben gehangen hatte, ein gerahmter Raphaeldruck, war hinter das Bücherregal seines Vaters gerutscht. Das Spiegelzimmer, seit Kindertagen unverändert, hatte sich endlich doch verändert. Dieses Haus war abbruchreif.

Abbruchreif, doch seins. Er konnte in jedem Bett schlafen, konnte die Anrichte im Eßzimmer aufbrechen und Vaters Portwein trinken. Aber als er im zuckenden Licht der Kerzen stand, ängstigte ihn das Haus. Es war ohne Leben, abgestorben. Die Toten mit ihren fahlen, dreckigen Gesichtern, den Lippen mit getrocknetem Blut, dem Gedärm, das sich in den letzten Zuckungen entleert hatte, sie saßen auf den Sofas und Sesseln seiner Mutter, lauerten im Schatten, lagen auf dem Treppenabsatz, ein wirres Knäuel von Armen und Beinen. Er zitterte, er konnte nicht aufhören zu zittern.

Und dann, plötzlich, Schritte auf dem Flur. Er durfte nicht schreien: es war der Luftschutzwart, der nachsah, ob er wirklich fortgegangen war. Aber es war nicht der Luftschutzwart. Die Schritte klangen schwer und fremd: die Schritte der Toten. Sie kamen herauf. Sie kamen näher.

Die Hand, in der er die Kerze hielt, zitterte so sehr, daß er die Kerze abstellen mußte. Er drehte sich um, schaute ins Wohnzimmer, rannte plötzlich zum Kamin und griff nach dem Schürhaken, um sich gegen diesen Unbekannten wehren zu können. Mit trockenem Mund und voller Entsetzen wandte er sich in Richtung Tür.

Sein Vater trug einen schweren Tweedmantel, um den Hals einen Wollschal, sein Kopf war unbedeckt. Einen Augenblick blieb er in der Tür stehen, dann eilte er ihm entgegen. »Gavin.« Sein Vater hielt ihn in den Armen. Gavin hielt seinen Vater bei den Schultern und fühlte, wie diese Schultern bebten. So standen sie eine Weile, lagen sich in den Armen, und dann, ohne daß ein Wort gefallen wäre, mußten sich beide setzen. Sie setzten sich, Seite an Seite, auf die staubbedeckten Schonbezüge des Sofas.

»Also bist du wohlauf?« fragte sein Vater.

»Ja, Daddy.«

»Ich war erst im Krankenhaus«, sagte sein Vater. »Dort wußte man nichts von dir. Dann bin ich zu dieser Luftschutzwache gefahren. Dieselbe Geschichte. Als ich dann zum Auto ging, traf ich diesen Mann. Er sagte, du hättest den ganzen Tag Leute begraben. Stimmt das, Junge?«

»Eingesargt.«

»Gütiger Himmel«, sagte sein Vater.

»Seid ihr heil nach Dublin gekommen?«

»Ja. Sie sind jetzt alle bei Tante Agnes. Hast du Miss Dempsters Haus gesehen?«

»Ja, Daddy. Warum bist du zurückgekommen?«

»Warum?« fragte sein Vater. »Ich habe mir Sorgen um dich gemacht, deshalb.«

Im Kerzenlicht sah er, daß sein Vater weinte. Er hatte seinen Vater noch nie weinen sehen. Wußte sein Vater, daß das Haus abbruchreif war, wußte er, daß alles anders geworden war, daß es niemals wieder so sein würde wie früher? Eine neue Stimme, eine kühle, erwachsene Stimme in ihm sagte: »Nein.« Jetzt war sein Vater das Kind; die Welt seines Vaters war untergegangen. Er sah auf das Radio, dachte an seinen Vater, wie er mit glühenden Ohren Englands Problemen gelauscht, sich über andere, weit entfernte Katastrophen gefreut hatte. Vergiß es, sagte die erwachsene Stimme. Er hörte auf diese Stimme, hörte darauf, wie er nie auf die kindischen Stimmen seiner Engel gehört hatte. Schwarzer Engel, Weißer Engel: sie waren für immer verstummt. Sein Vater weinte. Die Stimme würde ihm sagen, was er zu tun hatte. Von nun an würde er so etwas wissen.

Sein Vater schien die Veränderung zu spüren. Er lehnte den zerzausten, grauen Kopf an Gavins Schulter, nickte, weinte und gestand. »Ach, Gavin«, sagte sein Vater. »Was war ich für ein Narr. Was für ein Narr.«

Die neue Stimme riet ihm zu schweigen. Er faßte seinen Vater bei der Hand.

Brian Moore im Diogenes Verlag

»So unterschiedlich die Handlungsorte und -zeiten seiner Bücher sind, immer beschreibt Moore den Einbruch des Unheimlichen ins Alltagsleben. Mal ist es der Terror der IRA, mal die Konfrontation mit Wertvorstellungen einer ganz anderen Kultur, mal ein Traum, der plötzlich Realität wird. Dafür stand der große Argentinier Jorge Luis Borges Pate, den Moore zu seinen wichtigsten Einflüssen zählt. Und wie bei Borges scheint auch Moores Schreiben die Frage ›Was wäre wenn?‹ zugrunde zu liegen, die klassische Frage des wissenschaftlichen Experiments.«
Denis Scheck/Deutschlandfunk, Köln

Katholiken
Roman. Aus dem Englischen von Elisabeth Schnack

Die Große Viktorianische Sammlung
Roman. Deutsch von Helga und Alexander Schmitz

Schwarzrock – Black Robe
Roman. Deutsch von Otto Bayer

Die einsame Passion der Judith Hearne
Roman. Deutsch von Hermann Stiehl

Die Farbe des Blutes
Roman. Deutsch von Otto Bayer

Die Antwort der Hölle
Roman. Deutsch von Günter Eichel

Ich bin Mary Dunne
Roman. Deutsch von Hermann Stiehl

Dillon
Roman. Deutsch von Otto Bayer

Die Frau des Arztes
Roman. Deutsch von Jürgen Abel

Kalter Himmel
Roman. Deutsch von Otto Bayer

Ginger Coffey sucht sein Glück
Roman. Deutsch von Gur Bland

Es gibt kein anderes Leben
Roman. Deutsch von Otto Bayer

Die Versuchung der Eileen Hughes
Roman. Deutsch von Nikolaus Stingl

Saturnischer Tanz
Roman. Deutsch von Malte Krutzsch

Der Eiscremekönig
Roman. Deutsch von Bernhard Robben

Strandgeburtstag
Roman. Deutsch von Bernhard Robben